Brigitte Blobel
Alessas Schuld
Die Geschichte eines Amoklaufs

Brigitte Blobel,
1942 in Hamburg geboren, studierte Politik und Theaterwissenschaften. Heute arbeitet sie als erfolgreiche Journalistin und schreibt Drehbücher für Film und Fernsehen sowie Romane für Erwachsene und Jugendliche, für die sie bereits mehrfach ausgezeichnet wurde. Sie ist eine der beliebtesten und auflagenstärksten deutschen Autorinnen.

Weitere Bücher von Brigitte Blobel im Arena Verlag:
Herzsprung
Du hast aber Mut
Antonia liebt gefährlich
Mensch, Pia
Meine schöne Schwester
Liebe, Lügen und Geheimnisse
Rote Linien
Das Model
Die Clique
Liebe wie die Hölle
Shoppingfalle
Einfach nur glücklich
Herzbrennen

Chiemgauer Tageblatt, 11. Oktober 2005

Blutbad in der Jugendherberge

Am Sonntagabend, kurz nach achtzehn Uhr, hat sich in der Jugendherberge Weißenburg ein furchtbares Drama ereignet. Aus bislang ungeklärten Umständen hat Ulf K. (17), ein Schüler einer 9. Klasse aus Offenbach am Main, auf einige seiner Mitschüler geschossen. Dabei musste Philipp W. (16) qualvoll sterben. Eine weitere Schülerin, deren Namen bei Redaktionsschluss noch nicht bekannt war, ist verletzt. Als der Klassenlehrer den Täter überwältigen wollte, steckte Ulf K. sich seinen Revolver in den Mund und drückte ab . . .

»Dies ist eine unfassbare Tragödie«, sagte Herbergsvater Christian Pfeiffer dem Chiemgauer Tageblatt. »Wir waren immer stolz darauf, dass bei uns ein Geist der Harmonie und der Toleranz herrschte: Dass Konflikte im Miteinander und mit Verstand gelöst wurden. Und ausgerechnet bei uns hat sich diese Tragödie abgespielt . . . Ich weiß nicht, was ich sagen soll, ich bin erschüttert. Bekommen wir jetzt hier Verhältnisse wie in Amerika?«

Der Klassenlehrer, der mit seinen Schülern für eine Woche nach Weißenburg gekommen war, um hier eine Projektwoche (Thema: Gewalt!) vorzubereiten, war für unseren Reporter nicht zu erreichen. Außer der Verletzten wird eine weitere Mitschülerin stationär im Krankenhaus behandelt, Alessa L. (15); das Mädchen hat einen so schweren Schock, dass es von den Ärzten in ein künstliches Koma versetzt wurde. Eine Klassenreise, auf die sich alle so gefreut hatten – sie hat ein schreckliches Ende genommen.

1. Kapitel

26. September 2004

Alessa spürte, dass jemand sie beobachtete. Sie stand auf einer Leiter, den Kopf im Nacken, hatte den gerafften Vorhangstoff über die Schulter gelegt und versuchte die kleinen Rollen in die Gardinenschiene an der Decke zu schieben. Wie immer, wenn sie zu lange den Kopf weit zurücklehnen musste, wurde ihr schwindlig. Sie ließ den Vorhang einfach fallen, und alle Rollen, die sie schon eingefädelt hatte, rutschten wieder heraus. Alessa stöhnte auf. Sie stieg von der Trittleiter, öffnete die beiden Fensterflügel und atmete tief ein.
Es hatte eine Stunde zuvor ein Gewitter gegeben, das war jetzt weitergezogen, nach Osten, und der Wind, der durch die Straße fegte, wirbelte abgerissene Zweige und die ersten braunen Herbstblätter auf. Die Spinnweben in den Büschen vor dem Wohnblock waren schwer von Nässe. Einzelne Regentropfen glänzten im Licht. Es roch gut. Nach Regen und nach Altweiber-Sommer. Der Asphalt dampfte. Alessa beugte sich weiter hinaus, um in den Vorgarten des Hauses, in dem sie jetzt lebte, zu sehen. An diesen Wohnblock, wie an alles andere, würde sie sich noch gewöhnen müssen. Vorn am Bürgersteig, aus Beton hingeklotzt, der Unterstand für die Biomülleimer. Auf jedem Eimer der Name eines Mieters. Dann gab es eine Tonne für Papier und eine für Plastik, daneben die für leere Flaschen und Gläser. Der Hausmeister, Herr Brenner, hatte gesagt, dass man hier sehr viel Wert auf Mülltrennung lege, das war einer der ersten Sätze, die sie von ihm gehört hatten, als sie eingezo-

gen waren. Seitdem hatte Alessa immer das Gefühl, dass ihr irgendjemand zusah, wenn sie den Deckel ihres Mülleimers öffnete, auf dem noch »Ebenroth«, stand, der Name ihrer Vormieter. Wahrscheinlich traut man in Offenbach den Neuen so was Kompliziertes wie Mülltrennung nicht zu, dachte sie jedes Mal.

Doch dieses Gefühl, dass ihr jemand zusah, war etwas anderes als das, was sie jetzt empfand.

Die Sonne brach für eine Sekunde durch die Wolken, und wieder bemerkte sie, dass in einem der Fenster des gegenüberliegenden Hauses etwas war. Etwas Ungewöhnliches.

Alessa sah flüchtig und ungenau eine dunkle Gestalt vor dem Hintergrund einer weißen Gardine, die einen Gegenstand hoch hielt – eine Kamera, in der sich die Sonne spiegelte? Dann verschwand die Gestalt, die Gardine schwang noch ein paar Mal hin und her, und alles war ruhig.

Alessa zuckte mit den Schultern. Wenn es den Leuten was bringt, dachte sie, die Neuankömmlinge auszuspionieren oder zu fotografieren, bitteschön.

Aber ihren Vorhang würde sie heute noch anbringen müssen. Der Gedanke, dass jemand ihr dabei zusehen könnte, wie sie abends bei Licht halb nackt in ihrem Zimmer herumging, war irgendwie doch unbehaglich.

Sie raffte den Stoff wieder zusammen, wuchtete ihn über die rechte Schulter und kletterte die Trittleiter erneut hinauf. Der Stoff war angenehm kühl und weich, aber zentnerschwer. Als sie die Stoffprobe in dem Einrichtungsladen in der Hand gehalten hatte, war er ihr federleicht vorgekommen. Aber sie hatten ausgemessen, dass sie zwölf Quadratmeter davon benötigten. Und zusammen mit dem doppelten Saum, dem Futter, den Rollen war es ein Megagewicht. Sie bereute schon, dass sie darauf bestanden hatte, ihr Zimmer allein herzurich-

ten. Bestimmt hatte ihre Mutter in den anderen Räumen die Vorhänge schon längst angebracht. Ihre Mutter war in allem so schnell. Das nervte sie. Ihre Mutter, Miriam Lammert, ehemalige Marathon-Läuferin, meinte immer, Alessa habe das ruhige Temperament ihres Vaters geerbt. Und immer, wenn sie das sagte, seufzte sie ein bisschen. Ihre Mutter wurde rasch ungeduldig. Alessa Vater war Krebs, die Mutter Zwilling; sie selbst war im Sternzeichen der Waage geboren. Aber Alessa interessierte sich nicht besonders für Sternzeichen. Waage-Menschen sind ausgeglichen im Charakter, abgewogen im Urteil. Das hatte sie mal gelesen. Im Aszendent war sie Löwe. Na wennschon. Die Löwenmähne hatte sie bereits, der rötliche Ton war aus der Tube, aber die Locken Natur.
Als sie den Stoff gestern ausgesucht hatten, hatte die Verkäuferin gemeint: Der passt ja superschön zu deinen tollen Haaren. Als wenn jemand sich seine Gardinen passend zur Haarfarbe aussucht!
Die neuen Vorhänge – orange mit grünen Streifen – waren zusammen mit einem neuen Schreibtisch und dem weichen, orangefarbenen Teppich ein Geschenk ihrer Eltern zum Umzug. Es sollte ihr den Abschied von Starnberg etwas leichter machen. Irgendwie war es rührend von ihren Eltern, dass sie glaubten, eine neue Einrichtung sei ein Ersatz für die Starnberger Schule, den Starnberger See, den Blick auf die Alpenkette vom Ruderclub aus, für ihre Freunde. Als könnten sie diese Dinge entschädigen für das Leben, an das sie gewöhnt und in dem sie glücklich gewesen war.

Sie waren vor zwei Tagen erst in Offenbach angekommen, alles war noch fremd. Alessa wusste noch nicht, welcher Bäcker die leckersten Croissants hatte, was sie in der Schule erwartete und wie ihre Katze Tiger damit zurechtkommen würde, dass sie keinen Auslauf mehr hatte, so wie vorher, gleich von Alessas Zimmer in den Garten. Die erste Anschaffung war ein Katzenklo gewesen. Tiger war seitdem beleidigt, rollte sich auf Alessas Bett zusammen und fauchte, wenn ihr jemand zu nahe kam. Es ging Alessa wie ihrem Kätzchen: Sie wusste noch nicht, ob Offenbach ihr gefallen würde, und ob dieses Zimmer eines Tages ebenso ihre Höhle, ihre Fluchtburg sein würde wie die gemütliche Dachkammer mit den Kippfenstern in Starnberg. Sie hatte nie irgendwo anders gelebt als in Starnberg, und sie hatte sich bis vor einem halben Jahr nicht vorstellen können, jemals das verwinkelte Erkerhaus mit Seeblick gegen diese quadratische Wohnung in dem roten Backstein-Miethaus tauschen zu müssen.

Der Möbelwagen war gekommen, die Packer hatten Schränke, Bücherkisten, Klamotten, Tische, Stühle, die Waschmaschine und den Trockner, den Geschirrspüler und die Betten eingepackt und waren losgefahren, und sie mit ihren Eltern hinterher, in dem dunkelblauen Ford Fiesta. Auf dem Rücksitz neben ihr hatte Tiger in seinem Käfig die ganze Zeit miaut und gekratzt. Tiger war ein halbes Jahr alt. Sie hatte das schwarz-weiße Kätzchen an dem Tag bekommen, als ihre Eltern ihr eröffneten, dass die schönen Tage von Starnberg bald vorbei sein würden. Ihr Vater hatte in Offenbach am Main einen Job als Filialleiter eines Baumarktes gefunden. Endlich, nach monatelanger Suche. Und sie waren sich ja einig gewesen, dass sie gemeinsam dorthin gehen würden, wo Papa einen Job fände. Das war immer klar gewesen. Aber irgendwie hatte Alessa nicht gedacht, dass das Schicksal ausgerechnet Offenbach für sie bereithielt. Von ihren vielen Verwandten, die überall in Deutschland verstreut lebten, wohnte keiner auch nur in der Nähe. Und ihre beste Freundin Tini kannte auch niemanden, der in Offenbach wohnte. Das einzig Gute an Offenbach war die

Nähe zu Frankfurt, hatte Alessa sich gesagt. Aber auch unter Frankfurt konnte sie sich nicht wirklich etwas vorstellen, außer dass es dort viele Banken gab und dort einmal im Jahr die internationale Buchmesse stattfand. Diesem Ereignis, der Buchmesse, hatte ihr Deutschlehrer immer entgegengefiebert und er war jedes Mal mit Tonnen von Verlagsprospekten zurückgekommen.

»Schätzchen? Alles okay?« Alessas Mutter, stand in der Tür und schaute zu, wie Alessa sich mit den Gardinen abmühte. »Wenn du drei Rollen auf einmal in die Hand nimmst«, sagte sie fröhlich, »geht es ganz leicht. Schau mal, so!«
Sie kletterte ruck, zuck auf der anderen Seite der Trittleiter nach oben, nahm Alessa den Vorhang ab und hatte ihn in Sekundenschnelle eingehängt, zurechtgezupft und glatt gestrichen. Das war typisch für ihre Mutter, diese Ungeduld, dass sie einem immer alles gleich aus der Hand nahm, wenn es nicht schnell genug ging. Alessa hatte deshalb erst mit zehn Jahren gelernt, wie man eine Geschirrspülmaschine richtig einräumt, wie man eine Bluse bügelt und Spaghetti Bolognese (jahrelang ihr Lieblingsessen) zubereitet.
Wenn Alessa Schularbeiten machte, hatte ihre Mutter damals so ungeduldig daneben gesessen und mit den langen Fingernägeln auf die Tischplatte getrommelt, dass Alessa noch langsamer wurde und sie sich schließlich, wenn ihre Mutter immerzu stöhnte, aufsprang und sich die Haare raufte, überhaupt nicht mehr konzentrieren konnte.
Das hatte sich geändert, als Miriam zwischenzeitlich eine Arbeit hatte und erst nachmittags um vier Uhr nach Hause kam. Da war Alessa in der fünften Klasse und ihre Arbeiten wurden besser statt schlechter, ihre Schulmappe war immer aufgeräumt und ihre Hefte waren ordentlich geführt. Eigentlich

hatte sie von dem Tag an, als ihre Mutter nicht mehr die Hausaufgaben bewachte, richtig Spaß an der Schule gefunden. Es hatte sogar ein Jahr gegeben (da war Alessa in der sechsten Klasse), als sie ernsthaft überlegte den Sprung aufs Gymnasium zu wagen. Ihre Lehrerin hatte gemeint, dass sie es schaffen könnte, aber dann fehlten Alessa doch der letzte Schwung und Ehrgeiz. Und außerdem waren die Schüler vom Gymnasium als hochnäsig verschrien. Ihre Eltern hatte sie in diese Überlegungen gar nicht eingeweiht, Miriam hätte sie sonst noch mehr bedrängt, aufs Gymnasium zu gehen. Ihre Eltern hatten beide Abitur. Tut mir Leid, hatte Alessa manchmal gesagt, dass ich nicht so schlau geworden bin wie ihr. –
»Danke, Mama«, sagte Alessa. Sie sagte es streng.
Ihre Mutter beugte sich vor und gab Alessa einen zärtlichen Kuss. »Ich wollte dir nur helfen.«
»Weiß ich doch«, maulte Alessa. »Aber ich hätte es auch alleine hingekriegt.«
»Natürlich, Schatz, du kriegst alles hin, wenn du willst.« Miriam kletterte von der Leiter und ging zum Fenster. »Jetzt ist er weg«, sagte sie und seufzte erleichtert.
Alessa drehte sich um. »Wer?«
»Dieser Mensch, der mit dem Fernglas. Er hat die ganze Zeit hier rübergeguckt.«
»Ein Fernglas?« Alessa stellte sich neben ihre Mutter. »Ich dachte, da fotografiert einer. Was ist das denn für ein Mensch?«
»So genau hab ich ihn nicht gesehen.«
Alessa klappte die Leiter zusammen und lehnte sie gegen die Wand. »Der Vorhang ist echt schön, oder?«
»Wunderschön«, sagte Alessas Mutter. »Hast du toll ausgesucht.«
Tiger streckte sich, schnurrte und sprang lässig vom Bett.

»Sie will raus«, sagte Alessa. »sie ist das noch nicht gewohnt, ohne Garten vor jedem Zimmer.«
»Nimm die Leine und das Halsband«, rief Miriam ihr hinterher, als Alessa schon im Flur war, »sonst haut sie dir ab! Sie kennt sich hier noch nicht aus. Sie findet dann nicht zurück!«
Alessa stöhnte. »Mama! Glaubst du, ich weiß das nicht?«
Alessa würde im Oktober fünfzehn werden. Aber sie hatte das Gefühl, dass ihre Mutter das manchmal vergaß.

Von: Alessa.Lammert@gmx.de
An: Tina.Uhland@webmail.net
30. September 2004

Hallo Tini,
guckst du auch gerade den Film auf Pro 7? Immer, wenn Brad Pitt ins Bild kommt, könnte ich heulen, weil ich weiß, dass du dich dann aus deinem Kissenberg erhebst und euren Flatscreen küsst. Das Allerschärfste überhaupt: dein genießerisches Schmatzen. Oh Mann, wie mir das fehlt!!! Kannst du dich nicht einfach in den Zug setzen und hierher kommen? Bitte!!!! Ich sterbe ohne dich. Ich sterbe sowieso in diesem blöden Offenbach. Wenn du die Fußgängerzone hier siehst, kriegst du Pickel. Das schwör ich. Mann, wie mir unser schöner See fehlt!!! Ich wette, du hast heute den Nachmittag auf dem Bootssteg verbracht. War Thomas auch da? Hat er etwas gesagt? Hat er nach mir gefragt? Das ist so ein komisches Gefühl, sag ich dir, auf einmal nicht mehr dazuzugehören. Wenn ich darüber nachdenke, wird mir ganz schwindlig.
Vorhin, beim Zappen, bin ich bei einer Reportage über russische Astronauten gelandet, die mit so einer Sojuskapsel zu ihrer Raumstation fliegen. Die Technik dieser Kapseln ist schon zwanzig Jahre alt. Und wenn man wieder auf der Erde landet, ist das die härteste Landung der Welt. Die Astronauten haben so einen komischen Blick, wenn sie damit auf unserem Planeten aufschlagen. So einen Blick hab ich jetzt auch, weißt du. Harte Landung. Eben

war man noch in der Schwerelosigkeit und hat gesehen, was für ein schöner blauer Planet unsere Erde ist . . .
Im Ernst, kannst du nicht am Wochenende einfach mal herkommen? Bitte!!!!!! Sag nicht, du hast kein Geld, ich weiß genau, wie viel Kohle an deinem letzten Geburtstag zusammengekommen ist!
Schöne Grüße auch von Tiger. Die hat mir heute meine Hand zerkratzt, als ich mit ihr draußen war. Sie wollte nicht, dass ich ihr ein Halsband umlege, aber Mami sagt, ich könnte sie sonst verlieren. Das wäre mein absoluter Alptraum: Dass ich das Letzte, das ich liebe, auch noch verliere.
An diese Gegend muss ich mich erst gewöhnen. Alles total flach, alle Straßen rechtwinklig zueinander, wenige Bäume, keine Kneipe in der Nähe, in die ich freiwillig gehen würde, und kein Klamottenladen nach unserem Geschmack, dafür aber die üblichen Schlecker- und Lidl-Filialen. Und ein blöder EDEKA mit zugeklebten Schaufenstern. (Die machen auf einem zehn Quadratmeter großen Plakat Reklame für Grillhühnchen, Stück für 2,99. Die Hühnchen waren dann abgebildet, gerupft – aber noch mit Kopf!! Selbst Tiger hat den Schwanz eingezogen, als wir an dem Laden vorbei sind.) Die Leute, die einen Hund haben, sammeln die Hundekacke in Plastiktüten ein und tragen sie mit sich rum, weil es keine Papierkörbe in der Gegend gibt. Also, einen Hund möchte ich hier nicht haben!
Hoffentlich seh ich bald irgendwas, das meine Laune wieder hebt!
Oh Gott, man hat mich aus dem Paradies vertrieben!!!
Tini!!! Tröste mich!!!! Schick mir ein Smiley auf mein Handy! –

. . . Okay, sie kriegen sich! War ja klar. Ich meine, im Film. Dein Brad Pitt und Jennifer Lopez! Gut, dass es Filme gibt. So geht im Leben die Hoffnung auf ein Happyend nicht ganz verloren.
Ich glaube, bei uns gegenüber wohnt ein Spanner. Oft, wenn ich aus dem Fenster gucke, sehe ich eine Gestalt mit einem Fernglas. Ich dachte zuerst, es wäre eine Kamera, aber Mami hat gesagt: ein Fernglas! Und sie hat Recht.
Ich muss rauskriegen, wer da wohnt, schräg gegenüber. Damit ich dem Typ

aus dem Weg gehen kann. Da drüben ist entweder die Hausnummer 12 oder die 14. Überhaupt: Wir wohnen in der 13! Ist das etwa ein schlechtes Omen? In Flugzeugen gibt es keine Reihe 13. Gewusst?

Dieses Haus ist von außen todlangweilig, aber die Wohnung ist ganz okay; im Wohnzimmer gibt es sogar einen Kamin, aber wir haben noch nicht ausprobiert, wie gut er zieht. Er sieht irgendwie so aus, als sei er noch nie benutzt worden. Unser Hausmeister sagt, bei den Vormietern habe immer ein Strohblumengesteck in einem großen Keramiktopf in der Feueröffnung gestanden.

Ich meine: Strohblumen im Kamin! Wie doof können Leute sonst noch sein? Der Kamin ist wahrscheinlich das Einzige, was mich hier im Herbst vor der Depression rettet, im November . . .

Mami hat einen Job in Aussicht, erst mal nur halbtags. In einem Secondhandshop, der Secondella heißt. Nicht gerade einfallsreich, oder? In der Nähe vom Henninger Turm in Frankfurt. Das ist da, wo diese Radrennen sind. Vielleicht kannst du da mal kommen, wenn eins stattfindet? Da ist bestimmt Trubel.

Ich find's jedenfalls gut, dass meine Eltern bald beide wieder arbeiten, das war irgendwie nicht normal, wie wir die letzte Zeit zu dritt im Haus rumgehangen haben. Mami hat in Starnberg ja schon lange nichts mehr gefunden . . . Also die Eltern immer zu Hause! Man fühlt sich auf Schritt und Tritt beobachtet.

Und die schlechte Laune, die Papi verbreitet hat. Weißt du noch den Abend, als die ganze Clique bei mir oben war und ich das Radio nur ein kleines bisschen lauter stellen wollte? Und wir alle so gut drauf waren? Und wie mein Vater dann auf einmal in der Tür stand, mit einem Gesicht, als hätten wir die heiligen Sakramente oder so was verletzt? »Geht es vielleicht auch ein bisschen rücksichtsvoller?!«

Wie sagte Titus immer? Der Mensch definiert sich zu fünfzig Prozent über die Arbeit. Titus, unser Schlaukopf, was?

Vielleicht wird ja doch alles gut.

Für mich hängt das total davon ab, wie es morgen in der Schule läuft. Ob

die Leute okay sind. Ob ich mir vorstellen kann, mit dem einen oder anderen von denen in eine nähere Beziehung zu treten, von Freundschaft rede ich ja nicht. Du bleibst immer meine allerbeste Freundin.
Ach Tini, gleich muss ich heulen . . .
Mit wem bist du denn jetzt immer so zusammen? Sag nichts! Ich wette, es ist Franzi! Franzi wollte immer schon mit dir befreundet sein, und irgendwie finde ich, ihr passt auch zusammen, auch wenn Franzi diesen Pferdetick hat. Ich finde, wenn Mädchen in unserem Alter immer noch jeden Nachmittag im Pferdestall rumhängen und Pferdeschnauzen (oder heißt das Mäuler?) küssen, haben sie ein Problem. Vielleicht schaffst du es ja, sie aufzulockern.
Apropos küssen: Mir wird ganz mulmig, wenn ich an Thomas denke!

Hin- und hergeschleudert von den Winden des Schicksals –
Deine Ali

Von: Tina.Uhland@webmail.net
An : Alessa.Lammert@gmx.de

Hi, hi, Ali,
ich hoffe, du bist noch online . . .

Richtig geraten, klar hab ich mir den Film mit Brad Pitt reingezogen. Weißt du, dass er jetzt mit Angela Jolie zusammen dreht? Ich wette, die beiden verlieben sich, die sollen so Gangster spielen, ich finde, die wären das absolute Traumpaar. Gleich nach Brad Pitt und Tini, natürlich. Ha, ha. Ich weiß selbst, wie realistisch das ist.
Also, Thomas hat dich noch nicht vergessen! Wär auch noch schöner, du bist ja noch nicht mal eine Woche weg. Aber ich finde es richtig, dass ihr vorher Schluss gemacht habt. So eine Beziehung auf Distanz, das klappt doch nicht, da macht man sich was vor. Dann hängst du immer nur rum und denkst, wieso ruft er nicht an? Wieso schickt er keine SMS? Warum kommt er nicht? Und versaust dir damit deine Gegenwart.

Das war ein total sauberer und mutiger Schnitt, den ihr da gemacht habt, wir haben das übrigens in der Klasse diskutiert – hab ich dir noch gar nicht erzählt, oder? Also: Thomas hat nämlich die Bioarbeit verhauen und Renzo meinte, bestimmt wär er wegen der Trennung von dir durcheinander. Stell dir mal vor, so was musst du dir von deinem Klassenlehrer anhören! Thomas gleich rot wie ein Hummer, aber keiner hat gelacht. Das war gut.
Ich hab natürlich niemandem gesagt, dass es vorher zwischen euch schon gekriselt hat. Das geht ja auch niemanden was an.
Jedenfalls wünsche ich dir, dass du dich bald in einen unheimlich tollen Typen verliebst. Vielleicht den mit dem Fernglas???
Seit gestern schüttet es übrigens wie aus Kübeln. Also, ist auch nicht alles gut in Starnberg. Du weißt, wie es dann hier ist, wenn die Wolken so tief über den See kommen, dass sie die Segelmasten berühren. Dann kriege ich meine Krise.
Gib Tiger einen Kuss von mir auf ihr rosa Schnäuzchen (aber nur, wenn sie nicht gerade Whiskas gefressen hat).

Dicker Kuss auf dich und: Ohren steif!
Deine Tini

2. Kapitel

Polizeirevier 3,
Weißenburg, Landkreis Landshut, Große Straße

Hauptwachtmeister Matthias Keusch hat Dienst, obwohl dieser 9. Oktober sein Hochzeitstag ist. Sein Kollege Henning liegt mit einer Darmgrippe im Bett, und man hat ihn, den Hauptwachtmeister, mitten in der Familienfeier mit den Schwiegereltern angerufen und ihm gesagt: »Du musst die Nachtschicht machen, Matthias. Henning kommt nicht aus den Federn. Den hat es richtig erwischt.«
Matthias ist seit zehn Jahren bei der Polizei, und seit acht Jahren in Weißenburg, in Bayern. Seit seinem Dienstantritt in der kleinen Stadt hat es keinen wirklich interessanten Fall gegeben, außer einer Razzia, bei der es darum ging, einen Drogendealer dingfest zu machen; aber diese Sache war von Rosenheim aus gesteuert gewesen, sie hier hatten im Grunde nicht viel damit zu tun.
Auch an diesem Sonntag ist bisher alles ruhig gewesen. Matthias tritt pünktlich um 18 Uhr seinen Dienst an, er ist nüchtern, er hatte gerade den Prosecco ausgeschenkt, nach dem Kaffee, als der Anruf kam. Die anderen haben weitergetrunken. Matthias trinkt nicht, wenn er weiß, dass er in ein paar Stunden Dienst hat. Das ist für ihn ehernes Gesetz. Und da macht er an seinem Hochzeitstag auch keine Ausnahme. Er hat Sabine die beiden Gläser gegeben, sie geküsst und gesagt: »Trink für mich mit, ich hab nachher Dienst.«
»Heute?«, hat Sabine fassungslos gefragt.

»Außerplanmäßig, aber Dienst ist Dienst und Schnaps ist Schnaps«, hat er geantwortet, »weißt du doch, Mädchen.«
Eigentlich zeigt Sabine immer Verständnis für seine Arbeit. Auch deswegen liebt er sie noch so wie damals vor sieben Jahren, als sie sich das Ja-Wort gaben. Trotzdem aber war er ganz froh, dass er eine Ausrede hatte, die Familienfeier für sich etwas abzukürzen. Das ging nicht gegen seine Frau. Und auch mit seinen Schwiegereltern versteht er sich gut, aber wenn der Schwiegervater ein paar Gläser getrunken hat, geht er ihm ziemlich auf die Nerven mit seinen Geschichten aus der Bundeswehrzeit. Wie er bei der Grundausbildung mit 60 Kilo Gepäck durch den Schlamm robben musste ... Und der Feldwebel ihn mit rüdem Kommisston zusammengeschissen hat ... Solche Sachen erzählte er immer wieder, als würde er annehmen, dass es bei der Polizei ähnlich zugeht wie auf dem Truppenübungsplatz. »Leider hat dein Vater keine Ahnung von moderner Polizeiarbeit«, sagt Matthias regelmäßig nach so einem Familientreffen zu seiner Sabine.
Und sie küsst ihn dann immer und sagt: »Lass Papa doch, wenn es ihm Spaß macht.«
Sabine hält ihren Mann für einen Helden, so eine Art modernen Robin Hood. Sie schwärmte schon als kleines Mädchen für Polizisten und Uniformen und hat ihm das flüsternd in der Hochzeitsnacht verraten. Das war süß.
Dabei ist Matthias` Job zum größten Teil Schreibtischarbeit – auch Streifefahren ist immer nur Routine. Manchmal greifen sie ein Mädchen auf, das von zu Hause weggelaufen ist, holen einen Betrunkenen von der Parkbank und müssen an den Ortsrand fahren, um in der Neubausiedlung einen Streit unter Nachbarn zu schlichten. Oder eine Schlägerei in irgendeiner Kneipe. Mal ein Einbruch, ein Diebstahl, ein Handtaschenraub. Viel mehr ist nicht. Weißenburg ist eine ruhige Stadt: ei-

ne katholische Kirche (Barock, mit berühmter Orgel), ein Marktplatz, auf dem donnerstags Markt ist, eine kleine Fußgängerzone, ein Stück alte Stadtmauer und die Burg. Die ist jetzt Jugendherberge.

Zehn Minuten nachdem Matthias Keusch den Dienst angetreten hat, klingelt das Telefon. Zuerst versteht er gar nichts, nur Keuchen und Stöhnen. Er hört hysterische Schreie, Kreischen, Poltern und wieder Schreie.
»Hallo? Hallo!«, brüllt dann ein aufgeregter Mann ins Telefon. »Die Polizei! Ich brauche die Polizei!«
»Hier ist Revierwache 3, Sie sprechen mit Hauptwachtmeister Keusch«, sagt Matthias ruhig und streng. »Sie haben ein Problem?«
»Wir haben kein Problem, wir haben hier eine Katastrophe!«, brüllt der Anrufer ins Telefon. »Ein Amokläufer...«
Bevor Matthias etwas sagen kann, ist jemand anderes am Telefon. Die Stimme, auch männlich, ist leiser, aber sie zittert.
»Bitte! Schicken Sie sofort einen Streifenwagen!«
»Und einen Leichenwagen!«, ruft jetzt ein Dritter in den Hörer. »Verstehen Sie? Hier gibt es Tote!«
Matthias Keusch spürt, wie der Schweiß auf seiner Stirn ausbricht. Er lehnt sich zurück, zerrt ein Taschentuch aus der Hosentasche. Er wischt sich damit über Gesicht und Hals, beugt sich wieder vor.
»Adresse?«, ruft er. »Mit wem spreche ich?«
»Jugendherberge Weißenburg!« Das ist wieder der Anrufer. »Ich bin Christian Pfeiffer! Ich leite die Herberge!«
»Fassen Sie nichts an! Wir sind in fünf Minuten da!«
Matthias wirft den Hörer auf die Gabel und stürmt ins Nebenzimmer. Dort sitzt seine Kollegin Veronika Solms, Mitte zwanzig, ehrgeizig, attraktiv.

Veronika lackiert ihre Nägel und telefoniert gleichzeitig mit ihrem privaten Handy. Der Nagellack ist dunkelblau, Veronika mag es gern ein bisschen schräg. Deshalb trägt sie privat auch gerne mal verschiedenfarbige Wollstrümpfe zu ihren Boots. Ansonsten immer Jeans.
Sie schaut auf, als Matthias' Gesicht in der Türspalte erscheint. Sie will etwas sagen, aber Matthias brüllt nur: »Einsatz!« Und ist schon wieder weg.
»Hast du ihn gehört?«, sagt Veronika in ihr Handy. Sie lacht. »Das war mein Chef. So plustert der sich immer auf. Ich schau mal, was los ist, ich ruf spätestens in einer halben Stunde wieder an. Ciao.« Sie macht ein schmatzendes Geräusch und schließt dabei ganz kurz die Augen, das tut sie immer, wenn sie ihren Liebsten aus der Ferne küsst, damit sie sich ihm näher fühlt.
Dann steht sie auf, schnallt den Halfter um, nimmt ihre Waffe aus der Schublade. Im Flur bellt Matthias: »Veronika! Beeilung!«
Sie zerrt ihre Uniformjacke vom Bügel und zieht sie im Laufen an. Matthias ist schon draußen.

Einsatz-Protokoll zum Tatort Jugendherberge Weißenburg, aufgezeichnet und unterschrieben am Morgen nach dem Einsatz von Polizeihauptmeister Matthias Keusch, Verantwortlicher, und der Polizeibeamtin Veronika Solms.

Wir erreichten den Einsatzort am 9. Oktober, um achtzehn Uhr zwanzig, zehn Minuten, nachdem der Anruf in der Polizeiwache 3 eingegangen war. Wir hatten keine konkreten Vorstellungen von den Ereignissen am Tatort. Auf der Fahrt dorthin versuchte Kollegin Solms mehrfach, telefonischen Kontakt mit der Jugendherberge herzustellen. Ohne Ergebnis. Wir trugen schusssichere Westen. Auf dem ummauerten Burghof der Jugendherberge trafen wir bei unserer Ankunft auf eine Gruppe verstört wirkender Jugendlicher, die sich umarmten und gegenseitig trösteten, manche in Weinkrämpfen. Auf unsere ersten Fragen, was passiert sei, bekamen wir keine schlüssigen Antworten. Die Jugendlichen waren von einem Mitarbeiter der Jugendherberge aufgefordert worden, im Hof zu warten. Sie hatten keine Ahnung, was genau passiert war, hatten jedoch Schüsse und Schreie gehört.

In der Eingangshalle erwartete uns Christian Pfeiffer, der Herbergsleiter. Er konnte kaum sprechen. Stockend informierte er uns; das »Geschehnis«, wie er sagte, beträfe eine neunte Schulklasse aus Offenbach. Er deutete auf die Cafeteria, die sich als Anbau des Essraumes in einer Art Wintergarten befindet. Seine einzige Frage war, ob wir einen Arzt und einen Krankenwagen bestellt hätten. Ich versicherte, dass Hilfe schon auf dem Weg sei, das beruhigte den Herbergsleiter offenbar ein wenig.

In der Cafeteria hatte sich ein Teil der Schulklasse 9B aus Offenbach am Main versammelt, um eine Geburtstagsparty für den kommenden Abend zu besprechen. Das referierte der Herbergsleiter, während wir uns im Laufschritt vorwärts bewegten. Die Cafeteria, der Tatort, ist ungefähr fünfzig Meter vom Eingang entfernt; in den Gängen dorthin kauerten weitere Jugendliche, vollkommen in sich zusammengesunken. Manche weinten, einige hielten sich gegenseitig fest.

Die Cafeteria war hell erleuchtet. Überall war Blut, auf dem weißen Mobiliar, auf dem hellen Laminatfußboden, insbesondere an der Außenwand der Cafeteria. Dort hatte, so die erste Ermittlung, der Todesschütze gestanden, Ulf Krause, 17 Jahre alt, als er sich den finalen Schuss in den Mund gab. Dann ist er an der Wand heruntergerutscht. Er lag in einer Blutlache, eine Decke war über ihn ausgebreitet. Veronika Solms orderte sofort über Funk einen Leichenwagen.

Neben dem zweiten Toten kniete ein Mann, Rufus Grevenich, 46, verantwortlicher Lehrer und Begleiter der Offenbacher Schulklasse. Er stand unter Schock. Er nahm uns nicht wahr, als wir uns um den Toten kümmerten.

Kollegin Solms führte den Lehrer vom Toten weg und ich, Hauptwachtmeister Keusch, nahm die weitere Untersuchung vor.

Beim zweiten Toten handelte es sich um den Schüler Philip Wertebach, 16 Jahre alt.

Er war in die Brust und in den Bauch getroffen. Der Täter hatte also zwei Schüsse auf seinen Mitschüler abgegeben. Die Obduktion wird ergeben, welcher der beiden Schüsse den Tod verursacht hat.

Auf einem Stuhl in unmittelbarer Entfernung saß ein weiteres Opfer der Schüsse, Vicky Gierke, 15. Sie wurde von der Frau des Herbergsleiters und einer zweiten Lehrerin betreut. Ihr Arm war notdürftig abgebunden, sie hatte einen Streifschuss am rechten Handgelenk erlitten; sie stand ganz offensichtlich unter Schock, sodass sie keine Schmerzen spürte.

Sie schrie: »Was ist das für ein Schwein! Wie kann er so was tun!«

Unter einem Tisch, in verkrampfter Haltung, kauerte eine weitere Person, bei der wir zunächst Verletzungen vermuteten. Der Lehrer war nicht in der Lage, Auskunft zu geben, ob auch auf sie geschossen worden war.

Es handelte sich um die Schülerin Alessa Lammert, 15. Sie war äußerlich unverletzt, stand jedoch unter schwerstem Schock. Ihre Verkrampfung löste sich erst mit einer Injektion, die ihr zwei Ärzte des Notdienstes (eingetroffen um 18 Uhr 43) verabreichten. Nunmehr auf eine Bahre gelegt, wimmerte sie leise, ihre Augen waren verdreht. Sie war nicht ansprechbar.

Einer der Ärzte telefonierte mit einem Kollegen der Abteilung für Neurologie des Klinikums, wegen Verdacht auf Epilepsie.

Nach der Spurensicherung begannen wir mit den ersten Befragungen. Inzwischen war von einem Mitarbeiter der Jugendherberge bereits die Presse informiert worden. Die Journalisten behinderten die ermittlungstechnischen Arbeiten. Sie störten den Ablauf der Befragungen, indem sie unter anderem versuchten, Mitschüler der Opfer durch finanzielle Angebote zu Aussagen für ihre Blätter zu bewegen oder ihnen Fotos abzukaufen, die sie während der Klassenreise mit ihren Handys gemacht hatten.

Der Presse wurde daraufhin Hausverbot erteilt, bis die Ermittlungen abgeschlossen seien.

Unterschrieben: Hauptwachtmeister Matthias Keusch,
Gegengezeichnet: Polizistin Veronika Solms
Weißenburg, den 10. Oktober 2005

Mittwoch, den 12. Oktober 2005

Erst sind es die Geräusche, die an ihr Ohr dringen, wie durch Watte und aus großer Entfernung.
Alessa hat etwas geträumt, aber sie kann sich an den Traum nicht erinnern. Sie weiß nur, dass sie durch das Weltall geschwommen ist, mit ruhigen, gleichmäßigen Bewegungen, ohne zu atmen, die Augen weit geöffnet. Sie hat in diesem Schweben jede Farbschattierung von Blau erlebt, wie sie es von der Erde kannte; das Indigo der Meerestiefen, unergründlich und geheimnisvoll, das weiche Türkis eines Mittelmeertages, wenn die Luft angefüllt ist mit dem Staub der Sahara, das Schwarzblau der Ozeane zwischen den Kontinenten, das Blauschimmern über den Schneefeldern der Gebirge. Himmelblau, Wasserblau, Schneeblau. Ringsum im Weltall. Sie ist in der blauen Stille gewesen, und als sie auf einmal spürt, dass man sie zurückholen will aus dieser Stille, aus diesem Blau, aus diesem leichten Schweben, stöhnt sie auf.
»Alessa! Hörst du uns? Kannst du die Augen öffnen? Kannst du hören, was wir sagen?«
Alessa öffnet die Lippen, aber ihr Mund ist trocken, die Kehle brennt wie Schmirgelpapier. Sie hört, wie jemand sagt: »Blutdruck 104 zu 67.«

Und eine andere Stimme, die sagt: »Soll ich ein Fenster aufmachen?«
Dann berührt jemand ihre Hand. »Alessa! Wenn du mich hören kannst, dann antworte einfach mit einem leichten Druck gegen meine Hand, ja?«
Alessa legt den Kopf zur Seite. Sie fühlt, wie ihr Tränen aus den geschlossenen Augen langsam über die Wangen rinnen. Sie weint und weiß nicht, warum. Sie versucht, den Druck der Hand zu erwidern. Aber sie ist nicht sicher, ob ihre Kraft dafür ausreicht.
Ich will wieder zurück, denkt sie, ich will wieder schweben, ich will diesen Lärm nicht. »Ich will nicht . . .«
»Sie ist da!«, ruft jemand. »Hol den Chef!«
Alessa hört ein glückliches Lachen. »Sie ist da!«
Und jemand sagt: »Dann kann ich sie also bald vernehmen?«
Vernehmen?, denkt Alessa. Das hört sich an wie aus einem Tatort. Wieso vernehmen?
Sie presst die Augenlider fest zu. Sie will wieder in dieses Blau ihres Traumes, aber stattdessen ist es, als spüle jemand ihren Kopf mit einer roten Farbe aus. Oder als halte sie ihr Gesicht gegen eine Glasscheibe, und jemand von außen schleudert gegen das Glas einen Eimer voller Blut –
Mit einem Ruck sitzt Alessa aufrecht, reißt die Augen auf, blinzelt und fällt wieder zurück.
»Alessa? Nicht wegtauchen, bitte! Schön wach bleiben! Augen auf, Alessa!«
Jemand klatscht sanft mit der flachen Hand gegen ihr Gesicht. Das ist unangenehm, Alessa öffnet die Augen einen Spalt, schaut sich vorsichtig um.
Sie liegt in einem weißen Bett, und um sie herum stehen Leute in weißen Kitteln, ein Mann, mehrere Frauen. Wenn sie den Kopf etwas nach rechts dreht, sieht sie ein Fenster und hinter

dem Fenster ein paar Büsche und hinter den Büschen ein gelbes Haus mit bunten Balkonen.
»Ich bin müde«, flüstert Alessa, »ich möchte schlafen.«
»Nein, Alessa, nein!« Die Stimme wird strenger. Alessa kennt die Stimme nicht. »Nicht wieder einschlafen! Schön wach bleiben! Streng dich an! Konzentrier dich! Wie heißt du?«
»Alessa Lammert«, murmelt Alessa.
»Wann bist du geboren?«
»14. Oktober 1990.«
Pause.
Auf einmal ist dieses blöde Geburtstagsständchen in ihrem Kopf: Happy birthday, dear Alessa, happy birthday to you.
Die verarschen mich, denkt Alessa.
Sie kneift die Augen wieder fest zusammen, will sich wegdrehen. Aber jemand hält erneut ihre Hand und ein anderer träufelt ihr eine weiche warme Flüssigkeit zwischen die Lippen.
»Schluck mal, Alessa.«
Sie schluckt mühsam, sie verzieht das Gesicht. »Was ist das?«.
»Eine klare Hühnerbrühe. Lauwarm. Ganz leicht. Nicht gewürzt. Das tut dir gut.«
Stimmt, denkt Alessa, das tut mir gut...
Mami hat mir früher, wenn ich krank war, auch immer heiße Brühe gebracht...
»Wo ist Mami?«, fragt Alessa.
»Deine Eltern waren vorhin hier, aber da hast du noch fest geschlafen. Weißt du, dass wir dich in ein Koma versetzt haben? In einen künstlichen Schlaf?«
Alessa schüttelt den Kopf.
Nein, ich weiß nicht, ich will auch nichts wissen.
»Wir rufen deine Eltern an und sagen, dass sie jetzt kommen können, ja?«

»Nein«, murmelt Alessa, »noch nicht, ich will schlafen ... ich habe geträumt ...«
Jemand klopft, und Alessa hört eine strenge, weibliche Stimme: »Nein! Das geht überhaupt nicht! Die Patientin kommt gerade langsam aus dem Koma zurück. Wie sind Sie überhaupt durch die Kontrollen gekommen? Es interessiert mich nicht, dass Ihre Zeitung Sie geschickt hat.«
»Keine Presse, keine Fotos, keine Interviews«, ruft der Mann neben ihrem Bett. Er fühlt Alessas Puls. »Absolut gar nichts.«
Der Arzt beugt sich über sie. Sie kann sein Gesicht durch die halb geschlossenen Lider sehen. Ein rundes, freundliches Gesicht mit aufmerksamem Blick. »Es ist alles gut«, sagt er besänftigend, »wir beschützen dich hier. Niemand wird mit dir reden. Niemand, außer deinen Eltern. Sie wohnen in einem Hotel, ganz in der Nähe, in zehn Minuten können sie hier sein, wenn du sie sehen möchtest.«
»Wieso in einem Hotel?«, fragt Alessa. Ihre Stimme funktioniert schon wieder gut. Ein bisschen rau, aber sie kann die Worte formulieren, wie sie will.
»Weißt du nicht mehr, was passiert ist?«, fragt der Arzt.
Alessa runzelt die Stirn. Sie dreht den Kopf weg.
Was passiert ist ...? Was ist denn passiert ...? Künstliches Koma ...? Wieso denn das ...?
»Ich weiß nicht«, murmelt Alessa.
»Hier ist Weißenburg, du bist in der Klinik.«
Weißenburg, denkt Alessa. Und dann denkt sie: Jugendherberge. Sie runzelt die Stirn.
Jugendherberge?
Aus der Weite des Raumes schweben auf einmal Dinge auf sie zu, wie kleine Puzzleteilchen, bunte, kleine, bizarr geformte Teilchen, auf denen sie manchmal etwas erkennt ... Das Gesicht von Vicky, ihrer Freundin ... Das Zimmer mit den dop-

pelstöckigen Betten. Zwei Doppelbetten an jeder Wand. Kerstin, die oben auf einem Bett sitzt, mit den Beinen baumelt und lacht . . . Rufus, der Klassenlehrer, der auf Filzpantoffeln durch ein Schloss schlurft und die ganze Klasse im Gänsemarsch hinterher. Lustig. Sie muss lächeln.
Das Schlafzimmer einer Prinzessin, alles Blau und Gold . . . Und dann Philipp mit seiner Digitalkamera. Der sie umkreist, der sich vor ihr auf den Boden legt und sie aus der Froschperspektive filmt . . . Ein Stich fährt ihr durch den Körper. Ein Schmerz, als wenn jemand eine Nadel in ihr Fleisch bohrt.
»Philipp?«, murmelt sie. Und reißt die Augen auf.
»Ja?«, fragt sanft der Arzt. »Was willst du fragen?«
Er will einen Film machen, denkt Alessa. Für meinen Geburtstag. Wir sind auf der Klassenreise und am letzten Tag ist mein Geburtstag und wir haben eine Party organisiert . . . Wieso kann ich mich an die Party nicht erinnern?
Was ist überhaupt los? Wieso bin ich hier in der Klinik? Aber sie fragt es nicht.
»Ist der Film gut geworden?«, fragt Alessa.
»Welcher Film?«
»Den Philipp gemacht hat.« Sie lächelt. Die Kamera gehört seinem Vater. Aber er hat sie ihm mitgegeben, für die Klassenreise. Sie öffnet die Augen. »Warum sind meine Eltern hier?«, fragt sie, und sie hört genau, dass ihre Stimme irgendwie anders klingt, so, als schleiche sich eine Panik ein, eine Ahnung von etwas, das sie nicht begreifen kann, das versteckt ist irgendwo hinter dem Weltallblau, etwas, das hinter dem schwebenden Licht auf sie lauert . . . wie eine schwarze Spinne. Oder ein Raubtier, bereit, sie anzuspringen . . .
Sie umklammert die Hand des Arztes. Sie drückt ihre Fingernägel in seine Handfläche. Es müsste wehtun, aber der Arzt zuckt nicht.

»Was ist?«, fragt er sanft. »Kommt die Erinnerung zurück? Weißt du wieder, was passiert ist?«
Alessa schüttelt den Kopf. »Nein, nein ... ich weiß nichts ... nichts ... Ich will schlafen, schlafen.«
Sie lässt den Arzt los, drückt sich in das Kopfkissen. Ich werde einfach nicht mehr atmen, denkt sie, bis das Blau zurückkommt. Einfach aufhören zu atmen ...

Tonbandaufzeichnung des Verhörs der Schülerin Alessa Lammert am 14. Oktober. Das Gespräch wurde im Klinikum Weißenburg geführt, von Veronika Solms, Polizistin im Außendienst. Nach Rücksprache mit Professor Merthin.

Veronika: Hallo, Alessa.
Alessa: Ich will nicht reden.
Veronika: Musst du auch nicht, wenn du nicht willst.
Alessa: Auf Wiedersehen.
Veronika: Ich hab mit deinem behandelnden Arzt gesprochen, Dr. Merthin. Er sagt, dass du wahrscheinlich morgen mit deinen Eltern nach Hause kannst. Hat er dir das auch schon gesagt?
Alessa: Ja, vorhin.
Veronika: Freust du dich?
Alessa: Ich weiß nicht.
Veronika: Ich hab mich nicht vorgestellt, mein Name ist Veronika Solms, ich bin Polizeibeamtin hier in Weißenburg. Ich war auch an dem Abend, als das alles passiert ist ...
(Anmerkung: Alessa schließt die Augen und dreht ihren Kopf weg.)
Veronika: Da war ich in der Jugendherberge. Zusammen mit meinem Kollegen, Herrn Keusch. Ich würde mich gerne mit dir unterhalten.
Alessa: Unterhalten?
Veronika: Zum Beispiel über die Dinge, die vor der Tat passiert sind.

Alessa: Ich weiß nicht, wie das passiert ist.
Veronika: Du kannst dich nicht erinnern?
Alessa: Doch, ein bisschen. Aber nicht genau. Mir wird dann immer sofort schlecht. Ich will nicht darüber reden.
Veronika: Wir müssen aber darüber reden. Spätestens, wenn du wieder zu Hause bist, in die Schule gehst und die anderen Klassenkameraden triffst.
Alessa: Alle ja nicht mehr.
Veronika: Nein, alle nicht. Du weißt, was mit Philipp passiert ist?
Alessa: So ungefähr.
Veronika: Es tut mir sehr Leid. Vielleicht tröstet dich das: Die Kollegen von der Pathologie haben gesagt, dass sein Tod sofort nach dem ersten Schuss eingetreten ist. Er hat nichts gespürt.
(Alessa presst sich das Kopfkissen auf das Gesicht und beginnt leise zu weinen.)
Veronika: Es tut mir sehr Leid. Philipp war dein Freund, nicht?
(Alessa nimmt das Kissen vom Gesicht, zuckt mit den Schultern.)
Veronika: Heißt das Ja oder Nein?
Alessa: Ja.
Veronika: Wir haben mit Mitschülern von dir gesprochen, die sagen, dass du auch mit Ulf befreundet warst.
(Keine Reaktion von Alessa)
Veronika: Kannst du sagen, ob das stimmt?
(Schulterzucken von Alessa)
Veronika: Jedenfalls behaupten einige, dass du die Einzige in der Klasse warst, die mit Ulf näheren Kontakt hatte. Sie sagen, ihr seid jeden Tag zusammen aus der Schule nach Hause gegangen.
Alessa: Ja, weil er immer auf mich gewartet hat, auch wenn wir getrennte Fächer hatten und er eine Stunde früher fertig war. Er hat immer auf mich gewartet.

Veronika: War das von Anfang an so?
Alessa: Was?
Veronika: Dass ihr den Nachhauseweg zusammen gemacht habt?
Alessa: Am Anfang war Ulf ja nicht in meiner Klasse. Er war eine Klasse höher. Er hat sich zurückversetzen lassen.
Veronika: Warum?
Alessa: Keine Ahnung. Weil er nicht sitzen bleiben wollte. Ich weiß nicht. Ich will nicht über Ulf sprechen.
Veronika: Okay, musst du auch nicht. Erzähl mir ein bisschen von dir. Du bist noch nicht lange in dieser Klasse in Offenbach, oder? Deine Mitschüler haben erzählt, dass du aus Bayern kommst.
Alessa: Sie haben die über mich ausgefragt?
Veronika: Nicht ausgefragt. Wir müssen uns aber ein Bild machen, der Kollege und ich, von den Dingen, die hier vorgegangen sind. Wir müssen versuchen, das zu verstehen.
Alessa: Glauben Sie, das kann man?
Veronika: Hast du gewusst, dass Ulf einen Revolver hat?
Alessa: Woher denn?
Veronika: Also, du hast es nicht gewusst?
Alessa: Natürlich nicht.
Veronika: Und wenn du es gewusst hättest? Was hättest du dann gemacht?
Alessa: Keine Ahnung. Versucht, ihm das auszureden.
Veronika: Was auszureden?
Alessa: Mann! Ich weiß nicht! Geht das jetzt immer so weiter? Haben Sie die anderen auch so ausgequetscht?
Veronika: Die anderen auch. Aber wir hoffen von dir mehr Informationen zu bekommen.
Alessa: Und wieso ausgerechnet von mir?
Veronika: Weil du mit beiden befreundet warst, mit dem Opfer und dem Täter.

(Alessa schließt die Augen, wendet sich ab, zieht krampfhaft an ihrer Bettdecke, bis sie fast das Gesicht damit bedeckt hat.)
Veronika: Es tut mir Leid, Alessa. Ich weiß, wie du dich jetzt fühlst.
(Lange Pause. Schweigen.)
Veronika: Ich würde gerne mit dir über das letzte Jahr reden. In der 9B. Um zu verstehen, wie das passieren konnte, dass niemand etwas gemerkt hat. Verstehst du? Wir können uns übrigens duzen, wenn das leichter für dich ist.
Alessa: Ich bleib lieber beim Sie.
(Lange Pause. Schweigen)
Gleich kommt die Schwester und holt mich ab ins Labor. Sie müssen noch ein paar Untersuchungen machen, weil sie rauskriegen wollen, warum mein Puls kaum fühlbar ist. Sie haben zuerst gedacht, ich bin Epileptikerin. Und mir irgendwas dagegen gegeben. Aber ich bin keine Epileptikerin. Das ist jedenfalls klar. Wenigstens etwas.

Danach hat Alessa das Gespräch mit mir verweigert.

Gez. Veronika Solms, 14.10.2005, 19.35 Uhr

3. Kapitel

Ihr erster Schultag in Offenbach war ein Donnerstag, der erste Donnerstag im Oktober. So musste sie nur den Donnerstag und den Freitag überstehen, und dann war erst einmal Wochenende.
Alessa, die sonst stundenlang unentschlossen vor dem Schrank stand, bis sie das Richtige zum Anziehen fand, kleidete sich für ihren ersten Schultag so unauffällig wie möglich. Jeans, dunkelblauer Pulli mit halbem Arm und Rollkragen, eine Fleece-Jacke um die Hüften geknotet. Die Haare hatte sie aus der Stirn gekämmt und im Nacken zu einer Banane zusammengesteckt, nur ein paar der blonden Strähnchen, die sie sich aus Frust manchmal anknabberte, fielen ihr ins Gesicht. Früher hat sie an den Fingernägeln gekaut, aber das hatten die Eltern ihr schließlich abgewöhnen können. Doch als der Termin mit dem Umzug immer näher rückte, fiel Alessa wieder in ihre schlechten Gewohnheiten zurück. Statt der Nägel kaute sie nun an ihren Haarspitzen herum. Die Eltern gaben auf.

Der Morgen hatte mit dickem Nebel begonnen, der wie eine nasse, graue Decke auf den Dächern lag. Aber als Alessa aus dem Haus trat, kämpfte sich bereits eine blasse Sonne durch die dichten Schleier, und wenig später waren die Straßen, durch die sie gehen musste, in warmes gelbes Licht getaucht. Rote Ahornblätter fielen vor ihre Füße und es knisterte und raschelte, wenn sie auf trockene Kastanienblätter trat.
Alessa folgte einem Mädchen in einem rosa Kleid, das einen rosa Schulranzen auf dem Rücken trug. Und im Haar eine rosa

Schleife. Sie dachte darüber nach, warum kleine Mädchen die Farbe Rosa so liebten, als sie hinter sich schwere Schritte hörte und ein Schnaufen. Und dann grabschte jemand ihre Hand. Erschrocken drehte Alessa sich um.

»Du rennst vielleicht! Mann! Willst du den Marathon gewinnen?«

Der Junge, der sie angesprochen hatte, war einen Kopf größer als sie und doppelt so breit. Er trug XXL-Klamotten, zu lange Khaki-Hosen, deren ausgefranster Saum auf dem Boden schleifte, und darüber ein schrill gemustertes Hemd mit halbem Arm. Seine Unterarme waren blass, aber übersät mit Sommersprossen. Auch das Gesicht unter der schwarzen Pudelmütze war voller Sommersprossen. Quer über der Brust der breite Lederriemen einer Umhängetasche mit albernen Comic-Figuren.

Der Junge war außer Atem, er keuchte.

»Was willst du?«, fragte Alessa cool. Sie ging weiter, der Junge schlurfte in Riesenschritten neben ihr her. Er trug Tennisschuhe mit Plateausohlen. Er war also vielleicht doch nicht einen ganzen Kopf größer als sie.

»Du bist neu hier«, sagte er. »Kennst du dich überhaupt aus?«

Alessa hob die Schultern. Was sollte man auf so eine Frage schon antworten.

»Renn doch nicht so, du schaffst das locker bis zum ersten Gong«, sagte der Junge. Alessa beschleunigte noch ihren Schritt, sie wollte den Typen los sein.

»Ist außerdem egal, ob man zu spät kommt«, keuchte er. »Sind alles Analphabeten.«

»Wer?«

»Die in der Schule. Alles Hohlköpfe. Die schnallen nichts.«

Alessa schwieg. Was sollte sie auch sagen.

»Die Welt ist im Arsch«, sagte er und spuckte aus.

Alessa blieb stehen und schaute den Jungen an. Er hatte sehr helle Wimpern und Augenbrauen, und seine Augen waren von einem wässrigen Blau. Er blinzelte und rieb mit dem Ärmel über sein Gesicht.
»Weißt du, was?«, sagte Alessa. »Ich würde mir gern mein eigenes Urteil bilden. Über die Schule. Und die Welt.«
Der Junge zuckte mit den Schultern.
Alessa ging weiter, er schlurfte neben ihr her. »Kannst du«, sagte er. »Klar, aber die Schule ist auf den Hund gekommen. Die Lehrer – die letzten Blödiane. Sind von den anderen Schulen ausgemustert, aber für uns noch gut genug.«
»Wer sagt das?«
»Du willst dein eigenes Urteil bilden. Okay. Gut. Mach das. Aber sag mir nicht, ich hab dich nicht gewarnt.«
»Du findest dich wohl supercool, was?«, sagte Alessa.
Er schwieg. Er ließ seinen Schulrucksack an dem breiten Lederriemen jetzt über den Boden schleifen, wie kleine Jungs das tun. Alessa nervte das Geräusch, aber sie sagte nichts.
»Mein Vater ist Ingenieur«, sagte er. »Der hat studiert. Auf der TH Gießen.«
»Toll«, sagte Alessa. Sie schaute auf die Uhr. Noch zehn Minuten, bis der Unterricht begann.
Ein Schulbus fuhr an ihnen vorbei. Das Gedränge nahm zu. Immer mehr Schüler, die mit ihnen im Strom gingen, dazwischen Radfahrer und ein paar Typen, die mit dem Roller an ihnen vorbeikurvten.
»Meine Mutter ging auch aufs Gymnasium«, sagte der Junge.
»Bloß ich nicht. Ihr einziges Kind. Komisch, oder? Haben wohl die Gene nicht gereicht.«
Sie waren nur noch etwa fünfzig Meter von der großen Kreuzung entfernt. Alessa sah schon das Schulgebäude vorn an der Straße. Den roten Klinkerbau mit den Erkern und den weißen

Kassettenfenstern. Ihr Vater hatte gesagt: »Das ist aber mal eine richtig schöne Schule. So wurde früher gebaut. Siehst du, da hat man sich noch Mühe gegeben.« Alessas Vater hatte eine Schwäche für Häuser, die vor dem Zweiten Weltkrieg errichtet worden waren. Er schätzte das Baujahr der Schule auf etwa 1920.

Alessa war am Vortag die Strecke mit ihm abgefahren. Sie wollte sich den Weg einprägen und sicher sein, wie lange sie dafür brauchte.

»Aha, also die Gene haben nicht gereicht«, sagte Alessa. »Dann ist es auch egal.« Sie überquerte ganz plötzlich die Straße. Ein Laster näherte sich mit hoher Geschwindigkeit von rechts und sie rettete sich in der letzten Sekunde auf den Bürgersteig. Der Fahrer hupte, Alessa hob entschuldigend die Hand.

So war sie die Pudelmütze wenigstens los.

Der Typ ging jetzt parallel auf der anderen Straßenseite. Er sprach mit weit ausholender Geste, aber es kamen jetzt mehrere Autos hintereinander und Alessa verstand nicht, was er sagte; sie ging weiter. Und dann war er plötzlich wieder neben ihr. Und schnaufte. »Hast du gehört?«

»Nein, was?«, fragte Alessa.

»Ich heiße Ulf. Ulf. Mit Nachnamen leider Krause.«

»Wieso leider?«

»Klingt irgendwie nach Hausmeister«, sagte er. »Aber das sind wir nicht, mein Vater ist Ingenieur. Er hat das studiert. Dipl.-Ing.«

Das weiß ich schon, dachte Alessa. Sie verdrehte die Augen.

Sie bogen um die Ecke und standen vor dem roten Klinkerbau. Ein breiter Eingang führte auf einen großen asphaltierten Hof, in dessen Hintergrund ein rotes vierstöckiges Backsteingebäude aufragte, daneben eine Turnhalle mit Flachdach, ein Neu-

bau. Das alles eingezäunt mit einem grünen Eisengitter, an dem Pappschilder hingen, die warnten: »Vorsicht! Frisch gestrichen!« Die Gesamtschule Helene Lange.
»Ich geh in die Real. Du vielleicht auch?«, fragte Ulf.
Alessa nickte.
»Welche Klasse?«
»Achte.«
»Oh, knapp daneben«, sagte er. »Ich bin schon in der Neunten. Wär geil gewesen, wenn wir in dieselbe Klasse gehen würden.« Sie überquerten den Schulhof. Alessa spürte die ersten neugierigen Blicke. Als Neue fiel man immer auf. Auch wenn man alles tat, um den Eindruck zu vermeiden.
»Diese Schule«, schimpfte Ulf, »kannst du vergessen. Da hocken bloß Analphabeten in den Klassen rum.«
Und das weiß ich auch schon, dachte Alessa. Was war das bloß für ein Typ? Wie heißt du eigentlich?«, fragte der Junge sie jetzt.
»Alessa.«
»Oh«, sagte er. »Aber hallo!« Und lachte.
Sie ärgerte sich, weil er lachte. »Was ist daran komisch?«, fauchte sie.
»Weiß nicht. Alessa. Ich glaub, wir haben eine Kaffeemaschine, die so heißt. Ist das ein deutscher Name?«
»Nein, koreanisch«, sagte Alessa. Sie hatte endlich jemanden entdeckt, einen Lehrer, der aussah, als würde er die Aufsicht führen. An den wandte sie sich endlich.
»Guten Morgen«, sagte sie zu ihm. »Das ist heute hier mein erster Tag. Und ich hab keine Ahnung...«
»Sie heißt Alessa.« Ulf war ihr gefolgt.
Alessa fuhr herum, sie war jetzt wirklich wütend. »Vielleicht kann ich für mich selber sprechen?«, fauchte sie. »Glaubst du, ich brauch einen Vorbeter oder was?«

Ulf zuckte zurück. Er bekam einen feuerroten Kopf. Er starrte sie an. Plötzlich begann er zu stottern. »Iii...ich...w...w... will d...d...doch nur helfen...«, stotterte er.
Der Lehrer legte Ulf besänftigend seine Hand auf die Schultern. »Schon gut, Ulf, danke, dass du dich gekümmert hast.«
Ulf schmollte. »Wir haben denselben Weg. Sie kennt sich hier noch nicht aus.«
»Danke«, sagte der Lehrer noch einmal. »Wirklich nett von dir.«
Ulf nickte, machte eine eckige Bewegung und drehte sich weg. Als Alessa sah, dass er sich entfernte, atmete sie tief durch.
»Und jetzt zu dir«, sagte der Lehrer freundlich. »Du bist also neu.«
»Ja«, sagte Alessa. »Ich soll in die Achte.«
»Oh!« Der Lehrer lächelte. »Da kommst du in eine tolle Klasse. Ich weiß das, denn ich unterrichte dort Mathe. Wir werden uns also öfter sehen.«
Zum ersten Mal schaute Alessa den Lehrer richtig an. Er war nicht sehr groß, hatte krauses, dunkles Haar, das an den Schläfen schon ziemlich dünn war, und einen Schnurrbart, der aussah, als würde er ihm in den Mund wachsen. Alessa dachte: Bestimmt kaut er an den Spitzen, wenn niemand zuguckt.
»Ich bin Rufus Grevenich«, sagte der Lehrer, »und deine Klasse ist im Neubau untergebracht.« Er deutete auf ein graues würfelförmiges Gebäude rechts vom alten Haupthaus. »Du hast zwei Möglichkeiten: entweder durch den vorderen Eingang, zwei Glastüren, vier Treppen, oder du gehst außen rum, an den Fahrradständern und den Tischtennisplatten vorbei. Der Klassenraum liegt nach hinten raus. Auch dort hat's noch einen Eingang.«
Alessa warf einen Blick auf den Weg, den der Lehrer beschrieben hatte, sie sah das Wellblechdach mit den Fahrradständern und einem schmalen, asphaltierten Weg, der sich um eine Bu-

chenhecke schlängelte. Da stand Ulf Krause. Eine Hand an dem Lederriemen seiner Schultasche, mit der anderen zog er seine Pudelmütze tiefer ins Gesicht.
Er schaute in ihre Richtung, reglos. Die anderen Schüler gingen an ihm vorbei, manche drängelten und schubsten ihn ein bisschen. Er tat, als bemerke er das nicht; er starrte Alessa intensiv an.
Sie schluckte, dann lächelte sie tapfer. »Ich glaub, ich versuch mal den Weg durch das Haus.«
»Genau«, sagte Rufus Grevenich, »früher oder später musst du sowieso wissen, wo die Lehrerzimmer sind. Und das Sekretariat und all so was.« Wieder lächelte er ihr zu. »Ich drück die Daumen, dass der erste Tag für dich okay ist«, sagte er mit warmer Stimme.

Alessa wurde neben Vicky gesetzt. Sie nahm den Platz von Vickys bester Freundin ein, die mit ihren Eltern nach Kanada ausgewandert war. Das war drei Monate her, aber Vicky trauerte ihr immer noch nach. Deshalb hatte sie zunächst kaum einen Blick für Alessa übrig, doch sie räumte großmütig den halben Tisch für sie frei und ließ sie auch mit ins Englischbuch gucken.
Vicky war blond, hatte eine Wespentaille und weiche weiße Oberschenkel, die aus einem Mini-Jeansrock hervorquollen. Das Auffälligste an ihr war ihr großer Busen. Sie trug ein rotes, enges T-Shirt, fast schulterfrei, und der BH hatte Träger aus durchsichtigem Plastik. Auf ihren Sandalen waren Glitzer-Applikationen. Der Minirock war bestickt.
Auf ihren Heften klebten Fotos von berühmten Models, und unter dem Tisch las sie heimlich BRIGITTE YOUNG MISS. Alessa konnte sich ungefähr vorstellen, was Vicky für ein Typ war, solche Mädchen hatte es auch in ihrer Klasse in Starnberg

gegeben, Mädchen, deren Gedanken nur um Partys und Disco-Abende kreisten, und die ihre Nachmittage in Parfümerien verbrachten, beim Ausprobieren neuer Lidschatten. Vickys Lidschatten an diesem Tag war violett.
Alessa schminkte sich nur an besonderen Tagen, für das Sommerfest der Schule oder für Geburtstagspartys, wo die Konkurrenz hübscher Mädchen groß war. Sie hatte fast keinen Busen, und deshalb trug sie auch keinen BH. Sie hüllte sich gern in weite, schlabberige Pullis und trug Cargohosen mit vielen aufgesetzten Taschen, die auf der Hüfte saßen. Ihr ganzer Stolz war ihre Gürtelsammlung. An diesem Tag trug sie zu ihrer olivfarbenen Hose einen Gürtel mit einer Schnalle aus einem ovalen roten Stein. Vickys Blick heftete sich auf diesen Gürtel, als sie das Englischbuch in die Tischmitte schob ...
Es war ein Schulbuch, das ganz andere Themen behandelte als ihr altes Englischbuch.
Vorher war sie im Bundesland Bayern zur Schule gegangen, jetzt also Hessen. Überall gab es andere Schulbücher und manchmal sogar eine andere Rechtschreibung. Absurd, fand Alessas Vater. Darüber regte er sich gerne auf.
Die Englischlehrerin fragte Alessa, ob sie Lust hätte, einen Absatz des Textes zu übersetzen, den sie gerade lasen. Es war ein Stück aus »Lord of the Rings« und es war leicht. Die Lehrerin jedenfalls war begeistert. Und Vicky wisperte: »Bist du in den anderen Fächern auch so gut?«
»Ich bin überhaupt nicht gut«, flüsterte Alessa zurück, »aber der Text war doch echt easy.«
»Bist du etwa eine Streberin?«, flüsterte Vicky.
Alessa zeigte ihr einen Vogel. Vicky kicherte, als wollte sie sagen, war bloß Spaß. Sie taute offenbar auf.
In der Pause, in der Vicky Alessa die Schule zeigen sollte, kamen sie ins Reden. Vicky erzählte von ihrer besten Freun-

din, die nun auf einmal nicht mehr da war, und wie sehr sie ihr fehlte. Alessa gab zu, dass es ihr auch nicht gut ging. »Mir fehlt meine alte Schule«, sagte sie, »meine Freunde. Einfach alles. Ich fühl mich hier wie ein Fremdkörper. Als wenn ich an irgendeinem Bahnhof in den falschen Zug gestiegen wäre.«
»Das wird schon.« Vicky lächelte plötzlich. »Auch wenn unser grauer Würfel von außen nicht gerade einladend wirkt – diese Schule ist insgesamt ganz okay«, sagte sie tröstend. »Wir haben den jüngsten Lehrerdurchschnitt von allen Realschulen um Frankfurt, wir haben die beste Volleyball-Mannschaft und auf unsere Schule geht auch Hessens Schwimm-Wunder, Sebastian Jäger, der die 100-Meter-Kraulen bei der Deutschen Meisterschaft gewonnen hat. Bloß im PISA-Test hat die Realstufe nicht so gut abgeschnitten. Das wurmt unsere Rektorin. In welchem Sport bist du gut?«
Alessa erzählte von ihrem Ruderklub in Starnberg, und weil Vicky gerade einen Tatort gesehen hatte, der am Starnberger See spielte, konnte sie sich ziemlich gut vorstellen, welche schöne Gegend sie verlassen hatte.
In der nächsten Stunde, einer Freistunde, besorgten Alessa und Vicky alle nötigen Bücher, Hefte und so weiter, und während der ganzen Zeit redete Vicky wie ein Wasserfall. Alessa dachte, dass es bestimmt damit zu tun hatte, dass ihre beste Freundin nicht mehr hier war. Vielleicht hatte sie einen Mitteilungsstau. Irgendwie gefiel Alessa das. Alles war besser, als sich anzuschweigen.
Am Ende des ersten Schulvormittages fühlte Alessa sich schon viel besser.

Als sie nach der sechsten Stunde beide das Schulgebäude verließen, sagte Vicky: »Ich wohne in Neu-Isenburg, da muss ich immer mit dem Bus fahren.«

»Oh«, sagte Alessa, »schade. Dann musst du nachmittags immer gleich weg, oder?«
»Keine Angst, bei den ganzen AGs bin ich oft bis fünf in der Schule. Hier jagt eine AG die andere.«
Sie tauschten noch ihre Telefonnummern aus und dann trennten sie sich. Alessa ging an dem alten Schulgebäude vorbei, hinaus auf den Bürgersteig. Auf der Straße brauste der Verkehr. Sie lief bis zur Fußgängerampel und wartete dort mit einem Pulk von Schülern auf Grün. Auf der anderen Straßenseite stand Ulf.
Er hatte auf sie gewartet. Er stand allein, wie ein Leuchtturm. Um ihn herum gähnende Leere, alle Schüler machten wie automatisch einen Bogen um ihn.
Bitte nein, dachte Alessa, nicht schon wieder!
Aber sie wollte freundlich sein. Er ist einsam, dachte sie. Er sucht Freunde. Also hob Alessa die Hand und winkte zurück.
»Wie findest du ihn?«, fragte er, als sie sich gegenüberstanden.
»Wen?«
»Na, den Lehrer. Rufus. Den Grevenich, der heute Morgen Aufsicht hatte. Wie findest du ihn?«
»Keine Ahnung. Weiß nicht. Ganz nett.«
Ulf holte aus seiner Hosentasche ein frisches Paket Kaugummi. Er riss die Hülle ab und warf sie auf den Boden.
»Da ist ein Papierkorb«, Alessa deutete auf einen Laternenmast, an dem ein Blechbehälter befestigt war. An dem klebte ein Schild mit der Aufschrift: »Ich mache die Drecksarbeit.«
Alessa fand das lustig. Sie grinste.
Zu ihrer Überraschung bückte Ulf sich, klaubte das Kaugummipapier wieder auf, knüllte es zu einer kleinen Kugel zusammen und schnippte es beim Vorbeigehen in den Abfallbehälter. Er bot ihr einen Kaugummi an. Aber Alessa schüttelte den

Kopf. »Ich brauch jetzt was Richtiges in den Magen«, sagte sie.
»Um zwei gibt es Mittag.«
»Deine Mutter kocht?«
Alessa nickte. Noch, dachte sie, wenn sie den Job bekommt, nicht mehr.
»Du hast es gut«, sagte Ulf. »Meine arbeitet den ganzen Tag.«
Er schob einen Kaugummi in den Mund und eine Weile schwiegen sie. Da sagte Ulf: »Er ist schwul.«
Alessa starrte ihn an. »Wer?«
»Rufus.«
»Rufus?«
»Ja, der Grevenich, der Lehrer, der heute Morgen Aufsicht hatte. Der so nett mit dir geredet hat, der dich so angelächelt hat, als wenn er was von dir will.«
»Mann, bist du blöd?«
Ulf schob den Kaugummi von einem Mundwinkel in den anderen.
»Du wärst sein Typ, wenn er nicht vom anderen Ufer wär.«
»Und du bist wirklich bescheuert«, rief Alessa empört, sie beschleunigte ihren Schritt. Aber Ulf blieb ihr auf den Fersen.
»In der Schule weiß es jeder«, sagte er, und seine Stimme klang kurzatmig, »aber reden tun sie nicht darüber.«
»Ist doch auch egal.«
»Na ja«, sagte Ulf. Und verstummte.
Alessa sagte auch nichts mehr. Sie schwiegen, bis sie in ihre Straße einbogen, bis kurz vor Alessas Hauseingang.
Da sagte Ulf: »Normal ist es jedenfalls nicht.«
Alessa reagierte nicht. Sie schaute an ihrem Haus hoch, in den zweiten Stock. Das Küchenfenster stand offen. Auf der Fensterbank lag Tiger, auf dem Rücken, und ließ ihren Bauch von der Sonne bescheinen.
»Ich meine, fällt dir das nicht auf?«, fragte Ulf. »Die werden

immer mehr. Ich denk manchmal, das gibt's doch gar nicht: alles Schwule!«
»Komm, krieg dich wieder ein! Das ist doch Quatsch.«
»Nein! Echt!« Ulf hatte einen roten Kopf vor Aufregung. »Allein im Fernsehen, wenn du rumzappst. Jeder zweite Typ. Das kann einem echt auf den Sack gehen.«
»Mir gehen ganz andere Leute auf den Sack«, sagte Alessa. »Zum Beispiel Leute, die da drüben wohnen.« Sie deutete auf die Häuserzeile aus rotem Klinker, die ihrer Wohnung gegenüberlag. »Du meinst jetzt nicht mich, oder?«, sagte Ulf, mit einem unsicheren Lachen. »Ich wohn da nämlich.«
»Nee, dich nicht. Aber in eurem Haus wohnt ein Spanner«, sagte sie.
Ulf starrte auf das Haus. »Wirklich? Woher weißt du das?«
»Weil mich jemand beobachtet«, sagte Alessa, »mit dem Fernglas.«
»Echt?«, fragte Ulf.
Sie nickte. »Ich weiß nicht, was der erwartet. Dass ich alle Lichter in meinem Zimmer anmache und ihm einen Striptease vorführe?«
Ulf wurde rot. Und Alessa bereute schon fast, dass sie das gesagt hatte. Sie wollte nicht, dass irgendjemand glaubte, dass sie zu so etwas fähig wäre. Mädchen, die keinen Busen haben, träumen nicht von Striptease-Nummern.
»Gleich als wir eingezogen sind«, sagte Alessa, »ging das los. Erst dachte ich, es ist ein Witz. Aber dann hab ich es noch ein paar Mal gesehen. Weißt du, wie ich so was finde?«
Ulf schaute sie an.
»Ich find's pervers«, sagte Alessa.
Ulf nickte. Er starrte immer noch auf das Haus. »Ich krieg raus, wer das Schwein ist.« Er streckte den rechten Arm weit von sich, während er die Straße überquerte.

Es wirkte irgendwie komisch. Alessa musste lachen. Wie ein Erstklässler, der über die Straße will, dachte sie.

Miriam Lammert hatte ihre Tochter schon durch das Küchenfenster erspäht. Sie stand in der Wohnungstür, als Alessa die Treppen heraufkam.
»Und?«, rief sie erwartungsvoll. »Wie war es?«
»Es war okay.« Alessa gab ihrer Mutter einen Kuss. »Ich sitze neben Vicky. Ich glaube, die ist in Ordnung. Wir haben zusammen alle Bücher besorgt, die ich brauche. Vickys Freundin Olga ist vor einem Monat nach Kanada ausgewandert.«
»Na, das passt doch gut«, sagte Miriam munter, »dann könnt ihr ja vielleicht Freundinnen werden. Und wer war der Junge, mit dem du vor dem Haus geredet hast?«
»Der heißt Ulf und ist in der Neunten«, sagte Alessa, ging zum Fenster, hob Tiger hoch und drückte sie an ihr Gesicht. »Was gibt's denn zu essen? Eintopf?«
Sie trat zum Herd und nahm den Deckel vom Topf.
»Eine Hühnersuppe mit frischem Gemüse«, antwortete ihre Mutter. »Aber Vorsicht, kochend heiß. Und? Ist er nett?«
»Wer?«
»Na, dieser Ulf.«
Alessa ließ den Deckel fallen. »Mama«, stöhnte sie, »ich hab zehn Minuten mit ihm geredet!« Sie setzte Tiger auf den Boden und holte sich eine Apfelschorle aus dem Kühlschrank und für Tiger eine Milchtüte. Sie füllte den Trinknapf für die Katze und trank dann selber gierig, mit großen Schlucken, von ihrer Schorle. Tiger strich um ihre Beine und schnurrte. Das Kätzchen hatte keinen Durst, es wollte nur ein paar Streicheleinheiten.
»Jedenfalls«, sagte Miriam fröhlich, »hätten wir uns das doch gestern noch nicht träumen lassen, dass du heute schon zwei neue Freunde hast. Oder?«

»Es sind keine Freunde, Mami«, sagte Alessa streng. »Es sind Leute, die ich eben gerade erst kennen gelernt hab. Mit denen ich ein bisschen geredet hab. Mehr nicht. Freunde sind was anderes.«

Ihre Mutter lachte und gab ihr einen Kuss. »Okay, Schatz, okay. Aber ich finde es trotzdem schön.«

4. Kapitel

Von: Alessa.Lammert@gmx.de
An: Tina.Uhland@webmail.net

Hi, Tini, es ist jetzt schon weit nach Mitternacht, ich bin eigentlich halb tot, aber trotzdem kann ich irgendwie nicht einschlafen. Ich muss irgendjemandem unbedingt erzählen, wie meine erste Woche hier an der neuen Schule war.
Also, die gute Nachricht zuerst: Es ist besser, als ich befürchtet hab. Das liegt, glaube ich, hauptsächlich an Vicky, meiner Banknachbarin, die sich gleich ziemlich großmütig gekümmert und mich auch mit ein paar anderen Schülern zusammengebracht hat. Ich meine, heute ist das nicht mehr selbstverständlich, dass man eine Neue irgendwie normal und nett behandelt. Weißt du noch, als Jasmina in unsere Klasse kam? Die haben wir doch wie Luft behandelt. Nur, weil ihr Deutsch nicht so gut war – obwohl, wenn ich bedenke, dass sie das in einem Jahr gelernt hatte, war es eben doch ziemlich gut. Ich meine, immerhin ist Serbisch ihre Muttersprache! Und wir kennen davon bis heute nicht einmal ein Wort! Auch Wahnsinn, wenn ich darüber nachdenke, dass keiner von uns Jasmina je aufgefordert hat, was aus ihrem Land zu erzählen, aus ihrer Heimatstadt. Es hat uns einfach nicht interessiert!
Vielleicht hatte ich deshalb solche Panik vor der neuen Schule, weil ich dachte, hier werde ich vielleicht so ähnlich behandelt . . .
Aber das stimmt nicht. Echt nicht.
Vicky wäre allerdings überhaupt nicht dein Typ. Wenn ich ehrlich sein soll, sieht sie irgendwie ein bisschen schräg aus. So ein Touch-Prolo, weißt du. Sie macht auf sexy. Und in den Pausen erzählt sie mir, was sie alles über die Jungen weiß aus der Zehnten. Die ist das wandelnde schwarze Brett . . . Vor ein

paar Wochen, so erzählte sie mir, ist ein Junge erwischt worden beim Sex, mit einem Mädchen aus der Achten, in der Bibliothek! Da hatten die beiden am Nachmittag Ordnungsdienst und irgendwie muss bei ihnen die Sicherung rausgesprungen sein. Also, vorstellen kann ich mir das überhaupt nicht, es wär das Letzte, was mir einfiele, in der Schule, in einem Schulraum, mit einem Jungen Sex zu haben. Abgesehen davon, dass ich damit sowieso noch warten will. Ich glaube, Vicky hat in diesem Punkt schon einige Erfahrungen gesammelt. Zumindest tut sie so.

Sie hat einen BH, der vorne eingehakt wird. Und weißt Du, warum? »Weil die Jungen immer so ungeschickt fummeln, wenn sie einem an den Busen fassen wollen! Wenn der Verschluss auf dem Rücken ist, muss frau sich verrenken wie eine Kobra, damit er da drankommt und nicht schon vorher gefrustet wieder aufgibt.«

Das war O-Ton Vicky. Verstehst du jetzt, was ich meine?

Sie hält mich wahrscheinlich für ziemlich naiv. Aber macht nichts. Bin ich ja auch. Ihre Eltern haben ein kleines Hotel am Stadtrand. Das heißt »Zum Brunnen« oder so ähnlich. Vicky sagt, dass man da tolle Studien treiben kann. Von wegen Chefs mit ihren Sekretärinnen, zum Beispiel. Die Typen tun so, als hätten sie einen geschäftlichen Termin und kommen dann den ganzen Tag nicht aus dem Zimmer. Doppelzimmer, klar, und der Chef ist verheiratet. Und wenn seine Frau anruft, muss Vickys Mutter immer eine Ausrede erfinden... Einmal ist eine Frau, die ahnte, dass ihr Mann sie betrügt, heimlich angereist und hat ihren teuren Gatten mit seiner Geliebten im Bett erwischt. Und weißt du, was die Härte war? Das Mädchen war die Freundin ihrer Tochter! Noch nicht mal achtzehn! Das ist doch total durchgeknallt, oder? Das ist doch härter als jeder Film. Ich meine, ein Mädchen fängt was mit dem Vater ihrer Freundin an! Wie abgefahren sind die Leute eigentlich?

Es gibt übrigens einen ziemlich guten Typen in unserer Klasse: Philipp. Dunkle Locken, grüne (!!!) Augen, supergute Figur und coole Klamotten. Er gehörte auch zu denen, die gleich unheimlich nett zu mir waren und Dinge wissen wollten aus meiner früheren Klasse und so. Er hat mir einen Haufen

Fragen gestellt, so als interessiere es ihn wirklich. Philipp spielt irgendein klassisches Instrument, das kommt bei den Lehrern natürlich immer gut an. Ich hab vergessen, was. Wahrscheinlich Klavier oder Geige. Er soll in einem Haus mit Pool wohnen. Indoor-Pool! Whow. Vicky weiß alles von ihm und es ist nicht so schwer zu erraten gewesen, dass sie total verknallt in ihn ist. Sie hat auch von einer Party erzählt, die da im Winter gelaufen sein soll, als Philipps Eltern unterwegs waren, ziemliches Chaos anschließend, das Wasser musste abgelassen werden, eine Füllung kostet 1.000 Euro! Die haben offenbar eine Art schwimmendes Buffet versucht, und nachher landete alles im Pool. Igitt . . .

Seitdem gibt es keine Partys mehr bei Philipp. Also werde ich wohl nie die Chance bekommen, einen Indoor-Pool zu sehen. Aber man kann sich ja vorstellen, wie so was aussieht, wozu gibt es all die amerikanischen Serien.

Hab ich dir von dem Spanner erzählt, der gegenüber in dem Haus wohnt? Das Verrückte ist, dass er ständig das Fenster wechselt, wenn er zu mir rüberguckt.

Ich hab darüber mit Ulf gesprochen, das ist ein Typ, der morgens immer vor der Drogerie auf mich wartet, um mit mir zusammen zur Schule zu gehen. Ich find ihn etwas nervig, aber er hat mir schon wichtige Tipps hier über das Viertel gegeben. Der beste Italiener ist gar nicht weit von uns, kurz hinter der Schule. Die besten Croissants gibt's beim Bäcker Priegnitz. Und wenn Stadtteilfest ist, bauen die großen Weingüter aus Rheinhessen ihre Zelte hier auf, und du kannst ohne Ende alle Weine probieren, und dazu gibt es Käsewürfel und kleine Brotzwecken. Da kann man dann die ganze Schule treffen, sagt Ulf. Das Fest ist überhaupt schon bald, in zwei Wochen, vielleicht könntest du da kommen? Wäre doch cool, wenn wir zusammen auftreten . . .

Ulf hat bis jetzt noch nicht rausgekriegt, wer das ist mit dem Fernglas. Ist ja eigentlich auch egal. Jedenfalls sitze ich abends fast immer hinter zugezogenen Vorhängen, was allerdings ziemlich blöd ist.

Morgen ist Samstag und Ulf hat mich ins Kino eingeladen. Ich weiß, was du jetzt sagst: Mensch, super! Kaum in einer neuen Stadt und schon das erste

Date! Aber du kennst den Jungen nicht, du hast keine Ahnung, wie man sich in seiner Gegenwart fühlt . . .
Er ist irgendwie aus der Welt gefallen, weißt du. Das klingt romantischer als es ist, ich habe den Satz gerade irgendwo gelesen und gedacht: Hey, das passt auch für den Typen. Aber nur im negativen Sinn. Der lebt in einer Parallel-Welt, die wahrscheinlich nur aus Zipfelmützen-Trägern und Leuten besteht, die eine Körpersprache haben wie Hampelmänner.
Allein, wie er spricht! In abgehackten Sätzen, und er atmet immer an der falschen Stelle, so, als wolle er gleich fünfzig Meter tauchen, und er hat eine Lücke zwischen den Vorderzähnen. Man zieht automatisch den Kopf ein, wenn er was sagt, wegen seiner »feuchten Aussprache«. Außerdem sieht er mit der Zahnlücke aus wie ein Kaninchen. Ich weiß, ist gemein.
Es muss fies sein, wenn man ein Einzelgänger ist. Wenn die anderen einen Bogen um einen machen. Denn so ein Kreis entsteht immer da, wo man sich aufhält. Stell dir einen Hubschrauber über dem Schulhof vor und eine Kamera filmt: Da siehst du ein Gewimmel von achthundert Schülern und in der Mitte einen leeren Fleck, und mitten in dem leeren Fleck steht eine Pudelmütze. Und das ist Ulf. Immer ist es Ulf, der in der Mitte von einem leeren Fleck steht, nie ein anderer. Das muss einen fertig machen. Da wird man wahrscheinlich irgendwie merkwürdig. Da würde vielleicht auch ich irgendwie merkwürdig werden.
Ja, ja, schon gut. Ich gehe mit ihm ins Kino. Aber den Film such ich aus, das muss klar sein. Weil – er hat allen Ernstes einen Horrorfilm vorgeschlagen. So einen, wo Typen mit Pumpguns alles niedermähen und das Blut in Strömen fließt. Das mir! Wo mir schon beim bloßen Gedanken an Blut schlecht wird. Das hab ich ihm auch gesagt. Da hat er gelacht. Das fand er komisch.
Das ist doch bloß Tomatensoße, hat er gesagt.
Ja, aber es sieht aus wie Blut.
Muss es ja auch, sonst ist die Illusion nicht perfekt, meinte er.
Aber genau darum geht es: Ich will das nicht, was du Illusion nennst, habe ich geantwortet.
Darauf fragt er: Was guckst du denn für Filme?

Da hab ich gezögert. Ich meine, soll man einem Typen wie Ulf sagen, dass man am liebsten Liebesfilme guckt? Einem Typen, der eine Pudelmütze aufsetzt, damit man (wie er mir gesagt hat!) seine Segelohren nicht mehr sieht?
Sind Liebesfilme nicht logisch, in unserem Alter?
Aber mit Ulf in so einen Film gehen?
Da bleib ich lieber zu Hause, leg mir Tiger auf den Schoß und guck mit den Eltern »Wetten, dass . . .«.
Oh Gott, was ist aus meinem schönen Leben geworden!
Was machst du morgen? Ist Fete im Clubhaus? Und was hört man vom Downtown? Hat das inzwischen einen neuen Besitzer?
Ach, wenn es so etwas wie das Downtown hier gäbe, wo Teenies in unserem Alter auch reindürfen und man keine Angst haben muss, dass man von irgendeinem Affen Crack in seine Cola geschüttet kriegt . . . das wär super.
Aber ich recherchiere weiter.

Millionen dicke Küsse,
jetzt kann ich schlafen, glaube ich. Du hast mir eben gefehlt, das war's. Du raubst mir den Schlaf, wenn du nicht da bist! Ach Mensch, wär so schön, wenn ich dich jetzt sofort umarmen könnte! Eine Freundin ist eben tausendmal wichtiger als ein Junge, der einen nur Nerven und Tränen kostet! Oder?

Deine Ali

Ulf hatte darauf bestanden, sie abzuholen. Das würde womöglich bedeuten, dass ihre Mutter ihn kennen lernen würde. Miriam war zwar neugierig auf ihn, aber Alessa konnte sich ungefähr vorstellen, was sie sagen würde, wie sie ihn fände. Alessa wollte das nicht hören. Sie wollte gar nichts darüber hören, dass sie mit Ulf ins Kino ging. Keinen Kommentar.
Natürlich war es nett, dass sie am Samstag was vorhatte und

nicht wie ein kleines Mädchen mit Mami und Papi vor dem Fernseher hocken musste. Natürlich war es okay. Und es würde ihr vielleicht sogar ein paar Pluspunkte bei den Lehrern einbringen. Gestern hatte Rufus gesagt: »Es ist schön, dass du dich um Ulf ein bisschen kümmerst.« Na bitte. So was zählt heute, wenn man positives Sozialverhalten zeigt. Weil die Lehrer ja immer beklagen, dass das positive Sozialverhalten der Schüler zu wünschen übrig lasse. Und dennoch: Alessa hätte sich lieber mit ihm draußen getroffen, auf der Straße, oder vor dem »Ciao«, dem kleinen Café, das gerade neu eröffnet war, oder gleich am Kino. Wer zuerst da ist, kauft die Karten. Das hatten sie in Starnberg immer so gemacht, wenn die Clique in irgendeinen Film gegangen war. Ulf aber meinte, dass er sie logischerweise von zu Hause abholen würde, wenn sie schon so nah beieinander wohnten.
»Oder ist dir das irgendwie peinlich?«, hatte er gefragt. Und damit den Nagel auf den Kopf getroffen. Sie hatten ausgemacht, dass Ulf um Viertel vor acht unten klingeln sollte. Alessa hatte sich vorgenommen an der Haustür auf ihn zu warten.
Aber Ulf klingelte eine Viertelstunde vor der Zeit. Da war Alessa noch im Bad und probierte eine neue Frisur.
Ihre Mutter hatte im Wohnzimmer das Bügelbrett aufgebaut und den Plastikkorb mit der ungebügelten Wäsche auf dem Couchtisch abgestellt. Sie hatte gerade Alessas weiße Baumwollbluse über das Brett gespannt, als es klingelte.
»Ich geh schon«, rief sie.
Alessa öffnete die Badezimmertür einen Spalt und steckte den Kopf raus. Sie sah, wie ihre Mutter die Wohnungstür öffnete, und dann sah sie Ulf. Er trug einen Anzug, dazu – natürlich – seine Pudelmütze und schwarze Lederschuhe, und in der Hand hielt er eine Flasche Wein, um deren Hals eine Schleife gebunden war. Rot.

Vor Schreck schlug Alessa die Badezimmertür wieder zu, drückte sie aber Sekunden später lautlos wieder auf.
Ulf gab ihrer Mutter gerade die Weinflasche in die Hand. »Die ist von meinen Eltern, und ich bin der Ulf.« Er schaute sich neugierig um. »Gefällt mir«, sagte er.
Alessa sah, dass ihre Mutter lächelte. »Was?«
»Wie Sie wohnen. Gemütlich. Ich finde, eine Wohnung muss vor allen Dingen gemütlich sein.« Er ging durch den Flur und verschwand im Wohnzimmer, und ihre Mutter folgte ihm, etwas amüsiert lächelnd, mit der Weinflasche in der Hand.
»Weißt du«, sagte Miriam, »Alessa trinkt gar keinen Alkohol.«
»Der ist ja auch für Sie und Ihren Mann«, meinte Ulf. »Ein Rheinhessen. Mein Vater versteht was von Weinen. Hier im Rhein-Main-Gebiet gibt es viele tolle Weingüter. Manche sagen, Offenbach ist eine blöde Industriestadt. Aber mein Vater sagt, Offenbach hat Flair.«
»Und was findest du?«, fragte ihre Mutter.
»Die Stadt, die mir gefällt, muss erst noch gebaut werden«, antwortete Ulf. Und lachte plötzlich laut auf, und Miriam, etwas überrascht, stimmte in das Lachen ein.
»Okay. Und wo soll sie gebaut werden?«
Kleine Pause. »Keine Ahnung«, sagte Ulf schließlich. »Bin noch nicht aus Deutschland rausgekommen. Mein Vater kennt ziemlich viele Länder. Er arbeitet für die ESSO. Für die war er sogar mal in Sibirien. Er sagt, da braucht man aber nicht unbedingt hin. Und ich denke, da kann man ihm glauben.«
Alessa hatte die Badezimmertür nur wieder angelehnt. Sie hörte die raue, betont forsche Stimme von Ulf und hin und wieder das freundliche Lachen ihrer Mutter. Okay, dachte sie etwas erleichtert, die beiden verstehen sich offenbar, das gibt mir Zeit. Sie hatte zwei Pickel entdeckt, um die sie sich küm-

mern musste ... Da ging die Tür auf. »Dein Freund ist da«, sagte ihre Mutter, noch immer das Lachen in der Stimme. »Was machst du denn?«
»Stör mich nicht, dann bin ich bald fertig. Außerdem ist er nicht mein Freund.« Alessa komplimentierte Miriam wieder raus, um ein paar Minuten später in ihr Zimmer zu schlüpfen und sich in Windeseile anzuziehen. Jeans und weißer Pulli, der lila Schal. Fertig.
Ulf stand im Wohnzimmer am Bügelbrett, in seinem Konfirmandenanzug, und bügelte ihre Bluse.
Alessa blinzelte, weil sie dachte zu träumen.
»Was machst du da?«, rief sie.
»Er bügelt deine Bluse.« Miriam grinste etwas und zuckte mit den Schultern. »Er macht das schneller als ich. Guck dir das an.«
Ulf bearbeitete gerade den Ärmel. Die Manschette, erst rechts, dann links, dann gefaltet, dann der Arm.
»Ohne Kniff natürlich«, sagte Ulf. »Kniffe sind total altmodisch.«
Er strahlte. Er stand mitten im Zimmer, unter dem hellen Deckenlicht, und Alessa konnte sehen, wie er schwitzte.
Sie konnte jede einzelne Schweißperle sehen, die unter seiner Pudelmütze hervorrollte, auch der Tropfen, der eine Weile zitternd an seiner Nasenspitze hängen blieb.
Wenn der auf meine Bluse fällt, dachte sie, krieg ich eine Krise.
»Schau mal!«
Alessa drehte das Gesicht weg, als Ulf mit eleganter Geste die Bluse vom Bügelbrett zog und hochhielt.
»Perfekt. Großartig. Guck dir das an!« Ihre Mutter konnte sich gar nicht beruhigen. »Wie lange brauchst du für eine Bluse, Alessa? Eine halbe Stunde?«
»Keine Ahnung«, knurrte sie. »Ich mach das nicht nach Stoppuhr.«

»Ulf hat in den letzten Sommerferien in einer Wäscherei gearbeitet«, sagte Miriam. »Da hat er das gelernt.«
»Obwohl man dort ja ganz andere Maschinen hat, da geht alles mit Dampf.« Ulf zog ein Taschentuch aus Stoff – gebügelt! – aus seiner Hosentasche und wischte sich die Stirn, die Nase, das Kinn, die Lippen. »Heiß hier«, sagte er.
Sein Gesicht war rot.
»Das liegt an der Mütze.« Miriam streckte die Hand aus, als wollte sie ihm die Mütze herunterziehen, wie einem kleinen Jungen, eine fürsorgliche, mütterliche Geste, an der Alessa sie gerade noch hindern konnte.
»Mama«, rief sie, »vielleicht möchte er die Mütze aufhaben?!«
»Im Zimmer?«, fragte ihre Mutter verblüfft.
Ulf steckte das Taschentuch wieder ein und knöpfte die Anzugjacke zu. »Das ist wegen meiner Ohrlappen. Ich habe Ohren wie ein Elefant. Als kleiner Junge hab ich mich so geschämt, dass ich sie mir schon mal abschneiden wollte, mit einer Rasierklinge. Ich war fünf oder sechs, oder so. Eben noch ein kleiner Schisser.« Er verzog das Gesicht und grinste. »Ein Angstschisser. Ich hab mich nicht mehr getraut, als der erste Blutstropfen kam. Bisschen später ist mir eben die Idee mit der Mütze gekommen. Ich finde sie cool.«
Alessa und ihre Mutter starrten Ulf an.
Irgendwie passte es nicht zu ihm, einen so langen Text zu sprechen. Er war auch plötzlich ganz blass und verlegen.
»Was ist«, rief er, in die Hände klatschend, als wollte er sich selber Mut machen, »gehen wir?«

Sie einigten sich auf einen Film mit Bruce Willis. Für Alessas Verhältnisse war der Film ziemlich brutal, bei manchen Szenen musste sie die Augen zukneifen. Aber er hatte auch eine deutliche Botschaft: Am Ende siegt doch das Gute!

Ulf saß mit vorgebeugtem Oberkörper und saugte die Bilder förmlich in sich ein. Seine Augen leuchteten, der Mund stand halb offen. Manchmal warf er ihr einen flüchtigen Blick zu und flüsterte: »Stark, oder?« Und sah sofort wieder auf die Leinwand. Wenn Alessa befürchtet hatte, dass Ulf irgendwann mitten im Film versuchen würde sie anzufassen oder womöglich sie zu küssen, hatte sie sich gründlich geirrt. Ulfs Blicke klebten an der Leinwand, und wenn es richtig spannend wurde, durchfuhr ein Zittern seinen Körper und seine Knie begannen zu wackeln, dann umfasste er die Knie mit den Händen, presste sie fest zusammen und hielt sie ruhig.
Bei witzigen Szenen lachte er so laut, dass sich manche Kinobesucher vor ihnen umdrehten. Wenn er lachte, klang es wie das Meckern eines Zickleins. Alessa kannte niemanden, der so lachte. Sie duckte sich etwas tiefer in ihren Sitz.
Als der Abspann lief, sprang Ulf auf und klatschte wild. »Bravo!«, rief er. »Gut gemacht!« Er schaute zu Alessa herunter. »Komm, klatsch mit!«
»Ulf! Kein Mensch klatscht hier.«
Die Lichter des Kinos gingen langsam wieder an. Ulf schaute sich um. Die Zuschauer erhoben sich, manche kramten unter ihrem Sitz nach Handtaschen, Pappbechern oder ihren Schuhen, andere schoben sich schon zum Ausgang.
»Oh Mann«, stöhnte er, »für solche Typen machen diese Regisseure nun Filme! Dafür reißen die sich den Arsch auf – dass die Leute einfach aufstehen und wieder gehen! Mann! Ich meine, in dem Streifen stecken mindestens achtzig Millionen Dollar! Bruce Willis hat dafür extra Kung-Fu-Unterricht genommen! Und diese Typen fressen ihre Popcorn und schlurfen aus dem Kino, als wäre das gar nichts gewesen. Hey«, er packte einen Jungen mit einer dicken Steppjacke, der vor ihm ging, an den Schultern. »War doch geil, oder?«

»Was denn?«, fragte der zurück.
»Na, der Film. War doch stark.«
»Klar war der stark. Sonst wäre ich wohl nicht da, oder?«, knurrte der Junge und machte sich los.
Ulf schaute Alessa an. »Die kapieren das nicht«, sagte er. »Das ist Kunst, Mann!« Er spurte hinter dem Jungen in der Steppjacke her und brüllte ihm ins Ohr. »Das ist Kunst!«
Der, ganz ungerührt, legte einfach nur seine Hände über die Ohren und stapfte im Strom der anderen zum Ausgang.
Ulf drückte sich an die Wand und wartete, bis Alessa neben ihm war.
»Und du?«, fragte er. »Wie fandst du es?«
»Schon ziemlich brutal,«, sagte Alessa. »Aber es gab auch Szenen, die mir gefallen haben.«
»Gut oder geil gut?«, fragte Ulf.
Alessa lachte. »Nicht nur gut, aber auch.«
Ulf musterte sie. Lange. Dann nickte er und sagte: »Damit hast du dir einen Drink verdient. Ulf Krause hat für diesen Anlass sein Sparschwein geschlachtet.« Er lachte wieder so laut, dass sich ein junges Pärchen, das vor ihnen am Ausgang war, amüsiert umdrehte.
»Hey, was guckt ihr?«, rief Ulf.
Das Mädchen, das eng umschlungen mit ihrem Freund ging, grinste. »Geiles Outfit«, sagte sie und musterte ihn von Kopf bis Fuß.
Ulf bekam einen roten Kopf. »Danke«, sagte er.
Und dann merkte Alessa, wie er mit seiner Hand nach ihrer Hand fühlte. Sie spürte seine feuchten, warmen Finger, die an ihrem Ärmel herumtasteten, mit unsicheren und irgendwie unkoordinierten Bewegungen. Hastig zog Alessa ihren Arm weg. »Was willst du?«, zischte sie.
Ulf wurde rot. Er starrte sie an. Er stammelte, schüttelte den

Kopf, lächelte verlegen. »Nichts«, murmelte er. »Nichts. Schon gut. Ich wollte . . . nichts.«
»Dann ist ja gut«, sagte Alessa. Und ihre Stimme klang immer noch ein bisschen grob. Das tat ihr Leid. Besonders als sie bemerkte, dass Ulf jetzt peinlich darauf achtete, eine Distanz von mindestens einer Armlänge zwischen ihnen zu halten. Aber sie war auch froh, dass er nicht noch einmal versuchte sie anzufassen. So traten sie ins Freie.

Sie saßen im »Paradies«, einem Café mit cooler Neonbeleuchtung, tranken Cola und guckten zur Tür. Schauten auf die Leute, die reinkamen und rausgingen, wie sie an der Garderobe ihre Mäntel suchten, wie sie ein paar Streichholzmäppchen mitgehen ließen – ganz verstohlen, obwohl die ja gratis auslagen. Manchmal schauten sie sich an, und sie mussten gleichzeitig grinsen, wenn sie wieder einmal etwas Komisches bemerkt hatten.
Der Kellner kam, als ihre Gläser leer waren, und fragte, ob sie noch etwas trinken wollten.
»Ja«, sagte Ulf, »aber was mit Alkohol. Haben Sie auch Cocktails?«
»Quatsch«, rief Alessa, ein bisschen zu laut, »ich trink keine Cocktails.«
Der Kellner schaute von einem zum anderen, seufzte und sagte: »Ich bring einfach mal die Karte, und dann könnt ihr immer noch entscheiden.«
Als er weg war, sagte Ulf: »Ich hasse Typen, die einen duzen, obwohl man sich nicht kennt. Ich wette, der ist auch andersrum.« Er schaute dem Kellner nach, ein etwa dreißigjähriger Typ mit gelb gefärbten Haaren, die er zu einer Igelfrisur hochgegelt hatte, und einem geflochtenen Lederband um den Hals.
»Der hat 'nen schwulen Arsch«, sagte Ulf.

Alessa drehte sich extra nicht um. »Hast du eine Ahnung, wie egal mir das ist?«, fragte sie.
Ulf lächelte.
Der Kellner kam zurück und legte die Karte auf den Tisch. »Unser Angebot des Tages ist ein Daiquiri.«
»Danke, Bruder«, sagte Ulf.
Der Kellner warf den Kopf betont weit zurück, als er sich umdrehte.
Er mag uns nicht, dachte Alessa, und sie schämte sich, obwohl es nichts gab, wofür *sie* sich schämen müsste. Eigentlich.
»Kir Royal«, sagte Ulf, »das ist doch das Zeug aus Sekt und Himbeersaft, oder? Das zieht einem doch die Zähne raus, so süß ist das.«
»Musst du nicht trinken«, sagte Alessa.
»Was trinkst du denn?«, fragte Ulf.
»Keine Ahnung, ich weiß ja nicht, was in der Karte steht.«
Ulf schaute auf. Er lächelte, er lächelte eigentlich immer, egal, was Alessa sagte. Er war anscheinend einfach nur froh, mit ihr zusammen zu sein.
»Ich hab mal eine Frage«, sagte Alessa, als Ulf sich wieder über die Karte beugte.
»Schieß los!«
»Wieso hast du dich so . . . so abartig angezogen?«
»Wieso fragst du das? Das ist mein Konfirmationsanzug!«
»Ja, hab ich mir gedacht. Aber wieso heute?«
»Wieso nicht? Ich trag den gern. Steht er mir nicht?«
»Doch. Aber ich meine, wir wollten bloß ins Kino.«
»Ist es verboten, im Anzug ins Kino zu gehen?«
Sie sagte nicht, dass es einfach unmöglich war, abartig unmöglich. In diesem Augenblick betrat Rufus Grevenich mit einer sehr attraktiven Frau das Paradies. Anscheinend hatte es geregnet, denn Rufus trug eine Baseballkappe, von der das Was-

ser tropfte, und die Frau an seiner Seite schüttelte einen tropfnassen Schirm.

»Guck mal, wer da kommt«, murmelte Alessa. Sie beugte sich etwas weiter vor und senkte den Kopf. Sie wollte nicht sofort erkannt werden.

Ulf schnellte herum. »Hey«, sagte er, »mit wem ist der denn unterwegs? Ist das etwa eine Tunte? Oder Transvestit oder so was?«

»Das ist eine Frau, Mann! Das sieht man doch.«

»Oder ein Mann, der sich als Frau verkleidet hat. Die Leute machen die wahnsinnigsten Sachen. Ich hab neulich im Internet zufällig eine...«

Rufus hatte sie entdeckt. Er winkte fröhlich und deutete mit dem Kopf nach draußen, als wollte er sagen: Da ist die Hölle los. Sie nickten und lächelten.

Der Barkeeper begrüßte zuerst die Frau und dann Rufus. Er deutete auf einen Platz. Die beiden besprachen sich, die blonde Frau nickte, und Rufus legte den Arm auf ihre Schulter, als sie sich durch die Tische zu dem Platz hin schoben.

Als er an Alessa und Ulf vorbeikam, blieb er stehen. »Geht's euch gut?«, fragte er freundlich.

Alessa hatte das Gefühl, dass Rufus sie besonders aufmerksam musterte. Sie nickte. Und wurde ein bisschen rot.

»Wir waren im Kino«, sagte Ulf. »Bruce Willis ist ein superstarker Schauspieler.«

Rufus lächelte. »Dann noch viel Spaß, meine Schwester wird schon ungeduldig«, sagte er, mit einer kleinen Kopfbewegung zu seinem Tisch.

»Ihnen auch«, sagte Alessa.

Als Rufus gegangen war, klappte Ulf die Cocktailkarte zu und sagte: »Also, ich nehme eine Bloody Mary. Tomatensaft mit Wodka. Danach ist mir jetzt.« Er beugte sich vor. »Ich

glaub ihm kein Wort. Von wegen Schwester.« Er hörte sich trotzig an. »Und überhaupt«, fügte er hinzu, »Lehrer sagen sowieso nie die Wahrheit, wenn es um ihr Privatleben geht. Lehrer hassen es, wenn man sie durchschaut, verstehst du? Sie wollen alles über uns wissen, aber wehe, wir kriegen was über sie raus.«
Der Kellner kam an ihren Tisch zurück, Ulf bestellte ein bisschen zu laut eine Bloody Mary. Der junge Mann wandte sich an Alessa. »Und du?«
»Noch eine Cola Light«, sagte Alessa.
Ulf verdrehte die Augen. »Hör mal, bist du langweilig. Sind wir hier im Kindergarten, oder was?«
Der Kellner verzog keine Miene. »Eine Bloody-Mary, eine Cola Light.«
Alessa spürte, wie ihr Kopf glühte, als der Mann an die Bar zurückging. »Das war total bescheuert«, sagte sie wütend.
Ulf grinste. »Okay, stimmt. Dafür hast du einen Punkt gut.«
Sie schwiegen, andere Leute kamen, schüttelten ihre Jacken und Regenschirme aus, setzten sich an einen Platz, die Musik wechselte von Soul- zu Salsa-Musik. Ulf trank seine Bloody Mary wie jemand, der unbedingt cool sein möchte.
Als sie eine Weile geschwiegen hatten, sagte er: »Was ist? Sag was.«
Alessa dachte einen Augenblick nach, dann fragte sie: »Würde es dir was ausmachen, wenigstens hier drinnen mal diese total bescheuerte Pudelmütze abzunehmen?«
Ulf schaute sie an. Sein Gesicht wurde ganz weiß. Sein Mund verzerrte sich, als würde er jeden Augenblick weinen.
»Du kannst ganz schön gemein sein«, sagte er, hob langsam den Arm und zog die Mütze vom Kopf.
Seine Ohrmuscheln klappten sofort zur Seite, als wäre eine Sprungfeder in ihnen eingearbeitet. »Zufrieden?«, fragte er.

Als Alessa hilflos mit den Schultern zuckte, stand er auf, ging zur Theke und bezahlte dort die Rechnung.
Rufus schaute zu ihnen herüber, als sie gingen. Alessa hob flüchtig die Hand. Ulf ging steif auf den Ausgang zu.
Als sie draußen waren, regnete es nicht mehr, aber der Wind hatte aufgefrischt.
»Was dagegen, wenn ich die Mütze wieder aufsetze?«, fragte Ulf. »Ich hab mich so daran gewöhnt, dass meine Ohren sofort kalt werden, wenn ich sie nicht trage.«

Als sie sich kurz vor zehn Uhr vor Alessas Haustür verabschiedeten, sagte Ulf: »Das war mit Abstand der beste Tag in diesem Jahr.«
»Obwohl ich so gemein war?«, fragte Alessa. Sie meinte die Sache vorhin im Kino, als Ulf nach ihrer Hand getastet hatte. Er wusste, woran sie dachte, und lachte.
»Hab ich doch schon vergessen. Ich war auch blöd. Ich denke mal, das ist okay so, wenn man sich noch nicht richtig kennt ... Aber was ich sagen wollte, ist«, er schaute sie an und holte tief Luft: »Danke.«
Dann drehte er sich um und überquerte die Straße. Dieses Mal ohne den ausgestreckten Arm, sondern lässig, die Hände in den Hosentaschen seines Konfirmationsanzugs.
In den Pfützen spiegelten sich die Straßenlaternen. Weit entfernt heulte das Martinshorn eines Krankenwagens.

Tiger lag in ihrem Zimmer zu einer flauschigen Kugel zusammengerollt auf dem Bett und schnurrte, als Alessa sich über sie beugte, um sie zu streicheln.
In den letzten Tagen hatte Tiger sich oft zu ihrer Mutter in die Küche verzogen, weil Alessa, sobald es schummrig wurde, das Licht anknipste und die Vorhänge zuzog. Damit verscheuchte

sie das Kätzchen von ihrem Lieblingsplatz auf dem Fensterbrett und es floh beleidigt aus dem Zimmer.
»Hast du es dir überlegt?«, flüsterte Alessa. »Bin ich doch immer noch die Liebste?« Sie hob Tiger auf und drückte das Fell gegen ihr Gesicht. Als sie mit ihr im Arm ans Fenster trat und auf das gegenüberliegende Haus schaute, war dort alles dunkel.

Sie wachte auf, als die Strahlen der Morgensonne den Spiegel an der Schranktür trafen. Wie ein greller Blitz schoss das Leuchten auf ihre geschlossenen Lider. Sie seufzte und drehte sich zur Wand.
Im Halbschlaf hörte sie, wie Tiger sich am Fußende des Bettes räkelte, sich streckte, wie ihre Krallen sich in dem Laken verhakten, und schließlich vernahm sie den weichen Aufprall der Katzenpfoten auf dem Fußboden. Tiger sprang nicht auf den Holzboden, sondern immer auf den Teppich vor ihrem Bett. Ein Fleckteppich, wie man in Bayern dazu sagte.
Alessa war es heiß und sie strampelte die Decke weg.
Die Sonne tauchte das Zimmer in helles Licht. Es war unmöglich, weiterzuschlafen. Sie wälzte sich herum, tastete nach ihrer Uhr. Halb zehn, Sonntag.
Sie lag auf dem Rücken, die Augen geschlossen, die Uhr auf dem nackten Bauch, und versuchte an Starnberg zu denken. An das Glitzern der Wasseroberfläche, wenn die Oktobernebel sich lichteten, an das Schilf am Ufer, die festgezurrten Kähne am Bootsteg und an das Gefühl, auf den warmen Holzplanken zu liegen und sich die Herbstsonne auf den Bauch scheinen zu lassen.
Sie stellte die Uhr auf den Boden, legte die Hände auf ihren Bauch. Und spürte die Narbe, die dort verlief. Ihr fiel die Blinddarmoperation ein, die sie vor ein paar Jahren hatte. Dem

Arzt in der Klinik war es unangenehm gewesen und er hatte sich dafür entschuldigt, dass die Narbe größer geworden war als üblich. Wegen einer plötzlich aufgetretenen Entzündung mussten Kanülen eingesetzt werden, damit die Wundflüssigkeit ablaufen konnte. Die Stellen, wo die Kanülen gesessen hatten, waren sehr schlecht verheilt, und diese Narben waren nach und nach zu richtigen Wülsten angeschwollen. Der Arzt hatte gesagt, wenn die Vernarbungen sie eines Tages störten, könnte sie sie wegmachen lassen.

Bei der Operation hatte er versucht den Schnitt genau auf die Linie ihres Bikinihöschens zu machen, aber die Bikinis, die man jetzt trug, waren irgendwie kleiner, als der Arzt sich das je hatte vorstellen können. Alessa trug deshalb meist einen Badeanzug . . . Sie befühlte die Narbe. Wenn sie daran drückte, durchfuhr sie manchmal ein pfeilscharfer Schmerz, der direkt in ihren Unterleib zuckte, wie ein Stich. Sie erinnerte sich, wie das gewesen war, damals, als sie mit dem Krankenwagen und Blaulicht in die Klinik gefahren war, und wie die Pfleger ihre Trage im Laufschritt durch die Flure geschoben hatten, auf eine Tür zu, über der ein rotes Licht geblinkt hatte. Es war dringend, der Blinddarm konnte platzen – und wenn erst mal Eiter in die Bauchhöhle kommt, dann zählt jede Sekunde, hatte der Arzt ihr später erklärt.

Alessa öffnete die Augen, drehte den Kopf und starrte in den Spiegel der halb offenen Schranktür.

Da erst sah sie, dass sie vergessen hatte, die Vorhänge zuzuziehen. In der Schranktür spiegelten sich die Fenster des gegenüberliegenden Hauses. Erschrocken zog Alessa das T-Shirt über ihren Bauch. Sie setzte sich auf, wickelte sich in die Daunendecke und tapste zum Fenster. Da war wieder das Fernglas. Ganz deutlich. Oben, im vierten Stock, stand jemand hinter einer der Scheiben und hatte ein Fernglas auf sie gerichtet.

Alessa streckte die Zunge danach aus und zog mit einem so heftigen Ruck die Vorhänge zu, dass die Rollen aus der Schiene sprangen.
Im gleichen Augenblick ertönte aus dem Schlafzimmer der Eltern Musik. Eine Opernarie. Verdi. Italienisch gesungen. Ihre Mutter liebte die italienische Sprache, die italienische Musik, das italienische Essen, es war ein Wunder, dass sie keinen Italiener geheiratet hatte.
Alessa öffnete ihre Tür und ging durch den Flur, am Schlafzimmer der Eltern vorbei ins Bad. Sie hörte, wie ihr Vater etwas sagte, und darauf erklang das Lachen ihrer Mutter. Im Bad stellte sie sich lange unter die heiße Dusche, so lange, bis ihre Haut rot war und dampfte...
Ulf muss das rauskriegen, dachte sie, wer dieser Idiot ist. Dieser Spanner. Ich könnte mich ohrfeigen, dass ich nicht an den blöden Vorhang gedacht habe. Ob der was gesehen hat? Wie ich da eben im Bett lag? Sie zog den Bademantel an und ging in die Küche. Vorbei am Schlafzimmer der Eltern. Noch immer tönte dort Verdimusik. Sonntagmorgen. Schmusestunde. Ja nicht stören.
Sie bereitete das Frühstück vor, schlüpfte rasch in ihre Sachen, um sich zum Bäcker aufzumachen, für frische Brötchen und Croissants. Das gehörte sonntags zu ihren Aufgaben. Tiger lag auf dem Stuhlkissen und schaute sie an. »Ja, ja«, sagte Alessa, »ich weiß schon, Prinzessin, du willst deine Milch.«

Beim Bäcker Priegnitz, der sonntags zwischen acht und elf Uhr geöffnet hatte, sprach sie jemand an. Ganz unvermittelt in die Stille hinein. In die ungeduldige und erwartungsvolle, fast angespannte Stille der Kunden, die in der Schlange warteten und sahen, wie der Berg von Croissants immer kleiner wurde, und vielleicht fürchteten, es wäre nichts mehr übrig, wenn sie

schließlich an der Reihe waren. Eine Frau mit grauem, kurzem Haar, Brille mit rotem Gestell und einem freundlichen runden Gesicht sagte: »Du bist Alessa, nicht?«
Sie stand unmittelbar hinter ihr und Alessa hatte so kaum Notiz von der Frau genommen. Ihr war jedoch aufgefallen, dass ihre Füße so geschwollen waren, dass sie Wülste bildeten zwischen den Riemen der Sandalen.
»Alessa, die in Nummer 13 eingezogen ist, nicht?«
Alessa nickte. »Ja, stimmt.«
Die Frau streckte Alessa die Hand entgegen. »Ich bin Ulfs Mutter. Wie nett, dass wir uns hier treffen.«
»Ja«, sagte Alessa lahm, »finde ich auch.«
Es waren noch drei Kunden vor ihr. Der Mann, der gerade bedient wurde, kaufte ein, als müsse er ein ganzes SOS-Kinderdorf versorgen. Prall gefüllte Tüten wurden auf dem Tresen aufgebaut, aber er ließ immer noch ein Brot und noch ein halbes Blech Kuchen für sich einpacken. Sie würde noch eine Weile warten müssen, ehe sie an der Reihe war.
»Ich freu mich so«, sagte Ulfs Mutter, »und mein Mann freut sich genauso, dass ihr euch angefreundet habt. Das ist richtig schön. Du kommst aus Starnberg, nicht?«
Alessa nickte wieder. Der Mann am Verkaufstresen holte seine Brieftasche aus dem Sakko und zählte umständlich einen Fünfeuroschein nach dem anderen heraus.
»Wir sind früher im Urlaub oft nach Bayern gefahren, als Ulf noch jünger war. Diese Bergseen sind so herrlich.«
»Ja«, sagte Alessa, »stimmt. Aber der Starnberger See ist kein richtiger Bergsee.«
Eine Wespe summte um die Pflaumenkuchenstücke hinter dem Vitrinenglas.
»Ulf findet nicht so leicht Freunde«, sagte Ulfs Mutter. Dabei ist er ...«, sie brach ab.

Alessa hatte das Gefühl, dass die anderen Kunden jetzt intensiv der Unterhaltung lauschten. Irgendwie schämte sie sich. Sie schämte sich immer, wenn sie wusste, dass sie beobachtet wurde.
Als Alessa aufschaute, glaubte sie in den Augen von Ulfs Mutter Tränen zu sehen. Das erschütterte Alessa. Sie war vollkommen hilflos, wenn Erwachsene weinten.
Ihre Mutter hatte auch einmal um sie geweint, als sie nach der Blinddarmoperation nicht aus der Narkose aufgewacht war. Oder vielmehr, als sie aufwachte, aber ihr so schlecht war, dass sie furchtbar spucken musste, und das mit der frischen Narbe... Ihre Mutter hatte neben dem Bett gestanden und sie festgehalten, dabei hatte sie so geweint, dass ihre Tränen in den Ausschnitt von Alessas OP-Hemd gelaufen waren... Das hatte Alessa mehr zu schaffen gemacht als ihr eigener Zustand.
»Nein«, sagte sie hastig, »das hat er nicht verdient.«
»Ach! Schön! Lieb von dir! Du magst ihn, ja?«
Alessa nickte. Und sagte: »Ja.« Sie sagte es, damit Ulfs Mutter nicht wirklich zu weinen anfing. Sie sagte es, obwohl es nicht die Wahrheit war. Es hatte eigentlich keine Bedeutung, und sie hoffte, dass sie bald an der Reihe wäre und den Laden verlassen könnte.
Ulfs Mutter wischte sich verstohlen über die Augen und Alessa dachte: Du bist ein Idiot, Alessa. Wieso sagst du das?
Die Kundin, die jetzt an der Reihe war, wollte den Unterschied der einzelnen Graubrotsorten wissen. Sonnenblumen, Hafer, Roggen, geschrotet oder nicht. Alessa spielte mit dem Gedanken, einfach zu gehen, ihre Eltern saßen wahrscheinlich schon am Frühstückstisch und wunderten sich, wo sie so lange blieb. Dann gab es heute eben keine frischen Brötchen...
Die Kundin bestellte endlich ein Vierkornbrot und sechs Sesambrötchen, zahlte, nahm die Tüten und ging.

Die Verkäuferin, die allein Dienst tun musste an diesem Sonntag, strich sich erschöpft eine Strähne aus der Stirn.
»Ja bitte?«, sagte sie.
Und genau in diesem Augenblick hatte Alessa vergessen, was sie kaufen wollte. »Ich ... äh ... oh Gott«, sie lachte, es war ihr peinlich, »jetzt hab ich ganz vergessen ...«
Die Verkäuferin nickte, drehte sich um und leerte gierig ein Glas Wasser. Dann fuhr sie mit dem Handrücken über die Lippen und schaute Alessa erneut an.
»Jetzt weiß ich wieder«, sagte Alessa, »drei Croissants, zwei Roggenbrötchen, ein Mohnhörnchen und ein Baguette.«
»Ulf spricht schon die ganze Zeit vom Weinfest, das ist ganz neu, sonst hat er sich nie wirklich darauf gefreut. Ihr geht wohl zusammen dorthin, oder?«
Er hatte das Weinfest erwähnt, das stimmte. Aber dass sie zusammen dahin gehen würden?
Alessa schaute eine Sekunde zu lange in das freundliche, fast flehende Gesicht von Ulfs Mutter. Sie nickte. »Ja, vielleicht«, sagte sie. »Ich weiß nicht genau.« Sie legte einen Zehneuroschein auf den Tresen und die Verkäuferin gab ihr das Kleingeld zurück. »Ich erzähle ihm, dass wir uns getroffen haben«, rief Ulfs Mutter ihr nach, als sie schon am Gehen war. »Da wird er sich ärgern, dass er nicht zum Bäcker gegangen ist. Aber er ist ja sonntags nicht aus dem Bett zu kriegen. Er schläft manchmal bis mittags, hat das Rollo runtergezogen, dass es stockdunkel ist. Und schläft den Schlaf der Gerechten.« Lächelnd blickte sie Alessa nach, als sie aus dem Laden trat.
Als Alessa vor ihrer Haustür stand und nach dem Schlüssel in der Umhängetasche tastete, warf sie einen Blick auf die andere Straßenseite. Einige Fenster standen weit offen, auf einem Fenstersims im dritten Stock, bauschten sich dicke, weiße Federbetten.

Im Erdgeschoss Klaviergeklimper. Die Sonne brannte von einem wolkenlosen Himmel.
»Eine Vicky hat angerufen, vor fünf Minuten«, sagte Alessas Mutter, als sie die mitgebrachten Tüten auf dem Frühstückstisch leerte.
»Und was wollte sie?«
»Hat sie mir nicht erzählt.« Miriam holte das Brotmesser aus der Schublade und schnitt die Brötchen auf. Glatter Schnitt, genau in der Mitte, fachmännisch.
»Und was hast du ihr gesagt?«, fragte Alessa.
»Ich hab gesagt, du rufst sie zurück. Die Nummer steht auf dem Block neben dem Telefon.«
Alessa nahm ihre Kaffeetasse und erhob sich. Sofort traf sie der strafende Blick ihrer Mutter. »Willst du jetzt telefonieren, mitten beim Frühstück? Hat das nicht noch zehn Minuten Zeit?« Sie seufzte. »Das Telefonieren ist eine richtige Seuche geworden! Es gibt kaum noch jemanden, der sich an einen Tisch setzt, ohne das Handy neben sich zu legen. Schrecklich!«
Alessa wusste, was jetzt kommen würde: Ihr Vater würde die allgemeine Handy-Manie prinzipiell verteidigen, mit Hinweis auf die Wirtschaft. Nur wer konsumiert, verschafft dem Land das nötige Wachstum. Allerdings, wenn seine *Tochter* konsumieren möchte und sich ein Handy, einen Laptop, eine Lacktasche wünschte, war das ganz etwas anderes ...
Alessa verstand sich gut mit ihrem Vater, denn Peter Lammert war ein gutmütiger Typ. Nicht umsonst hatte er von seiner Frau den Spitznamen »Teddy« bekommen, er hatte etwas von einem gemütlichen Brummbären, mit einem Bauch, der so wuchs, dass der Gürtel um die Leibesfülle jedes Jahr ein Loch weiter geöffnet werden musste. Peter Lammert hatte das ganze Jahr hindurch rote Backen, als würde er die Tage draußen in

der Natur verbringen. Dabei stand er von morgens acht bis abends acht im Baumarkt, organisierte, delegierte, kontrollierte, motivierte. So nannte er das immer. Der Baumarkt hatte fünfunddreißig Mitarbeiter, und Teddy kümmerte sich um alles, auch noch um einiges über die Arbeit hinaus, um die Familien der Kollegen, deren Sorgen, deren Krankheiten. Er versuchte gleichzeitig gut zu wirtschaften und ein guter Chef zu sein. Alessas Vater war früher bei den Jusos gewesen, und als er bei seiner ersten Firma in den Betriebsrat gewählt wurde, dachte er sogar über eine politische Karriere in der SPD nach. »Ich bin für Wohlstand«, sagte Peter Lammert immer, »aber nur, wenn es einen Wohlstand für alle gibt.« Er war für den Konsum, aber nur, wenn alle etwas davon hatten.

Jedes Jahr spendete er die Hälfte seines Weihnachtsgeldes für wohltätige Zwecke. Alessa und ihre Mutter durften Vorschläge machen. Einmal hatte Miriam angeregt, das Geld bei »Ein Herz für Kinder« einzuzahlen (dann wären sie vielleicht im Fernsehen erwähnt worden), aber Alessa hatte sich durchgesetzt, und so wurde die Summe für ein Projekt im Armenviertel von Rio de Janeiro gespendet. In diesem Armenviertel arbeitete ein Pfarrer, der früher in Starnberg gewesen war und der regelmäßig einmal im Monat einen Brief aus Rio schickte, an alle Schulen, die schon mal Geld für sein Projekt gespendet hatten.

Alessa war wahnsinnig stolz gewesen, als in der Klasse erzählt wurde, wie viel Geld ihr Vater nach Brasilien schicken wollte.

Für dieses Jahr hatte Alessa auch schon eine Idee: die hungernden Kinder in Afrika, im Kongo. Aber es war möglich, dass auch ihre Mutter auf den gleichen Gedanken gekommen war. Na ja, das hatte noch Zeit.

Alessa würgte den Rest ihres Croissants herunter, spülte mit Milchkaffee nach und erhob sich nun.

»Darf ich jetzt?«
»Nein«, sagte ihr Vater jetzt, aber er lächelte, »wir wollen noch was mit dir besprechen.«
»Hat das nicht Zeit bis nachher?« Alessa warf einen sehnsüchtigen Blick auf das Telefon im Flur. Sie musste unbedingt wissen, was Vicky von ihr wollte.
»Wir möchten mit dir über deinen Geburtstag sprechen«, sagte Peter. »Wir wissen nämlich noch nicht einmal, was du dir wünschst.«
Alessa schaute ihn an, dann die Mutter. »Ich denke, ich hab die neuen Sachen fürs Zimmer bekommen.«
Miriam lächelte. »Ja klar, aber das war zum Umzug, der Geburtstag ist etwas anderes.«
Alessa stellte die Tasse vorsichtig wieder hin. »Was darf es denn kosten?«, fragte sie.
»Nicht viel«, antwortete ihr Vater, aber er sagte es freundlich, gutmütig. »Unser Umzug hat einen Haufen Geld verschlungen.«
Alessas Gesicht glühte. Das war der Augenblick! Sie hatte sich schon so oft ein solches Teil gewünscht, aber immer hatten die Eltern gefunden, sie würde es sicher nicht vernünftig benutzen, ihr Taschengeld womöglich nur für Telefonate ausgeben, und während der Arbeitslosigkeit ihres Vaters war da sowieso keine Chance. Da wurde das Geld eisern zusammengehalten.
»Keine speziellen Wünsche?«, fragte ihr Vater.
Alessa hob vorsichtig den Kopf. »Doch.«
»Und?«
»Eigentlich wisst ihr doch, was ich mir schon lange wünsche.«
Ihre Eltern schauten sich an.
»Was zum Anziehen«, schlug ihre Mutter vor.

»Ein Handy«, sagte sie. »Am liebsten mit Digital-Kamera. Aber das krieg ich ja sowieso nicht.« Sie ging zur Tür.
»Und du weißt hoffentlich auch, warum!«, rief Miriam ihr nach.
Alessa hob nur die Arme. Klar, sollte das heißen, klar, weiß ich, warum. Aber wieso vertrauen andere Eltern ihren Kindern, dass sie sparsam mit so einem Teil umgehen, und ihr mir nicht?

15.10.2005, Chiemgauer Tageblatt

Noch immer kein Motiv

Die Amoktat eines 17-Jährigen Schülers aus Offenbach am Main gibt den Ermittlern immer noch Rätsel auf.

»Wir tappen vollkommen im Dunkeln«, gab der Polizeibeamte Matthias Keusch auf einer Pressekonferenz zu. »Wir suchen nach Gründen, nach Motiven, nach Ursachen für eine so grauenvolle Tat. Aber wir kommen nicht weiter.«

Die Jugendherberge ist bis auf Weiteres für Gäste geschlossen, das Zimmer, in dem der Täter zusammen mit drei anderen Mitschülern geschlafen hatte, bleibt versiegelt, ebenso die Cafeteria, in der das Unfassbare geschah. Fachleute suchen immer noch nach Spuren, die Hinweise auf den Tathintergrund liefern könnten.

Gleichzeitig verlautete aus dem Klinikum von Weißenburg, dass die Mitschülerin Alessa G., die durch das Geschehen einen Schock erlitt und in ein künstliches Koma versetzt wurde, aus der ärztlichen Fürsorge entlassen werden kann.

Vicky P., der vom Täter die rechte Hand durchschossen wurde, wird in eine Frankfurter Klinik verlegt, für weitere Operationen.

5. Kapitel

Alessa sitzt fertig angezogen auf dem Krankenbett. Sie ist sehr bleich, sie sitzt vornübergebeugt und starrt auf ihre wippenden Füße. Sie trägt Jeans und Turnschuhe, den blau-weißen Ringelpulli. Es sind die Sachen, die sie auch auf der Hinreise nach Weißenburg getragen hatte. Das Bett ist schon abgezogen, die Bettwäsche liegt in einem geknoteten Bündel neben dem Waschbecken. Die Putzfrau hat das Fenster weit geöffnet und ein feuchter, kalter Wind weht herein. Aber Alessa ist zu träge und zu schlapp, um das Fenster zu schließen. Sie schlägt den Kragen des Pullis hoch, damit der kalte Luftzug sie nicht trifft. Sie hat manchmal Schmerzen im Nacken, und die ziehen sich dann über den ganzen Schädel, und es knackt, wenn sie mit dem Kopf kreisende Bewegungen macht.

Jemand klopft an die Zimmertür, und Alessa hebt die Augen.
»Ja?«, ruft sie, kaum hörbar.
Eine Schwester sieht herein. Es ist Kathrin, eine Lernschwester, mit Sommersprossen und kastanienroten Haaren, die sie zu einem Pferdeschwanz zusammengebunden hat. Alessa mag Kathrin. Sie nimmt sich immer Zeit, wenn sie zu ihr ins Zimmer kommt. Schüttelt die Kissen auf, rückt die Stühle am Besuchertisch zurecht, redet ein bisschen und vergisst nie zu fragen, ob Alessa einen Wunsch habe.
»Hallo«, sagt Kathrin fröhlich, »du verlässt uns heute?«
»Meine Eltern holen mich«, sagt Alessa.
Kathrin nickt. Sie rückt den Stuhl am Besuchertisch zurecht.
»Ich weiß. Vicky wird nachher auch abgeholt.«

Alessas Hände beginnen zu zittern, sie schiebt sie unter ihre Oberschenkel.
»Wie ... wie geht es ihr?«, fragt sie.
Kathrin hebt den Kopf, lächelt. »Nicht so gut wie dir.«
Als wenn es mir gut geht, denkt Alessa.
»Sie hat starke Schmerzen in der Hand«, sagt Kathrin, »aber das ist kein Wunder. Das sind die Nerven. Sie waren alle durchtrennt. Vicky wird in die Uniklinik verlegt, nach Frankfurt.«
Alessa nickt, das hat der Arzt ihr erzählt.
»Du wolltest sie gestern besuchen, hab ich gehört?«, sagt Kathrin jetzt, ohne Alessa anzusehen.
Sie senkt den Kopf. »Ja, aber sie redet nicht mit mir.« Ihre Stimme ist brüchig, ganz dünn.
Die Schwester kommt zu ihr, setzt sich neben sie, streicht sanft über Alessas Rücken. »Soll ich es noch mal bei ihr versuchen? Ob sie zu dir kommt?«
Alessa zuckt mit den Schultern. »Ich glaub nicht«, sagt sie schniefend, »dass das was nützt. Vicky will mich einfach nicht sehen.« Jetzt kommen doch die Tränen. Die Schwester nimmt Alessas Kopf und lehnt ihn gegen ihre Schultern. »Ihr wart Freundinnen, oder?«, fragt sie sanft.
Alessa nickt. Sie könnte laut aufheulen, aber sie nimmt sich zusammen.
»Gute Freundinnen?«
Wieder nickt Alessa. Sie reibt mit dem Handrücken über die Augen.
»Ja, ja«, sagt Kathrin, »es ist eben viel passiert.«
Alessa zittert, fängt eine Träne mit der Zunge auf und schluckt sie herunter. »Also, wenn du willst«, sagt Kathrin, »geh ich rüber in die Station vier und schau mal, was ich machen kann. Soll ich?«

Alessa sieht sie an. Sie möchte lächeln, aber ihr Gesicht will nicht, wie sie will. So nickt sie nur.

»Gut«, Kathrin steht sofort auf, »ich bin gleich zurück. Warte hier, ja?«

Alessa sieht, wie die Schwester das Zimmer verlässt, schaut auf die verschlossene Tür, weißer Lack, der Rahmen Metall, auch weiß lackiert. Sie hört, wie draußen der Wind in die Bäume fährt. Ein Schwall Kälte fegt in ihren Rücken. Sie steht nun doch auf, geht zum Fenster und drückt es zu.

Sie dreht sich um, bleibt stehen, den Rücken gegen das Glas gelehnt, und starrt weiter auf die Tür. Eine Ewigkeit lang. Sie fühlt am Hinterkopf das kalte Fensterglas.

Dann sieht sie, wie die Klinke langsam heruntergedrückt wird, ihr Puls geht schneller, ihr Herz schlägt. Sie starrt auf diese Tür, und plötzlich bekommt sie einen heißen Kopf, und eine Panik breitet sich in ihr aus, die ihr die Luft abschnürt.

Ihre Knie geben nach, sie rutscht mit den Rücken am Fenster, am Heizkörper herunter und bleibt zitternd auf dem Boden sitzen. In ihrem Kopf ein unheimliches Rauschen.

Die Klinke bewegt sich nach oben, die Tür bleibt zu.

Alessa presst die Hände gegen den Mund, sie will nicht schreien, auf keinen Fall schreien.

Sie wartet, ihr Herz schlägt so, dass es wehtut.

Dann, nach einer Zeit, sind draußen Schritte zu hören. Die Klinke bewegt sich wieder. Wieder ganz langsam, und die Tür öffnet sich einen Spalt.

Alessa presst die Hände fester gegen den Mund, unfähig irgendetwas zu tun.

Da geht die Tür ganz auf. Es ist ihre Mutter. In dem blauen Hosenanzug, mit der roten Korallenkette um den Hals. Und den schwarzen Schuhen mit dem halbhohen Absatz.

Sie steht da und lächelt und sieht aus wie immer, nur ein bisschen blasser.
»Hallo Schatz«, sagt sie zärtlich, »was machst du denn da auf dem Boden?«
Hinter ihrer Mutter taucht ihr Vater auf. Er trägt seine alte Wildlederjacke, die hellen Hosen und seine Haare wirken heller als früher – als wären sie über Nacht grau geworden. Er schaut besorgt.
»Wir wollen jetzt los«, sagt ihre Mutter. Sie sieht auf den Rucksack. »Du hast ja schon alles gepackt. Schön.« Sie lächelt noch ein bisschen inniger.
Alessa bewegt die Lippen, will etwas sagen, doch kein Ton kommt hervor. Ich kann nicht sprechen, denkt sie. Ich hab meine Stimme verloren! Sie räuspert sich und hört, wie sie sagt: »Ich kann noch nicht. Ich muss noch warten.«
»Warten?«, fragt ihr Vater überrascht. »Worauf denn? Du bist doch entlassen, wir haben uns schon von Prof. Merthin und allen anderen verabschiedet. Du hast Glück im Unglück. Gute Ärzte, nette Schwestern, die sich alle so lieb um dich gekümmert haben. Wir haben uns auch erkenntlich gezeigt.«
»Ich muss noch warten«, sagt Alessa, »Schwester Kathrin wird gleich noch einmal kommen«
Ihre Eltern schauen sich an. Ihr Vater hebt die Schultern. Er setzt sich auf einen Stuhl, ihre Mutter kommt zu ihr ans Fenster, geht vor ihr in die Hocke. Jetzt sind sie sich Auge in Auge gegenüber.
»Hast du dich noch nicht von Kathrin verabschiedet?«, fragt sie, »ist es das?«
Alessa schüttelt den Kopf.
Sie will sagen, dass sie noch zu Vicky will. Aber sie kann es nicht sagen. Sie kann den Namen Vicky nicht aussprechen, und sie will nicht sagen, warum sie mit Vicky sprechen möch-

te. Sie spürt den intensiven, bekümmerten Blick ihrer Mutter und wendet den Kopf ab. Sie beißt sich auf die Lippen. Sie könnte schon wieder weinen.
Miriam legt die kühlen Hände um Alessas Gesicht. »Wein ruhig, wenn du traurig bist«, sagt sie zärtlich, »vor uns musst du dich doch nicht zusammennehmen.«
Alessa beißt sich auf die Lippen, schaut weg.
Ihre Mutter seufzt leise, fast unhörbar.
»Sollen wir draußen warten?«, fragt sie schließlich.
Alessa nickt. Erleichtert wendet sie den Kopf, schaut ihrer Mutter in die Augen. »Ja, bitte«, flüstert sie.
Miriam erhebt sich. Hastig, fast ein bisschen barsch sind ihre Bewegungen. Sie geht an dem Stuhl vorbei, auf dem Alessas Vater sitzt, tippt kurz gegen die Stuhllehne, mit dem Fingerknöchel gegen das Holz, ein komischer Ton, und sagt: »Komm, Peter, wir warten draußen.«
Ihr Vater steht auf. Er ist blass. Er schenkt Alessa ein Lächeln, das nichts anderes ausdrückt als Hilflosigkeit. Sie fühlt, wie eine Wärme in ihr aufsteigt, diese Hilflosigkeit versteht sie. Sie ähnelt wahrscheinlich ihrer eigenen. In seinem Innern ist es wahrscheinlich ebenso brennend schrecklich wie bei ihr. Sie möchte ihrem Vater ein Lächeln schenken. Aber es gelingt nicht.

Die Schwester ist zehn Minuten später wieder da.
Alessa hockt immer noch, die Knie mit den Armen umschlingend, auf dem Boden an der Heizung. Sie schaut Kathrin mit stumpfen Augen an. An ihren Bewegungen, an der Art, wie sie sich ins Zimmer schlängelt, wie sie vorsichtig, fast behutsam auftritt und jedes quietschende Geräusch ihrer Gummisohlen auf dem Linoleum versucht zu vermeiden, kann Alessa schon die Antwort ahnen.

»Ich hab's versucht, wirklich. Aber sie will nicht.« Die Schwester hebt hilflos die Arme. »Tut mir so Leid.«
»Schon gut«, murmelt Alessa, »macht nichts.«
Sie versucht sich zu erheben. Kathrin ist sofort da, um ihr zu helfen.
»Ich kann das allein«, sagt Alessa.
»Weiß ich doch, Mensch.« Die junge Schwester lacht, freundlich, mitfühlend. »Ich will doch bloß nett sein.«
»Ja, trotzdem danke.«
Sie stehen sich gegenüber. Kathrin hat schöne Augen, grüne Augen, die gut zu ihren roten Haaren passen. Vielleicht sind die Haare nicht einmal gefärbt; Kathrin ist so ein irischer Typ, hat ihre Mutter gesagt, die erinnert mich total an meine Zeit als Au-pair-Mädchen in Dublin . . . Alessa hatte gar nicht gewusst, dass ihre Mutter als Au-pair-Mädchen in Dublin gewesen war. Was man so plötzlich alles erfährt . . .
»Gerade als ich mit Vicky gesprochen hab, ist die Oberschwester ins Zimmer gekommen«, erzählt Kathrin. »Es war der denkbar schlechteste Moment. Sie hat mich sofort angeblafft, was ich auf dieser Station will. Woher ich komme, wer mich geschickt hat . . . So was ist immer blöd.«
»Verstehe.« Alessa geht zum Bett, hebt Rucksack und Tasche auf und schiebt die Riemen über die Schulter.
»Vielleicht«, sagt Kathrin, »wenn ich mehr Zeit gehabt hätte . . .«
Alessa blickt sie an.
»Das hätte auch nichts genützt. Sie will mich eben einfach nicht sehen.«
»Und wieso nicht? Ich kapier's nicht. Ihr habt beide dasselbe durchgemacht. Okay, sie hat diese Operation gehabt, aber du, mit deinem Schock, das war doch auch . . .«
»Darum geht es doch überhaupt nicht.« Alessa wendet sich

zur Tür, drückt die Klinke herunter, öffnet aber nicht. Draußen auf dem Flur warten ihre Eltern. Fragen sich, was sie hier drinnen zu reden haben, sind besorgt, unruhig.
»Aber worum geht es dann?«, ruft Kathrin.
Der Rucksack ist tonnenschwer auf Alessas Schulter. Die Beine immer noch schlaff und weich vom langen Liegen. Vom Nichtstun. Immer nur grübeln, immer nur im Gedächtnis forschen, immer nur versuchen die falschen Bilder zu löschen, die sich im Kopf breit machen. So viele Bilder, die sie nicht mehr sehen will, nie wieder. Manchmal wacht sie auf, weil sie die Schreie hört, dieses panische Kreischen der anderen, eine Minute, nachdem die Schüsse gefallen sind. Eine Minute, oder auch nur ein paar Sekunden. Dann die Schreie, zuerst aus dem Flur oder aus der Küche, in der Cafeteria war es da noch totenstill gewesen. Als hätten alle Angst gehabt, zu atmen. An diese Stille erinnert sie sich, wenn sie nachts erwacht. An diese Angst, die ihr die Luft abgeschnürt hatte.
Sie zieht die Tür auf.
»Alessa!«, ruft Kathrin. »Du hast mir nicht geantwortet! Worum geht es?«
Alessa bleibt stehen, duckt sich, dreht sich um, mit gesenktem Kopf, mit hängenden Schultern.
»Vicky denkt, ich hab Schuld«, sagt sie leise. »Deshalb will sie mich nicht sehen. Sie denkt, es ist alles meine Schuld.«
»Aber das ist es doch gar nicht!«, ruft Kathrin. »Oder doch?«
Dieses »Oder doch?« bleibt wie ein Summen in Alessas Ohr. Oder doch? Oder doch?
Sie geht aus dem Zimmer, tritt auf ihre Mutter zu, die im Korridor, an der gegenüberliegenden Wand, auf einem blau lackierten Holzstuhl sitzt. Daneben, stehend, eine unangezündete Zigarette in der Hand, ihr Vater. Er steckt die Zigarette sofort weg, in die Brusttasche seiner Lederjacke. Ihre Mutter erhebt sich.

»Wir können«, sagt Alessa.
Ihr Vater streckt die Hand aus. »Gib mir den Rucksack«, sagt er, »der ist zu schwer für dich.«
»Den hab ich sonst auch immer getragen«, sagt Alessa, fast trotzig.
Ihr Vater schaut sie nicht an. »Das war doch was anderes«, murmelt er.
Sie gehen durch die Krankenhausflure, öffnen Glastüren, durch die die Stationen voneinander getrennt sind, kommen vorbei an Aufenthaltsecken mit Grünpflanzen und lang gestreckten Bänken, auf denen Menschen in Schlafanzügen und Bademänteln sitzen. Sie steigen in einen Lift, in dem schon eine sehr bleiche Frau mit einem Kopfverband steht, durchqueren den Eingangsbereich im Erdgeschoss, treten nach draußen, in den Wind. Die Ahornbäume auf dem Parkplatz haben blutrote Blätter. Sie überqueren den Parkplatz, gehen auf den silbernen Ford zu, der ihnen gehört. Der Wagen blinkt wie neu. Sie waren vorher in der Waschstraße, denkt Alessa. Eigentlich komisch. Ein Auto wird gewaschen, wenn die Tochter aus dem Krankenhaus abgeholt wird. Echt komisch.
Ihr Vater öffnet schon von weitem die Zentralverriegelung. Wie stolz er war, als sie das Auto gekauft hatten. »Vorne oder hinten?«, fragt er, während er hastig eine Zeitung ins Handschuhfach schiebt. Alessa kann gerade noch die Schlagzeile lesen: »Noch immer kein Motiv.«
»Ich sitze doch immer hinten«, sagt Alessa.
Erst als sie sich in die Polster fallen lässt, sich anschnallt und ihr Vater den Motor anlässt, fällt ihr etwas ein. Sie hat gestern Abend, in der Klinik, Stimmen gehört. Auf dem Flur. Sie ist aufgestanden und hat vorsichtig aus dem Zimmer geschaut. Da hat sie diese Polizistin gesehen, Veronika Solms. Sie saß auf dem blauen Stuhl, auf dem ihre Mutter vorhin gewartet hatte.

Und neben ihr stand Kathrin. Und beide bedienten sich aus einer Tüte Chips, die die Polizistin in der Hand hielt. Beide kauten und sprachen gleichzeitig.
Zumeist redete die Polizistin. Einmal legte sie die Hand auf Kathrins Arm. Das sah sehr vertraut aus. Wirklich, sehr vertraut, als wären sie jahrelange Freundinnen.
Ihr Vater lenkt den Wagen vom Parkplatz, die Mutter breitet den Stadtplan auf ihren Knien aus. »Wir müssen erst mal rechts und ins Zentrum«, sagt sie.
Bis sie die Auffahrt zur Autobahn gefunden haben, grübelt Alessa: Sollte Schwester Kathrin sie vielleicht aushorchen? Weil die Polizistin nichts aus ihr herausbekommen hatte? War diese ganze Freundlichkeit von Kathrin vielleicht gar nicht echt?
Was wissen die?, dachte Alessa. Was wissen die?
Sie lehnt den Kopf zurück und schließt die Augen.

Vickys rechter Arm ist verbunden und liegt auf einer Metallschiene, damit sie keine unvorsichtigen Bewegungen macht. Aus dem Verband ragt eine gelbe Kanüle, die mit einem Gummipfropf geschlossen ist. Eine gelbe Flüssigkeit sammelt sich in der Kanüle.
Wenn die Flüssigkeit bis zum Einstich der Kanüle reicht, beginnt der Schmerz, ein stechendes Ziehen, das ihren Herzschlag erhöht. Immer, wenn sie auf die Kanüle schaut, wird ihr übel. Eiter ist eklig. Vicky hat vorher nicht gewusst, dass der Körper Eiter ohne Ende produzieren kann, wenn die Entzündung nur heftig genug ist. Ihr war vorher überhaupt nicht bewusst, wie kompliziert ein menschlicher Körper ist. Wenn sie nur ihre linke Hand anschaut, den Unterarm, all die Sehnen, die Nerven, die Muskeln, die Blutgefäße, allein die Schlagader an der Innenseite ihrer Handwurzel, und die vielen feinen

blauen Aderlinien – dann wundert sie sich, dass ihr das alles vorher nie aufgefallen ist, auch ihre Lebenslinien hat sie vorher nie so genau betrachtet.

Vicky steht vor dem Fahrstuhl und neben ihr die Oberschwester Hilde, eine Frau mit Kleidergröße 50, die ein kleines weißes Käppi aus gestärkter Baumwolle auf dem Kopf trägt, das Käppi ist mit langen, dünnen Haarklammern befestigt. Vorn stehen ihre Haare hervor, sie sind grau und straff zurückgekämmt. An manchen Stellen schimmert rosa die Kopfhaut durch.

Vicky mag die Oberschwester nicht. An einem der ersten Tage im Krankenhaus – sie lag nach einer langen Operation ihrer Hand weinend in ihrem Zimmer – kam die Krankenschwester, sah Vickys Tränen und sagte energisch: »Aber, aber! Was seh ich da? Tränen?«

Da hätte sie sich gewünscht, die Oberschwester wäre zu ihr gekommen, um sie zu streicheln und zu trösten und ihr etwas zu sagen, was ihr die Angst genommen hätte.

Sie stehen in der Kabine des Fahrstuhls und schweigen sich an. Die Oberschwester stellt Vickys Rucksack, den sie getragen hatte, auf den Boden, stöhnt leise und drückt ihre Hände ins Kreuz. Vielleicht hat sie Rückenschmerzen, denkt Vicky. Und dann denkt sie, wie egal ihr das ist.

Unter dem Arm hält die Oberschwester Vickys Krankenakte, mit all den Röntgenbildern ihrer zerschossenen Hand. Vicky will nicht daran denken. Deshalb starrt sie lieber auf den Evakuierungsplan, der an der Innenseite des Fahrstuhls angebracht ist. Die Notausgänge sind rot markiert. »Bei Gefahr den Fahrstuhl nicht benutzen!«, steht in dicken, blauen Buchstaben unter dem Plan. Es gibt sieben Notausgänge. Wenn der Lift noch länger unterwegs wäre, würde sie sich alle merken können.

Im Erdgeschoss gleiten die Fahrstuhltüren automatisch zurück, die Schwester lässt ihr den Vortritt. Sie legt ihre Hand auf Vickys Schulter. »Der Krankenwagen, der dich nach Frankfurt bringt, steht da vorn. Gleich rechts vom Haupteingang.«
Als Vicky durch das Portal tritt, kommt ihr Schwester Kathrin entgegen.
Vicky bleibt stehen. Kathrin auch. Sie kennt die junge Lernschwester. Es wäre schön gewesen, sie auf ihrer Station zu haben.
»Geht's los?«, fragt Kathrin.
Vicky schaut sich um. »Ist sie schon weg?«
»Meinst du Alessa?«
Vicky nickt.
»Ja«, sagt Kathrin. »Vor zehn Minuten. Ihre Eltern haben sie abgeholt. Sind deine Eltern nicht gekommen?«
Vicky schüttelt den Kopf.
Neben dem Zebrastreifen parkt ein Krankenwagen mit Frankfurter Nummer. Zwei Sanitäter in weißen Kitteln stehen am Auto und rauchen.
»Ihre Eltern sind nicht in Deutschland, sie sind verreist«, sagt die Oberschwester. Und man hört, wie sie durch die Nase schnaubt.
Kathrin lächelt mitfühlend. »Oh, echt? Die sind verreist? Immer noch?«
»Eine Kreuzfahrt«, sagt die Oberschwester spitz. »Die kann man wohl nicht abbrechen.«
Vicky fährt sich mit der Zunge über die Lippen. »Na klar kann man die abbrechen, jederzeit«, sagt sie. Sie räuspert sich, als stecke ihr irgendetwas im Hals. »Aber ich wollte das nicht. Sie waren gerade in Athen, als das . . .«, sie räuspert sich wieder, »als das passierte . . . Meine Mami hat mal Archäologie stu-

diert . . . bis sie mit mir schwanger wurde.« Sie lächelt hilflos, will eigentlich nichts erzählen und tut es trotzdem. »Na ja, und danach war eben nichts mehr mit Archäologie . . . mit Griechenland und Troja und so. Und auf diese Reise jetzt hat sie zwei Jahre lang gespart . . . Und sich so wahnsinnig gefreut. Wir haben an dem Tag telefoniert, nachdem es passiert ist. Ich wollte es ihr erzählen, aber Mami war so . . . meine Mutter war . . . so glücklich . . . Endlich, hat sie immer gesagt, endlich darf ich das mit eigenen Augen sehen . . .! Ich konnte da doch nicht sagen, dass ich . . .« Sie schluckt, sie schließt die Augen. »Ist ja auch egal. Versteht sowieso keiner.« Sie dreht den Kopf weg.
Kathrin und Vicky tauschen einen Blick.
Vicky spürt, dass Kathrin etwas sagen möchte, sich aber nicht traut, weil die Oberschwester dabei ist.
Sie schaut zu, wie einer der Sanitäter die Zigarettenkippe in den Rinnstein wirft und sie austritt. Der andere geht um den Wagen herum und öffnet die Fahrertür.
»Wissen deine Eltern jetzt etwa immer noch nicht, was passiert ist?«, fragt Kathrin.
Vicky antwortet nicht. Sie blinzelt. Die Sonne scheint ihr direkt in die Augen.
»Das kann nicht sein, oder?«, murmelt Kathrin.
Vicky hebt die Schultern. Sie beobachtet die Oberschwester, die mit dem Fahrer des Krankenwagens spricht und dabei auf Vicky deutet. Der Fahrer verstaut ihren Rucksack. Beide Sanitäter schauen jetzt zu ihr rüber.
Vickys Hand beginnt zu schmerzen. Sie wischt verstohlen eine Träne mit der Linken weg.
Kathrin holt aus ihrer Kitteltasche eine Packung Papiertücher, zieht eines heraus und gibt es ihr. »Wird bestimmt alles gut«, sagt sie leise.

Vicky nickt tapfer.
»Ich weiß, das klingt jetzt blöd«, sagt Kathrin, »aber die Zeit muss es bringen. Die Zeit heilt alle Wunden.«
»Ja«, sagt Vicky.
»In einem Jahr«, sagt Kathrin betont munter, »habt ihr das alles längst vergessen.«
»Klar.«
Der Sanitäter kommt zu ihr. Er trägt weiße Turnschuhe. Der Klettverschluss steht auf.
»Nach Frankfurt?«, fragt der Sanitäter. »Uniklinik?«
»Und da gleich in die Chirurgie.« Die Oberschwester übergibt die Papiere. »Sie ist angemeldet. Wie lange braucht ihr für die Fahrt?«
»Knapp drei Stunden, schätze ich«, sagt der Sanitäter.
»Habt ihr genug Wasser dabei? Und das Lunchpaket?«
»Alles da«, der Sanitäter lächelt Vicky zu. »Wir können, wenn du willst.«
Vicky nickt. Sie dreht sich zu Kathrin um, als wäre ihr in diesem Moment noch etwas eingefallen. »Und Alessa geht es wieder gut?«, fragt sie.
»Ja, alles in Ordnung.«
»Es geht ihr so gut wie vorher?«, fragt Vicky.
»Na ja«, sagt Kathrin zögernd, »ich weiß nicht . . .«
»Sie hat ja keinen Schuss abbekommen, oder?«, fragt Vicky. Sie hat das schon oft gefragt, aber sie muss es noch einmal hören.
»Nein«, sagt Kathrin, »keine Verletzung.« Sie zögert, schaut Vicky an. »Jedenfalls keine äußeren.«
»Verstehe.« Vicky schaut auf den Boden.
»Dir wird es auch bald wieder besser gehen«, sagt die Oberschwester. Ihre Stimme ist nicht tröstlich, nicht mitfühlend, sondern energisch, so, als wolle sie sagen: Ich hab schon Schlimmeres gesehen.

Vicky sieht, wie Kathrin bei diesem Satz die Augen verdreht.
»Jetzt solltest du aber wirklich einsteigen«, mahnt die Oberschwester. »In Frankfurt warten sie schon auf dich, und ihr habt noch einen weiten Weg. Sitzt die Kanüle?«
Die Oberschwester prüft noch einmal Vickys Verband und korrigiert die Schlaufe, in der ihr rechter Arm liegt. Diese Schlaufe ist aus Verbandsstoff, sie läuft um ihren Hals und scheuert bei jeder Bewegung des Kopfes. Aber das ist nichts gegen die Schmerzen, die ihre Hand in regelmäßigen Abständen durchzucken.
Vicky klettert, vom Sanitäter gestützt, in das Auto.
Sie sieht durch das Fenster, wie Kathrin und die Oberschwester winken, ganz so, als würde sie ein Hotel verlassen, in dem sie schöne Ferien verbracht hat.
Vicky winkt nicht zurück.
Am letzten Abend hat ein Zivi ihr erzählt, was er auf dem Flur aufgeschnappt hat, aus einem Gespräch der Ärzte nach der Visite. Da wurde darüber geredet, dass ihre Hand möglicherweise für immer steif bleiben könnte.
Der Zivi hatte es gut gemeint. »Je früher man so was weiß, desto besser kann man sich darauf einstellen«, hatte er gesagt und hinzugefügt: »Besser, du gewöhnst dich langsam an den Gedanken und versuchst schon mal dich auf links umzustellen. Dann ist es nachher nicht mehr so schlimm.«
Danach konnte sie nicht mehr schlafen. Die ganze Nacht hat sie wachgelegen.
»Tut mir Leid«, murmelt der Sanitäter, als er sich über sie beugt, »aber du musst dich trotzdem anschnallen. Ich weiß, das wird ein bisschen wehtun, aber geht nun mal nicht anders. Es sei denn, du legst dich hinten auf die Trage. Aber das ist vielleicht auch nicht angenehm mit so einem Arm.«
»Geht schon«, sagt Vicky.

Zehn Minuten später sind sie auf der Umgehungsstraße. Der Fahrer deutet auf einen Hügelkamm. Auf dem mittleren erhebt sich eine Burg, grau, groß, wuchtig, mittelalterlich.
»Die Weißenburg«, erklärt der Sanitäter, als wolle er den Fremdenführer spielen. »Das ist jetzt eine Jugendherberge. Soll ganz toll sein.«

6. Kapitel

Zu ihrem fünfzehnten Geburtstag hatte Alessa auf eine Fete verzichtet, weil sie einfach nicht wusste, wen sie einladen sollte. Ihre Eltern fanden das zwar falsch, weil sie meinten, es wäre die beste Gelegenheit, neue Freunde zu finden, aber sie drängten Alessa nicht. Wäre an der neuen Schule auch nicht gegangen, schließlich war es *ihr* Geburtstag.
Alessa wollte nur Vicky einladen. Sie wollte mit Vicky und mit ihren Eltern irgendwo schön essen gehen. Irgendwohin, wofür man sich ein bisschen schick machen konnte und sich ein paar Stunden lang fühlte wie im Film.
Vicky freute sich über die Einladung, sie war richtig gerührt. Und darüber war Alessa glücklich, weil es zeigte, dass Vicky sie wirklich gern hatte.
Von den Eltern bekam sie das ersehnte Handy, silber und lilametallic. Mit integrierter Digitalkamera. Ihre Eltern hatten dagegen ganz simple Handys, die aussahen wie aus dem letzten Jahrhundert. Es war Alessa fast peinlich, so ein schönes Stück zu besitzen, aber natürlich musste sie es an ihrem Geburtstag dennoch mit in die Schule nehmen.

Ulf wusste nicht, dass sie Geburtstag hatte, und wartete wie jeden Mittwoch auf sie vor der Drogerie, an der Ecke Jahnring.
Ulf war ziemlich nervös, weil er an dem Tag eine Mathearbeit zurückbekommen sollte. Er wusste, dass er sie verhauen hatte. Aber er hoffte noch, dass es nicht auf eine Sechs hinauslaufen würde.
»Wenn es eine Sechs wird«, sagte Ulf, »rastet mein Alter aus.

Das weiß ich, das wird furchtbar. Wenn es eine Sechs wird, geh ich heute nicht nach Hause.«

»So ein Quatsch«, entgegnete Alessa. »Wieso soll dein Vater denn ausrasten, man kann doch immer mal eine Arbeit verhauen.«

»Mein Vater war in Mathe ein Ass. Der hat wegen Mathe eine Klasse übersprungen. Verstehst du? Er erwartet, dass sein Sohn mindestens halb so gut ist.«

In dem Augenblick klingelte Alessas Handy. Es klingelte in ihrer rechten Jackentasche, und als sie es herauszog, machte Ulf spaßhaft einen Satz rückwärts.

»D . . . dein Handy?«, stotterte er. »Hey . . . das . . . ist . . .«

»Das ultimative Teil!« Alessa lächelte. So war es richtig. Die Leute sollten staunen. Sie drückte auf den grünen Knopf. »Ja?«

Tini rief an. Ihre alte Freundin Tini aus Starnberg.

Sie trällerte eine Version von »Happy Birthday« ins Telefon und brach, als sie den richtigen Ton nicht traf, lachend ab.

Alessa konnte es nicht fassen, dass der erste Anruf ausgerechnet von Tini kam. »Woher hast du meine Nummer?«

»Na, woher wohl? Ich hab bei euch zu Hause angerufen, und da hat dein Vater gesagt, man kann dich jetzt mobil erreichen. So einfach.«

Ulf blieb während des Gesprächs dicht an ihrer Seite und so erfuhr er, dass sie Geburtstag hatte.

Als Alessa ausklickte, war er schlecht gelaunt. Er schmollte. Er kickte Steine mit den Füßen, ließ seine Schultasche auf dem Boden schleifen und spielte beleidigte Leberwurst, wie ein Fünfjähriger.

So lange, bis Alessa fragte: »Sag mal, spinnst du jetzt irgendwie?«

»Siehst du doch«, sagte Ulf.

»Und wieso?«
»Du hast heute Geburtstag.«
Alessa lachte. »Und deshalb hast du jetzt schlechte Laune?«
»Ich hab schlechte Laune, weil ich es nur durch Zufall erfahren habe, weil du mir das nicht selbst gesagt hast, deshalb!«, knurrte Ulf.
»Also gut, jetzt weißt du es ja.«
»Überhaupt nicht gut. Jetzt ist es zu spät.«
Alessa blieb stehen, sie warf den Kopf in den Nacken, sie lachte. Und sie wusste, dass es aussah, als würde sie ihn auslachen.
»Und wofür ist es zu spät?«
»Dass ich dir ein Geschenk machen kann, Mensch! Dass ich dich überraschen kann, ich hätte dich verdammt gern überrascht, aber du willst das wohl nicht. Sag bloß, du machst heute eine Party und ich bin nicht eingeladen.«
Alessa zögerte einen Augenblick zu lange. Sie spürte, dass Ulf die Luft anhielt, während er auf ihre Antwort wartete.
Und deshalb ließ sie ihn noch ein bisschen länger zappeln. Sie verstand, warum so viele Leute Ulf gerne ärgerten. Weil er sich so leicht ärgern ließ. Weil er nie cool reagierte wie die anderen Jungen, die versuchten alles an sich abtropfen zu lassen. Ulf nahm immer alles persönlich, ließ es nah an sich heran.
Nur deshalb wartete Alessa noch ein bisschen ab, bevor sie sagte: »Keine Party. Nur ein schönes Essen mit ein paar Leuten.«
Sie sagte extra: mit ein paar Leuten, obwohl ja nur Vicky eingeladen war. Aber das ging Ulf nichts an. Sie sagte es, weil es sie reizte, seine Reaktion zu sehen. Sie wusste, dass es gemein war, sie wusste es im gleichen Moment, und es tat ihr nicht Leid. Obwohl sie sonst vor Mitleid überfloss und voller Schuldgefühle war, wenn sie jemandem wehtat.
Aber jetzt tat Ulf ihr nicht Leid, und sie wollte diese Lüge

auch nicht zurücknehmen. Sie fand, dass Ulf das irgendwie verdient hatte, obwohl sie nicht genau hätte sagen können, warum.

Es war wohl, dass Alessa sich von ihm zu sehr belästigt fühlte. Wann immer sie im Pausenhof in seine Richtung schaute, flüchtig nur, zufällig, waren seine Augen groß und eindringlich auf sie gerichtet. Es war ihr, als wolle er sie aussaugen oder sich in sie hineinbeamen, nur durch seine Blicke. Alles an ihm war so intensiv. Wie er ihre Hände ansah, wenn sie gestikulierte, so als ob er überlegte, was man mit solchen Händen machen konnte. Natürlich war das verrückt.

Am Vortag war sie in einen Kaugummi getreten. Auf dem Bürgersteig, vor Schlecker. Ein frischer Kaugummi, der sich lang hinzog, als sie versuchte den Fuß zu heben. Ein ekliger Kaugummi.

Sie hatte sich gegen den Fahrradständer gelehnt und ihr Bein so angewinkelt, dass sie das widerliche Teil betrachten konnte. Ulf hatte neben ihr gestanden.

»Ich hab ein Taschenmesser«, hatte er gesagt.

»Okay, leihst du mir das?«

»Klar.« Er hatte es aus seiner Tasche geholt und aufgeklappt.

»Aber das ist eklig, das klebt. Und es ist nachher an deinem Messer«, hatte Alessa ihn vorgewarnt.

Ulf lächelte nur und machte es selbst. Hat das Kaugummi von ihrer Schuhsohle gekratzt und zu einem kleinen Kügelchen gedreht, zwischen den Fingerkuppen. Und es ihr gezeigt.

»Wirf weg«, hatte Alessa gesagt. »Schnell, mir wird schlecht.«

Aber Ulf hatte gegrinst und den alten Kaugummi, den er von ihren Schuhen abgekratzt hatte, in seine Jackentasche gesteckt.

Warum macht ein Mensch so was?

Und muss man jemanden, der so etwas tut, vielleicht zu seinem Geburtstag einladen?

Doch wohl eher nicht!
Ulf hob die Augen. Seine Lippen zuckten, aber er schwieg. Er schaute sie nur an, als könne er ihre Gedanken lesen. Alessa konnte nicht verhindern, dass sie rot wurde.
»Aha«, sagte er schließlich, »mit ein paar Leuten. Viel Spaß.«
»Danke«, sagte Alessa.
Ulf presste seine Schultasche vor den Bauch. Er ging jetzt nicht mehr dicht neben ihr, sondern ließ einen Abstand von einem Meter. Sie schwiegen, bis sie vor der Schule standen.
Da kam Alessa mit der Wahrheit heraus. »Ich bin nur mit einem Mädchen aus meiner Klasse verabredet«, sagte sie versöhnlich. »Meine Eltern haben sie zum Essen eingeladen.«
Ulf sagte nichts. Sie gingen vorbei an dem roten Kleinbau: Zwei Jungen aus Alessas Klasse überholten sie auf ihren Fahrrädern. Sie durchquerten den Schulhof. Rufus Grevenich, ihr Mathelehrer, hatte wieder Aufsicht, er lächelte, als er Ulf und Alessa sah.
»Na?«, fragte er. »Ist das ein toller Tag?«
Es stimmte. Es war einer dieser goldenen Oktobertage, wie man sie immer nannte. Rotgoldenes Herbstlaub, blassblauer Himmel und eine Luft, so klar, als wäre sie aus reinstem Kristall.
»Ja«, sagte Alessa fröhlich, »passt genau.«
Ulf sagte nichts. Er schob sich an dem Lehrer vorbei und rempelte Alessa an, als er sich gleichzeitig mit ihr und vielen anderen durch den Eingang ihres Schulgebäudes quetschte.
»Er wusste es natürlich auch«, sagte er plötzlich. Sie waren schon an der Treppe. Normalerweise ließen sie sich da vom Strom der anderen Schüler mitreißen und achteten nicht mehr darauf, dass sie nebeneinander gingen. Aber dieses Mal blieb Ulf bei ihr.
»Wer?«, fragte Alessa.

»Rufus. Er weiß, dass du heute Geburtstag hast.«
»Quatsch.«
»Klar weiß er das. Wieso hätte er das sonst gesagt?«
Alessa wurde allmählich wütend. »Vielleicht guckst du mal raus, was heute für ein Wetter ist!«, rief sie. »Das hat er gemeint. Außerdem ist er mein Lehrer. Ziemlich einfach, über das Geburtstagsdatum eines Schülers zu stolpern. Vielleicht geht das in deine Birne??«
Ulf hob den Kopf. Sein Gesicht war weiß und rund und leuchtete unter der dunklen Pudelmütze. Er öffnete den Mund, aber bevor er etwas sagen konnte, hatte ihn jemand von hinten in die Rippen geboxt und weitergestoßen.
Er wehrte sich nicht.
Und da fiel Alessa plötzlich ein, dass es immer so war, dass Ulf immer von irgendjemandem in die Seite geboxt und weitergestoßen wurde. Dass er das mit sich machen ließ, wie ein Schaf, wie ein Lamm, ein Opferlamm, ohne sich zu wehren, ohne sich umzudrehen und auszuholen, wie andere Jungen, die sich herumwarfen und dem Typen, der sie anrempelte, eine Faust in den Magen hauten. Sie hatte nie gesehen, dass Ulf so reagierte. Er wurde gestoßen, weitergeschubst, geschoben. Und im Grunde hatte sie es eben nicht anders mit ihm gemacht. Und sein Aufbegehren – es war nicht eindrucksvoll gewesen, er war so, wie er immer reagierte.
Alessa spürte ihren Kopf. Sie zwängte sich rasch durch die Leute, strampelte sich mühsam die Treppe hoch, immer sah sie Ulfs Mütze vor sich, wie sie sich in der Menge bewegte, schwankte.
Ich lad ihn ein, dachte sie. Er soll ruhig kommen, ist ja egal. Er ist ein armes Schwein. Er freut sich.
Oben, auf der Treppe, als sie ihn fast erreicht hatte, drehte Ulf sich um. Er war ganz bleich, Schweißperlen glänzten auf seiner

Oberlippe. Er verzog das Gesicht zu einem albernen, irgendwie lächerlichen Grinsen, als er sie sah.
Und da konnte Alessa es nicht sagen. Da ging sie, als sie ihn erreicht hatte, stumm an ihm vorbei.

Vicky hatte eine Rose auf Alessas Platz gelegt und daneben eins dieser Herzen aus Lebkuchen in rotem Stanniolpapier, die man auf der Kirmes kaufen kann.
»Herzlichen Glückwunsch!«, war in Zuckerguss auf das Herz geschrieben. Vicky stand mit ausgebreiteten Armen da und küsste Alessa vor aller Augen links und rechts, und dann wünschte sie ihr Alles Gute zum Geburtstag. Und weil sie in der ersten Stunde Französisch hatten, mussten sie gleich lernen, was »Herzlichen Glückwunsch!« auf Französisch heißt, und Alessa wurde aufgefordert an die Tafel zu gehen und es hinzuschreiben: »Aujoudhui c'est mon anniversaire.«
Und dann sollte jemand zu Alessa gehen und ihr auf Französisch Alles Gute zum Geburtstag wünschen. Philipp meldete sich, er stand auf, ging zu Alessa, die noch vorn an der Tafel stand und einen roten Kopf bekam, er machte vor ihr einen Diener und sagte: »Felicitations«, und Alessa erwiderte: »Merci beaucoup.«
Und dann rief jemand: »Un baise«, und da bekam Alessa an ihrem Geburtstag von Philipp vor der ganzen Klasse einen Kuss auf die Wange und alle applaudierten, die Französischlehrerin lächelte und Vicky flüsterte, als Alessa an ihren Platz zurückging: »Du hast vielleicht ein Glück!«
Fast zitterte Vicky die Stimme dabei, und Alessa sah einmal mehr, wie ernst es Vicky mit Philipp war.

Zehn Tage später war Weinfest in Offenbach. Ulf und Alessa hatten eigentlich verabredet das Fest zusammen zu besuchen, aber bei Ulf herrschte Funkstille. Er wartete auch morgens nicht auf Alessa, um mit ihr zur Schule zu gehen, er ließ sich überhaupt nicht sehen.

Alessa hatte ein schlechtes Gewissen. Sie hatte ihn gekränkt, aber sie wollte ihm auch nicht nachlaufen.

So beschlossen Vicky und sie, sich am Samstagabend gegen sechs Uhr zu treffen und zusammen auf das Fest zu gehen. Alessa wusste, dass Vicky es vor allem darauf abgesehen hatte, Philipp einmal außerhalb der Schule anzutreffen. Seit dem Kuss, den er Alessa an ihrem Geburtstag gegeben hatte, verdoppelte Vicky ihre Bemühungen um Philipps Gunst. Für das Weinfest hatte sie schon Strategien entwickelt, wie sie es anstellen könnte, rein zufällig mit ihm zusammenzutreffen. Vicky konnte aus jedem »zufälligen« Zusammentreffen etwas machen. Darin war sie gut. Sie konnte auf Anhieb grinsen und kichern und lächeln und sexy aussehen, sie konnte ein Strahlen in ihre Augen zaubern, bei dem jeder Junge ohnmächtig werden musste, falls er nicht völlig gefühllos war.

Weil Philipp ein Fan von Eintracht Frankfurt war (und eben nicht von den Offenbacher Kickern wie der Rest der Klasse), schaute Vicky sich im Fernsehen jedes der Spiele an, um dann, wieder rein zufällig, eine Bemerkung fallen zu lassen, über den Schiedsrichter, der ja wohl einen falschen Elfmeter gepfiffen hatte – und man konnte richtig sehen, wie Philipps Augen groß und rund auf ihr ruhten. Danach raunte Vicky Alessa zu: »Hast du seine Augen gesehen?«

Vicky konnte auch gut so tun, als interessiere sie sich für klassische Musik, und das führte immerhin dazu, dass sie zu Hause die CDs durchguckte, um zu sehen, ob sie nicht irgendein klassisches Stück besaßen. Aber ihr Vater war Rolling-Stones-Fan und ihre Mutter stand auf Nena. Kein Mozart oder Beethoven, Chopin oder Verdi weit und breit. Das war Pech. Vi-

cky war eines Tages ganz empört in die Schule gekommen und hatte zu Alessa gesagt: »Kannst du dir so was vorstellen? Meine Eltern haben nicht mal auf ihrer Hochzeit einen Eröffnungs-Walzer getanzt! Ich meine, nicht einmal das! Außer alte Tempel und Pyramiden keine Kultur! Ist doch echt peinlich!«
So war Vicky. Immer bemüht bei Philipp zu punkten. Nicht eine Sekunde ließ sie ihr Ziel aus den Augen, dass Philipp und sie DAS Liebespaar der Schule werden würden. Es wäre der größte Triumph für sie. Das wusste Alessa. Deshalb war ihr klar, dass sie sozusagen als Lückenbüßer auf diesem Weinfest fungieren würde, sie wusste genau: Wenn Philipp auch nur mit einem Zucken seiner Augenbrauen andeuten würde, dass er gerne mit Vicky allein wäre, würde die sie einfach stehen lassen.
Aber so was wäre Alessa auch mit Tini passiert. War es sogar einmal. Das machte nichts. Außerdem, so wie Alessa Philipp einschätzte, würde es noch eine ganze Weile dauern, bis er Vickys Annäherungsversuchen erlag ...
Den ganzen Samstag über hatte Alessa gute Laune. Sie spielte mit der Katze, bügelte ihre Blusen, schlenderte mit ihrer Mutter durch die Einkaufspassage, und erst als sie gegen vier Uhr an ihrem Schreibtisch saß und das Licht anknipste und zufällig auf die Straße sah, musste sie zum ersten Mal an Ulf denken. Sie stand auf, spähte zum gegenüberliegenden Haus hinüber und stellte fest, dass kein Fernglas auf sie gerichtet war. Als sie den Computer einschaltete, um ihre Samstags-Mail an Tini abzuschicken (sie mailten sich jetzt nur noch einmal die Woche), klingelte das Telefon. Nicht ihr Handy, sondern das Telefon im Flur. Sie war allein in der Wohnung, es war langer Samstag, ihr Vater würde nicht vor halb neun abends zu Hause sein und ihre Mutter war bei einer Nachbarin zum Kaffeeklatsch eingeladen.

»Ja, hallo, hier ist Alessa Lammert«, sagte sie und schob dabei gleichzeitig mit ihrem rechten Fuß die Schuhe zurecht, die unter dem Garderobentisch standen. Sie konnte sich nie angewöhnen, die Schuhe in Reih und Glied abzustellen.
Stille. Keine Antwort.
»Hallo!«, rief Alessa.
Sie presste den Hörer fester ans Ohr. Es war ihr, als könnte sie heftiges schweres Atmen hören. Aber niemand sagte etwas.
»Idiot!«, knurrte Alessa und legte den Hörer zurück.
Sie war kaum wieder an ihrem Computer, als das Telefon ein zweites Mal klingelte. Alessa nahm den Hörer ab und sagte nichts. Sie wartete. Sie lauschte.
Wieder Stille. Nur ein leichtes fernes Rauschen.
»Hallo!«, rief sie wütend. »Wer ist denn da?«
Da wurde aufgelegt.
Alessa ging in die Küche. Sie nahm eine Milchtüte aus dem Kühlschrank, ein Glas, und setzte sich an den Küchentisch. Tiger, die es sich auf einem anderen Stuhl bequem gemacht hatte, sprang geschmeidig auf den Boden.
Wieder klingelte das Telefon.
Alessa saß am Tisch und spürte, wie ihr Herz schlug. Sie rührte sich nicht.
Tiger schnurrte mit aufgerichtetem Schwanz um ihre Beine, während Alessa trank. Es kam ihr vor, als sei die Milch kurz davor, sauer zu werden. Alessa wurde bei dem Gedanken augenblicklich schlecht.
Das Telefon klingelte noch immer, sie stand auf, goss die Milch in den Ausguss, knüllte die Tüte zusammen und warf sie in den Müll.
Als sie sich aufrichtete, hatte das Klingeln aufgehört.
Sie ging aus der Küche und zurück in ihr Zimmer; dabei muss-

te sie an dem Garderobentisch vorbei. Sie blieb eine Sekunde stehen und starrte auf das Telefon.
Aber es läutete nicht mehr, kurz vor sechs verließ sie die Wohnung.

Der Tag war windig und kalt, und Alessa hatte sich ihren Lieblingsschal um den Hals gewickelt, zweimal, und ihn vor der Brust verknotet. Sie trug Jeans und Boots, einen roten Rollkragenpulli und ihre Jeansjacke mit Pelzimitat.
Es waren viele Leute auf den Straßen unterwegs, der heftige Wind wirbelte die Herbstblätter auf und klatschte sie gegen die Windschutzscheiben der parkenden Autos, zusammen mit Knüllpapier und Zeitungsfetzen.
Alessa ging schnell, den Kopf zwischen den hochgezogenen Schultern. Sie hatte ihre kleine Umhängetasche dabei, aus rotem Lackleder, mit weißen Kanten, es war ihre Lieblingstasche. Ihr Vater hatte zwanzig Euro ganz großzügig morgens auf den Frühstückstisch neben ihren Teller gelegt, bevor er zum Baumarkt gefahren war. Sie hatte ihn mittags angerufen und sich für das Geschenk bedankt. »Hauptsache, du hast ein bisschen Spaß«, hatte er gesagt.
»Das kriegen wir hin«, hatte sie erwidert.
Sie kannte den Weg. Sie war ihn schon oft gegangen.
Nichts war ungewöhnlich und dennoch hatte sie die ganze Zeit ein merkwürdiges Gefühl. Das Telefonklingeln war noch in ihrem Kopf und wieder spürte sie ihr Herz. Es schlug, als wäre es irgendwie aus dem Takt. Wum. Wum. Wum. Wum. Das war merkwürdig und es beängstigte sie ein bisschen. Auf einmal, als sie ging und Leute überholte und anderen entgegenkam und ihre Wege und die Wege von vielen anderen Menschen sich immerzu kreuzten, hatte sie das Gefühl, dass jemand ihr folgte.

Zuerst wollte sie sich das nicht eingestehen und setzte ihren Weg fort. Sie verachtete Mädchen, die immer gleich vor Angst schlotterten, die sich irgendwelche Gefahren einbildeten.
Doch dieses ungewohnte Herzklopfen hielt an. Sie blieb stehen, tat, als interessiere sie sich für die Auslagen einer Eisenwarenhandlung, an der sie gerade vorbeikam, und wartete. Im Schaufenster spiegelte sich die Straße. Sie konnte die Menschen sehen, die hinter ihrem Rücken vorbeihasteten, Autos, die anhielten, abfuhren, vorüberglitten.
Alles war normal, nichts Auffälliges. Sie atmete gleichmäßig und ihr Herzschlag beruhigte sich. Sie drehte sich um und schaute die Straße zurück. Wirklich, alles war harmlos, ruhig, in Ordnung, die Leute hatten gleichmütige Gesichter, niemand achtete auf sie und niemand machte den Eindruck, als würde er sie beobachten. Ich hab zu viele Filme gesehen, dachte Alessa. Das ist ja bekloppt.
Sie wickelte ihren Schal neu, knöpfte die Jeansjacke zu und ging weiter.
Sie freute sich darauf, mit Vicky das Weinfest zu besuchen. Viele andere Leute aus der Klasse hatten sich ebenfalls verabredet, es würde ein schöner Abend werden.
Kurz vor sechs, als sie nur noch hundert Meter vom Treffpunkt entfernt war, klingelte ihr Handy.
Alessa nestelte es aus ihrer Jackentasche, schaute auf das Display. »Teilnehmer unbekannt«.
Sie drückte die Taste und rief: »Hallo?«
Alessa stand an einer lauten Straßenkreuzung. Autos hupten, die Straßenbahn fuhr quietschend in die Kurve. Sie hörte nichts.
Sie bohrte den Zeigefinger in ihr linkes Ohr und presste das Handy fest an das rechte.
»Ja? Hallo?«

Aber niemand antwortete.
Alessa wich zurück bis an eine Litfaßsäule. Sie lehnte sich dagegen und schaute das Display an. Es war dunkel. Der Teilnehmer hatte aufgelegt, bevor er sich gemeldet hatte.
Sie beschloss das Handy ganz auszuschalten. Bis vor kurzem – ohne Handy – hätte man sie schließlich auch nicht mitten auf der Straße erreichen können. Sie verstaute das Gerät wieder in ihrer Tasche.
Da sah sie Vicky. In ihren weißen Jeans und einem taillenkurzen, pinkfarbenen Blazer hampelte sie auf der anderen Seite herum, fuchtelte mit den Armen und zeigte auf das Handy, das sie in der Hand hielt.
Alessa lachte erleichtert, als sie Vicky mit dem Handy sah. Sie winkte zurück und wartete nicht, bis die Ampel auf Grün sprang, sondern rannte zwischen den fahrenden Autos hindurch auf Vicky zu.
»Hast du mich eben angerufen?«, rief sie schon von weitem.
»Ja, aber du hast mich nicht verstanden, du taube Nuss«, brüllte Vicky fröhlich zurück.
Alessa wickelte im Weitergehen den Schal ab, weil ihr plötzlich ganz warm war, schüttelte ihre rote Mähne und lachte. Und konnte lange nicht aufhören zu lachen.

Am nächsten Morgen, es war der Sonntag nach dem Weinfest, traf Alessa wieder Ulfs Mutter, und wieder beim Bäcker. Alessa hatte sie erst im letzten Augenblick erkannt, es war ein regnerischer Tag, und sie trug einen langen, hellen Regenmantel, ihr Gesicht war fast vollständig unter einem kariertem Regenhut mit breiter Krempe verborgen.
Ulfs Mutter schien begeistert über das zufällige Zusammentreffen, sie nahm ihren Regenhut ab, knöpfte den Mantel auf und benahm sich überhaupt, als wäre Alessas plötzliches

Auftauchen für sie wie ein Geschenk. Sie strahlte, während sie sprach, und berührte Alessa immerzu, streichelte ihren Arm, zupfte ein kleines Birkenblättchen von ihrer Schulter, das Alessa nicht bemerkt hatte, so zärtlich, als würde sie sie am liebsten in den Arm nehmen. Es war Alessa unglaublich peinlich. Sie konnte solche Szenen zwischen Erwachsenen und Jugendlichen noch nie leiden, am allerwenigsten, wenn Fast-Fremde so taten, als wären sie dick miteinander befreundet.

»Du bist also wieder gesund!«, rief Ulfs Mutter. »Wie schön! Mein Gott, das hat mir so Leid getan, dass ausgerechnet dir das passieren musste! Ich hab mehrfach zu Ulf gesagt, geh doch und frag mal nach, wie es der Armen geht. Aber er sagte, du müsstest dich noch schonen.«

Alessa verstand kein Wort. Sie lächelte verständnislos und überlegte krampfhaft, wie sie reagieren sollte.

»Hat man denn den Flüchtigen endlich erwischt?«, fragte Ulfs Mutter. »Fahrerflucht gehört zu den verabscheuungswürdigsten Verbrechen, die ich kenne!«

Die anderen Kunden im Laden drehten sich um. Alessa fiel plötzlich auf, dass es keine Wespen mehr gab. Wahrscheinlich waren sie von dem Kälteeinbruch vertrieben worden, hatten sich verkrochen. Außerdem nahm sie plötzlich einen intensiven Hefegeruch wahr, der durch die Bäckerei waberte, ihr wurde übel. Sie hatte auf dem Weinfest zu viele verschiedene Weine probiert, auch wenn es nur die winzigen Schlucke aus den Probiergläsern waren. In der Menge, über den Abend verteilt, war es mehr Alkohol, als sie je vorher in ihrem Leben getrunken hatte. Nachts war sie zweimal aufgewacht; sie hatte sich wie in einem Karussell gefühlt und Angst gehabt, dass sie ins Bad müsste, um sich zu übergeben. Deshalb hatte sie die Augen aufgerissen und intensiv auf den winzigen Lichtstrahl

an der Zimmerdecke gestarrt, der durch die Vorhänge fiel. Direkt vor ihrem Zimmer war eine Straßenlaterne, die ihr grelles Licht verströmte.
Die Bäckersfrau kannte Alessa inzwischen schon, sie hob den Kopf, während sie zwei Cremeschnitten auf einen Pappteller balancierte. »Was war denn passiert?«, fragte sie neugierig.
Alessa wollte gerade »Gar nichts!« sagen, da rief Ulfs Mutter aufgeregt: »Ein Auto ist bei Rot über die Ampel und hat sie gestreift, sie ist auf den Bürgersteig geschleudert worden! Das war so knapp, mein Gott, eine Zehntelsekunde schneller und sie wäre tot gewesen.«
Alessa riss die Augen auf. Sie starrte Ulfs Mutter an. Wovon redete sie? Was sollte passiert sein? Nicht einmal geträumt hatte sie so etwas!
»Die letzten Tage«, fügte Ulfs Mutter aufgeregt hinzu, »musste die Arme im Bett verbringen. Prellungen und natürlich ein Schock!«
Die Kundin, die die Cremeschnitten verlangt hatte, drehte sich zu Alessa um. »Mein Mann sagt immer, die Menschen werden von Jahr zu Jahr rücksichtsloser. Als wir noch Kinder waren, da gab es so was nicht. Da waren die Autofahrer vorsichtig und hilfsbereit.«
Ulfs Mutter nickte. Ihre Augen ruhten mitfühlend auf Alessa. »Du bist so blass«, sagte sie. »Man sieht, was du durchgemacht hast.«
Alessa wollte gerne sagen, dass da ein Irrtum vorlag, dass sie gar nicht wisse, worum es eigentlich gehe, aber inzwischen hatte sich das Thema verselbstständigt, die ganze Bäckerei schwirrte von Stimmen und Geschichten, jeder hatte etwas zu dem Thema »rücksichtslose Autofahrer« beizutragen.
»Ulf hat dich so vermisst in der letzten Zeit«, sagte seine Mutter. Sie beugte sich etwas vor, um in dem Stimmengewirr über-

haupt durchzudringen, und Alessa spürte ihren warmen Atem am Ohr.
»Er war ganz verändert. Mein Mann und ich, wir haben schon gesagt, wie erstaunlich es ist, dass ihr beide so zusammengehört. Wenn es dir schlecht geht, geht es Ulf auch schlecht.«
»Ach ja?«, murmelte Alessa.
Sie unternahm einen hilflosen Versuch, die Dinge richtig zu stellen. »Aber ich hatte gar keinen Unfall, ich ...«
»Natürlich nicht, Liebes, natürlich nicht!« Ulfs Mutter ließ Alessa nicht weitersprechen.
»Aber du musst versprechen, dass du heute Nachmittag zu uns kommst, ja? Nur ganz kurz. Damit Ulf eine Freude hat. Du warst noch nie bei uns und ihr habt Ulf schon so oft eingeladen.«
Hey?, dachte Alessa verwirrt, hab ich was verpasst? Wann haben wir Ulf denn eingeladen?
Da war nur dieser eine Abend, als Ulf ihre Bluse gebügelt hatte ... Als sie daran dachte, bekam sie einen heißen Kopf. Erzählte Ulf etwa, dass er inzwischen so zur Familie gehörte, dass er ihre Sachen bügelte?
»Also, wenn du nichts anderes vorhast ...«
Alessa strengte ihren Kopf an. Das war nicht einfach, denn der Kater rumorte hinter der Stirn. Es war anstrengend, die Augen aufzuhalten, und es war auch anstrengend, in dem engen Verkaufsraum mit so vielen Leuten zusammengepfercht zu stehen, die alle nasse Klamotten trugen, durcheinander redeten und gestikulierten.
»Ich wollte eigentlich ...«, murmelte Alessa und brach ab.
Ja, was wollte sie eigentlich?
Es war Sonntag, der Sonntag nach dem Weinfest. Vicky musste mit ihren Eltern zu Verwandten fahren, ihre eigenen Eltern würden, wie immer sonntags, wenn sie nichts vorhatten, eine

lange Siesta machen, und in der Zeit war es verboten, Musik zu hören . . . Außer mit Kopfhörern. Aber wenn Alessa an die Ohrstöpsel dachte, tat ihr sofort wieder der Kopf weh.
Nie wieder Wein, dachte sie.
»Sollen wir sagen, gegen fünf?«, schlug Ulfs Mutter vor. »Wir essen am Wochenende immer erst spät, da ist fünf doch eine ideale Zeit für den Kaffee, oder? Was trinkst du lieber, Kaffee oder Tee?«
»Eigentlich egal«, sagte Alessa matt.
Ulfs Mutter lachte. »Genau wie Ulf! Der sagt auch immer: egal.« Sie legte nun doch ihren Arm um Alessas Schulter. »Also, das ist abgemacht? Du kommst heute Nachmittag?«
»Ich . . .«, begann Alessa, aber Ulfs Mutter unterbrach sofort. »Da wird er sich freuen! Wenn ich ihm erzähle, dass es dir wieder gut geht! Er hat sich solche Sorgen gemacht. Er hat sich völlig in seinem Zimmer verbarrikadiert. Wir waren so unglücklich. Weißt du, dass mein Mann und ich uns schon überlegt hatten, dir einen Krankenbesuch abzustatten?«
Oh Gott, dachte Alessa, in welchem Film bin ich?
»Also, heute Nachmittag um fünf. Die Adresse weißt du ja, Haus Nummer 14, vierter Stock. Das Haus hat zwei Eingänge, wir wohnen im Aufgang A. Welchen Kuchen magst du denn besonders gern?«

Alessa verließ die Wohnung kurz nach fünf.
Es hatte endlich aufgehört zu regnen. Sie band den Haustürschlüssel um und schob Tiger, die mit ihr nach draußen wollte, sanft in den Flur zurück.
Das Treppenhaus war kühl und feucht. Unten im Flur standen wie immer zwei Kinderwagen und ein breiter Buggy, wahrscheinlich für Zwillinge. Im ersten Stock, wo ein Pärchen mit Baby wohnte, fand vielleicht eine Junge-Mütter-Party statt.

Neben den Steinplatten im Vorgarten hatten sich Pfützen gesammelt, in denen Spatzen herumspritzten. Die Autos, die am Bürgersteig parkten, glänzten wie frisch geduscht.
Als Alessa die Straße überquerte, dachte sie an ihren »Unfall«. Das war der eigentliche Grund, warum sie sich entschlossen hatte, die Einladung wirklich anzunehmen: Sie wollte herauskriegen, was das bedeuten mochte, was Ulf für Märchen über sie erzählte.
Der Eingang des Hauses Nr. 14 A war gelb gekachelt. An der Wand Blechbriefkästen mit bunten Aufklebern. In manchen Briefkästen steckten noch die Gratiszeitungen, die am Morgen verteilt worden waren. Der Kasten, auf dem KRAUSE stand, war der vorletzte in der Reihe. Er war leer.
Der Boden war mit grauem Linoleum ausgelegt, ebenso die Treppenstufen, das Geländer aus Holz war dunkelbraun. Es roch dumpf.
Am Lift hing ein Zettel: Außer Betrieb! Jetzt erst wurde Alessa bewusst, sie war in dem Haus, von dem aus sie beobachtet wurde. Wenn sie auch nicht wusste, zu welchem Aufgang das Fenster gehörte, hinter dem sie immer das Fernglas sah, irgendwo von hier aus wurde sie ins Visier genommen. Alessa stockte für einen Augenblick der Atem. Dann ging sie die Stufen hoch.
Im ersten Stock kleine Kinderstiefel vor der Tür. Alessa fragte sich, was das wohl für Kinder waren. Sie hatte noch nie Kinder aus dem Haus kommen sehen.
Im zweiten Stock ein leerer Bierkasten und eine Plastiktüte voller Dosen, die wohl entsorgt werden sollten. Erst mal, dachte Alessa, entsorgen sie ihren Müll in den Flur. Ihre Mutter sagte immer, dass sie es rücksichtslos findet, wenn die Mieter das Treppenhaus als Verlängerung ihres Wohnraumes betrachteten.

Im dritten Stock stieß sie an ein Fahrrad, das an das Heizungsrohr angeschlossen war. Im vierten stand er.
Ulf lehnte am Treppengeländer, mit Ohrstöpsel und einem MP3-Player in der Hand, und sah ihr entgegen.
»Whow!«, sagte er. »Und sogar pünktlich!« Er trug ein weißes (frisch gebügeltes!) Hemd und dunkle Hosen. Er war barfuß. Alessa konnte sehen, wie seine Zehen sich um die Fußleiste krümmten.
»Deine Mutter hat mich eingeladen«, sagte Alessa. »Ich konnte irgendwie nicht Nein sagen.«
»Ist doch prima«, sagte Ulf. »Ich freu mich.«
Sie standen sich gegenüber. Die Wohnungstür, an der ein Namensschild aus Messing klebte, war angelehnt.
Sie gaben sich etwas förmlich die Hand. Beide waren sie verlegen. Ulf, sonst immer sehr bleich, hatte ein heißes gerötetes Gesicht.
»Wir müssen nicht mit den Eltern sitzen und Kaffee trinken oder so«, sagte er leise. »Wir gehen gleich in mein Zimmer. Meine Eltern sind nicht solche Spießer. Nicht dass du das denkst.«
»Ich denk gar nichts«, sagte Alessa.
Ulf lächelte. »Das ist gut«, sagte er. »Dann komm rein.« Er trat zur Seite und drückte gleichzeitig die Wohnungstür weiter auf.
Es roch nach Kaffee. Und angebrannter Milch.
Ulf schnupperte, runzelte die Stirn und rief: »Mensch, Mama! Deine Milch!«
Alessa sah, wie Ulfs Mutter aus dem Zimmer stürzte, den Flur durchquerte, in der Küche verschwand und dabei laut: »Oh, mein Gott! Wieso schon wieder!«, rief.
Ulf grinste. Er schob Alessa vor sich her. »Erste Tür links«, murmelte er. »Mach dir nichts draus. Sie lässt die Milch immer

überkochen. Das braucht sie irgendwie. Da ist mein Zimmer. Geh einfach rein!«
Ulfs Zimmer ging nicht zur Straße, sondern nach hinten hinaus, in den Hof.

Von: Alessa.Lammert@gmx.de
An: Tina.Uhland@webmail.net
Sonntag, keine Ahnung, der wievielte heute ist, kurz vor der Geisterstunde

Hi, Tini, bestimmt schnarchst du schon in Orpheus' Armen, mit dem Vokabelheft unter dem Kopfkissen. Dann liest du meine Mail eben morgen, wenn du aus der Schule kommst, macht auch nichts. Ist egal, du brauchst dich auch nicht mehr zu melden, falls du noch am Computer hängst.
Ich muss nur einfach loswerden, was ich heute erlebt hab.
Irgendwie bin ich total geschockt, und gleichzeitig ist das alles auch eine richtig blöde, abgefahrene Sitcom. Und ich mittendrin.
Ich fass es irgendwie nicht.
Also, von vorne.
Ich hab dir doch von Ulf erzählt, diesem Typen mit der Pudelmütze, der eine Klasse über mir ist. Der mit den Segelohren, der so gerne Horrorfilme guckt und was gegen Schwule hat.
Genau. Der. Bei dem war ich heute Nachmittag, seine Mutter hatte mich in der Bäckerei getroffen und mir eine Geschichte aufgetischt, die total verrückt ist: Ulf hat in seiner Familie erzählt, dass ich einen Unfall hatte! Auf dem Zebrastreifen hätte mich ein Auto gestreift und ich wäre geradeso mit dem Leben davongekommen!
Komisch nur, dass ich von dem Autounfall überhaupt nichts weiß!
Das wollte ich unbedingt klären, und so bin ich also da rüber. Heute Nachmittag um fünf.
Ulfs Eltern haben sich nur kurz blicken lassen und wir waren in seinem Zimmer allein. Er hatte sogar einigermaßen aufgeräumt – also keine stinkenden Jungssocken irgendwo in der Ecke und keine Kippen von heimlich ge-

rauchten Zigaretten in irgendwelchen schweißigen Turnschuhen. Auch keine Kamera und kein Fernglas. Also ist er nicht der Spanner. Aber wenn er es wäre, der da – was ich eigentlich nicht denken will – immer zu mir rüberlinst, würde er wohl kaum das Fernglas rumliegen lassen . . .

Über seinen Musikgeschmack red ich lieber nicht, die CDs, die da gestapelt waren, gehören eher zu der Sorte, mit denen man sich Musik abgewöhnt, aber das ist sein Problem.

Also, ich hab ihn gefragt: »Sag mal, wieso erzählst du solche Märchen über mich? Von wegen, dass ich fast totgefahren worden wäre? Und irgendwie mit 'nem Schock im Bett liege? Wieso erzählst du deinen Eltern so was?«

Weiß du, was er darauf geantwortet hat?

»Ich musste doch irgendwie erklären, dass wir nicht mehr zusammen zur Schule gehen.«

»Ja und? Da hättest du doch einfach die Wahrheit sagen können. Dass wir uns gestritten haben. Oder dass du irgendwie aus unerfindlichen Gründen auf mich sauer bist und keine Lust hast, mit mir zusammen zur Schule zu gehen. Oder dass ich keine Lust hab.«

»Aber sie hätten sich aufgeregt.«

»Worüber?«

»Dass wir uns gestritten haben. Dass ich sauer auf dich bin, ebendas, was du eben gesagt hast.«

»Wieso sollen deine Eltern sich darüber aufregen, wenn wir uns streiten?«

Liebe Tini, ich geb dir das so wieder, wie es abgelaufen ist, damit du den Irrsinn kapierst, der in dieser Geschichte steckt. Ulf hat nämlich dann gesagt: »Weil meine Eltern sich immer Sorgen machen, dass ich so viel allein rumhänge. Die sind eben so. Machen sich immer Sorgen. Und weil sie sich so sehr wünschen, dass wir zusammen sind.«

»Wie? So sehr wünschen? Zusammen sind? Was soll das heißen?«

Und dann hat Ulf gesagt, dass seine Eltern es so bedauern, dass er keine Freunde hat. Weil nie irgendwelche Jungen kommen, um mit ihm, was weiß ich, Schularbeiten zu machen, Fußball zu gucken oder ein Bier zu saufen, es kommt einfach nie irgendjemand!

Er ist immer allein!
Immer, verstehst du?
Es ruft auch nie einer an aus seiner Klasse.
»Die behandeln mich wie Luft«, sagte Ulf. »Und das kotzt mich an.«
Er ist ein armes Schwein! Ein bisschen hatte ich schon das Gefühl, weil er sich so an mich gehängt hat, und weil ich auch irgendwie auf Abwehr war und immer ganz erleichtert, wenn ich merkte, er ist mir nicht auf den Fersen. Aber wie muss das für jemanden sein, der immer allein ist!!! Ich meine, immer!!!
Klar, ich selbst bin ja genau wie die anderen. Wenn ich ehrlich bin, ist es auch für mich jedes Mal ein Angang, mich mit ihm sehen zu lassen. Es gibt einem irgendwie nichts, wenn man mit ihm zusammen ist.
Er ist so anders. Die Gespräche sind immer krampfig.
Einmal hat er wohl einen Freund gehabt, noch in der Grundschule, da war er acht oder neun. Er hat mir sogar erzählt, wie er hieß, ich glaube, Boris. Ulf sagt, sie wären vielleicht immer noch befreundet, wenn Boris noch lebte.
Und ich: »Wieso? Ist er tot?«
»Ertrunken«, sagte Ulf. »Eingebrochen in einen Teich, beim Schlittschuhfahren.«
»Warst du dabei?«, hab ich gefragt.
Aber er war nicht dabei. Gott sei Dank. Ich meine, für ihn und für mich, ich hätte nicht gern die Geschichte gehört von einem Jungen, der ins Eis einbricht und unter der Eisplatte verschwindet... wie er den Kopf nicht hochkriegt und keine Luft... und so weiter.
Oh Gott, was wollte ich eigentlich erzählen?
Ach ja, ich wollte erzählen, dass Ulf so einsam ist, dass er schon Wahnsinnsgeschichten erfindet, um zu erklären, warum er sich mit mir auf dem Schulweg nicht mehr trifft. Dann musst du aber noch bedenken, dass es sein eigener Entschluss war, nicht mit mir zur Schule zu gehen.
Und weißt Du, warum?
WEIL ICH IHM NICHT ERZÄHLT HAB, DASS ICH GEBURTSTAG HAB! DAS HÄLT ER FÜR EINEN VERTRAUENSBRUCH!

Ich existiere für ihn nicht mehr. Soll ich mich jetzt darüber freuen? Dass ich ihn los bin?
Oh Mann, Tinilein, wenn ich an unsere Freundschaft denke, an unsere Clique, und wie normal und selbstverständlich da immer alles war.
Ulf hat ein verknotetes Gehirn, sag ich dir.
Wenn er lacht, dann immer nur über Dinge, über die sonst kein Mensch lachen würde. Dann erinnert er mich an Janni, den Sohn von unserem Klubhaus-Verwalter. Du weißt schon, der diese Krankheit hat. Dann tut er mir Leid. Dann denke ich: Der bräuchte jemanden, der ihn lieb hat. Weißt du, wie Janni. Der ja seinen Vater hat, der total süß zu ihm ist.
Ulf gehört zu der Sorte Mensch, die beim Anblick eines halb vollen Glases immer sagen: Das ist halb leer. Der sieht alles negativ. Er scheint sich für Politik zu interessieren, darüber redet er ständig, dass alles auf den Hund kommt. »Kommt alles auf den Hund.« Wie oft ich das schon gehört hab. Der sieht alles negativ. Für ihn existiert nichts Gutes auf der Welt. Er findet, wir treiben dem Untergang entgegen. Er hat mir was von Krisen erzählt. Alles ist in der Krise, das Klima ist am Umkippen, ganz Afrika stirbt wegen Aids und die Armen der Welt überrennen das reiche Europa ... Ich meine, da ist ja überall was dran – aber deshalb darf man sich doch nicht in so eine Untergangsstimmung treiben lassen. Man muss doch sehen, wie man das alles hinkriegt. Das hab ich ihm auch gesagt, aber er hat nur den Kopf geschüttelt. »Hat keinen Sinn«, sagte er, »das hält keiner von uns auf.« Na ja, er schon gar nicht ...
Der hat sich irgendwie, irgendwann in seinem Leben mal so verkrampft, dass er seitdem nicht mehr richtig tickt. Das sag ich natürlich nur dir.
Du erinnerst dich, dass ich dir geschrieben habe von seinen Segelohren? Sie haben ihn als Kind so gestört, dass er versucht hat, sie sich abzuschneiden!!! Mit der Rasierklinge!!!
Weißt du, was mir jetzt gerade einfällt? Vielleicht stimmt die ganze Geschichte von Boris und dem Ertrinken überhaupt nicht. Vielleicht hat er sich das auch ausgedacht, das mit dem Ertrinken. Um zu erklären, weshalb sein bester Freund nicht mehr bei ihm ist!!!

Es wäre super, wenn du mir mal deine Meinung zu dem Fall mailen könntest. Ich bin irgendwie echt fertig.

Jedenfalls hat seine Mutter für uns Pizza gebacken und alles auf einem Tablett ins Zimmer gebracht. Und Ulf hat Bier dazu getrunken, ich Apfelschorle. Und dann hat er mir seinen Computer erklärt und mir alle Spiele gezeigt, die er auf das Ding geladen hat. Wahnsinn, echt.

Der kann mit dem Computer umgehen, so was hab ich noch nicht gesehen. Aber kein Wunder, wenn man immer allein ist und Nachmittag für Nachmittag in der Bude hockt. Ich wollte um sechs zu Hause sein und konnte erst um neun Uhr gehen. Vorher wäre es einfach superunhöflich und brutal gewesen.

Und soll ich dir noch was sagen?

Ulf hat mich nach Hause gebracht (rührend: über die Straße) und mir vor der Haustür einen Kuss gegeben.

Und ich, in meiner übermäßigen Güte und meinem Sozialtick, hab so getan, als sei es okay.

Dabei fand ich es gruselig!!!!

Denkt er jetzt, dass wir ein Paar sind oder so? Erzählt er jetzt seinen Eltern, wir hätten uns verlobt?

Bin ich froh, dass ich dir das alles schreiben kann. Danke, dass du so lieb bist und mir zuhörst.

Ich umarme dich,

deine Ali

Von: Tina.Uhland@webmail.net
An: Alessa.Lammert@gmx.de

Hi, Ali, danke für deine Mail, ich hab sie heute erst aufgekriegt, keine Ahnung, was los war, aber auf einmal ging's dann wieder.

Echt, immer ein Lichtblick, wenn es heißt: Sie haben Post!!!

Also, wenn du mich fragst, das ist echt eine verrückte Geschichte mit diesem Ulf.

Willst du meine Meinung hören?
Für mich sieht das verdammt nach großer Liebe aus! Dieser Typ liebt dich, braucht dich, will immer mit dir zusammen sein. Und findet es so unnormal, wenn Ihr getrennt seid, dass er sich phantastische Ausreden überlegt. Ist doch irgendwie süß. Ich wünschte, ich hätte so einen –! Also nimm das alles nicht so schwer . . .
Bei mir läuft im Augenblick gar nichts. Die ganze Clique ist, so scheint es gerade, auf einem Auflösungstrip. Das hat schon etwas Selbstzerstörerisches. Jeder zieht über den anderen her, keiner macht mal einen Versuch, die alte Harmonie wieder herzustellen. Dominik ist sauer, weil Mirko einen Segelschein für den Katamaran geschafft hat und er nicht. Mirko hat sich von Elena getrennt und versucht jetzt Carina zu bezirzen (schreibt man das so?) und meine Träume, dass Zoran endlich merkt, was ich für ihn sein könnte – die ideale Freundin nämlich –, sind auch geplatzt. Er hat sich in Gesine verknallt! Ich bitte dich!!!
Also, du siehst, hier verpasst man im Augenblick nichts. Vielleicht ist Offenbach ja spannender, als wir je gedacht haben! Das Weinfest muss doch auch toll gewesen sein. Hier saufen alle nur Bier . . .
Schreib mal was über Vicky. Wie sie so ist, am Anfang klang es so, als wär sie nicht dein Fall, aber ihr verbringt ganz schön viel Zeit miteinander, oder?
Ich hab übrigens in der Englischarbeit eine Zwei! Die erste in diesem Jahr. Und in Mathe läuft es auch viel besser. Versetzung nicht mehr gefährdet. Mami hat mir vor lauter Erleichterung gleich einen Pulli gekauft (H&M, ganz süß).
Ich würde dich übrigens häufiger auf dem Handy anrufen, aber ich habe eine solche Mega-Rechnung gekriegt im letzten Monat, dass ich das Teil erst mal in den Schrank gesperrt hab. E-Mails sind billiger. Aber Sehnsucht nach deiner Stimme hab ich auch.

Dicker Kuss
von deiner besten uralten Freundin
Tini

Drei Tage später, als sie zusammen zur Schule gingen, ließ Ulf beiläufig einen Satz fallen, der Alessa erschreckte.
»Wer weiß«, sagte er, »vielleicht bin ich bald in deiner Klasse. Neben wem sitzt du eigentlich? Der kann sich schon mal einen anderen Platz suchen.«
Sie standen vor einer Ampel und warteten, dass es grün wird.
»Wieso denn in meiner Klasse?«, fragte Alessa. »Ich bin in der Achten. Du in der Neunten.«
Als die Ampel umsprang, war Alessa immer noch so verwirrt, dass sie vergaß die Straße zu überqueren. Ulf wartete schon auf der anderen Seite und fuchtelte erregt mit den Armen.
»Mann! Grüner wird's nicht!«, schrie er.
Alessa spurtete im selben Augenblick los, als die Fußgängerampel auf Rot schaltete, und im gleichen Moment hupte jemand, Bremsen kreischten, und sie rettete sich mit einem großen Sprung auf den Bürgersteig. Ulf fing sie auf, weil sie fast gestürzt wäre.
»Mann!«, stöhnte er. »Du machst Sachen! Was ist denn mit dir los?«
Der Autofahrer, der sie fast angefahren hätte, blieb mitten auf der Straße stehen. Er stieg aus. Er schrie und gestikulierte wild herum. Ulf winkte zurück. »Ist schon gut! Tut ihr Leid!«, rief er.
Alessa war kreidebleich. Sie zitterte. Sie starrte auf das Auto, einen alten dunkelgrünen Volvo, auf den Mann, der immerzu schrie, weil er wahrscheinlich genauso erschrocken war wie sie.
Irgendwann, als die anderen Fahrer ungeduldig wurden, tippte er sich an die Schläfen, stieg kopfschüttelnd wieder ein und fuhr los.
Alessa schloss erschöpft die Augen.
»Das war knapp«, sagte Ulf. »Das hätte echt ins Auge gehen können.«

»Weiß ich doch selbst«, murmelte sie. Ihr war ganz übel.
»Was war denn los?«, fragte Ulf.
Alessa antwortete nicht. Sie versuchte den Schock zu überwinden. Schweigend gingen sie nebeneinander her.
Plötzlich sagte sie. »War das ungefähr so wie der Unfall, den du dir ausgedacht hast?« Ulf presste die Lippen zusammen.
»Hey, ich hab dich was gefragt.«
»Und ich hab nicht geantwortet«, knurrte Ulf.
»War das so ein Unfall? Bist du vielleicht Hellseher oder so was?«
Er schaute sie an, lachte trocken, schüttelte kurzfristig den Kopf.
»Komisch ist es aber«, beharrte Alessa. Sie spürte, wie sie eine Gänsehaut bekam, die in den Haarwurzeln begann und dann die ganze Wirbelsäule herunterlief. Sie schaute auf Ulfs Schuhe, Ulf trug schwarze Stiefel, Schnürstiefel, mit verstärkten Kappen. Sie hatte diese Schuhe noch nie an ihm gesehen.
»Oh«, sagte sie, »neue Schuhe.«
»Nicht so neu. Ich hab sie bisher nur nicht in die Schule angezogen«, sagte Ulf.
»Aha, und wieso nicht?«
»Freizeit-Outfit«, sagte Ulf.
Sie waren fast bei der Schule. Alessa hatte ihre Fassung wiedergewonnen. Erst kurz bevor sie auf den Pausenhof gingen, fragte sie nach: »War das ernst, dass du in meine Klasse kommst?«
»Weil ich mir überlegt hab, dass ich mich zurückversetzen lasse.«
Alessa starrte ihn an. »Wieso das denn?«
»Ich bleib wahrscheinlich sowieso sitzen. Physik. Chemie. Beides eine glatte Fünf. In Physik tendiere ich gegen Sechs.«
»Oh«, murmelte Alessa. Dass Ulf solche Schwierigkeiten hatte, hörte sie zum ersten Mal. Aber sie hatte auch noch nie danach gefragt.

»Kannst du dir vorstellen, wie so was bei meinem alten Herrn ankommt«, sagte Ulf. »Er hat Physik als Leistungsfach gehabt, beim Abitur. Er ist Ingenieur, weißt du?«
»Ja«, sagte Alessa, »weiß ich. Hast du ungefähr schon hundertmal gesagt. Wissen deine Eltern, dass du dich zurückversetzen lassen willst?«
»Ich sag es ihnen heute Nachmittag. Ich wollte erst checken, wie du reagierst.«
Alessa blieb stehen, Ulf auch.
»Was hat denn das mit mir zu tun?«, rief Alessa, unnötig laut. Sie merkte, dass sie einen heißen Kopf bekam.
Ulf lächelte. »Ich möchte eben gern mit dir in einer Klasse sein. Die Typen bei mir gehen mir total auf den Sack. Ich kann keinen einzigen von denen leiden und die mich auch nicht, die halten mich irgendwie für bekloppt oder was weiß ich. Keine Ahnung. Mir auch egal. Eure Klasse ist besser. Andere Leute, gute Typen, und ich hab weniger Stress im Unterricht, weil wir alles schon mal durchgekaut haben.«
Mit mir in einer Klasse, dachte Alessa. Das ist doch total verrückt!
»Aber du verlierst ein Jahr«, sagte sie abwehrend.
Ulf zuckte die Achseln. »Na und? Dann bin ich ein Jahr später arbeitslos. Was soll's?«
»Mann! Ulf! Du kannst einen echt runterziehen. Immer nur negativ!«
»Wenn mir die Welt keine andere Chance lässt«, sagte Ulf. Aber Alessa hörte nicht mehr hin, zu sehr beschäftigte sie, was Ulf vorhatte, der Klassenwechsel.
Sie standen jetzt am Fuß der Treppe, hier trennten sie sich normalerweise, aber sie blieben stehen und teilten so den Strom der Schüler.
»Also?«, fragte Ulf. »Neben wem sitzt du?«

»Neben Vicky Darchinger.«
»Und die ist nett, oder was?«
Alessa verdrehte die Augen. »Mensch! Ulf, du kennst sie doch!«
»Ich weiß nur, wie sie aussieht, ich weiß nicht, wie sie ist.«
»Nett, ja«, sagte Alessa.
»Du warst mit ihr auf dem Weinfest. Ihr habt zu viel getrunken, ihr seid Schlangenlinien gegangen, untergehakt, und habt gekichert wie richtig blöde Weiber.«
Alessa blinzelte. Sie wich einen Schritt zurück und ließ ein paar Leute vorbei.
»Sag mal, hast du mir nachspioniert?«
Ulf grinste. Er steckte die Hände in die Hosentaschen und nahm den Kopf in den Nacken.
»Ich hab dich was gefragt!«
Sein Grinsen wurde breiter.
»Ulf! Los! Antworte!«
Er lächelte. »Hältst du mich für so blöd, dass ich euch hinterhergehe? Ich hab euch zufällig gesehen. Das ist alles.«
»Auf dem Weinfest?«, fragte Alessa verblüfft.
»Ja, was dagegen? Du hast doch gewusst, dass ich da auch hingehe.«
Alessa starrte ihn an.
»Ich weiß. Ja, ich weiß genau«, sagte sie gedehnt, »dass ich die ganze Zeit das Gefühl hatte, es beobachtet mich jemand. Sag bloß, du bist das gewesen.«
In diesem Augenblick ging der zweite Gong. Sie mussten sich beeilen.
Ulf hob lässig den Arm und wandte sich nach rechts. Er hatte in der ersten Stunde Sport. Er musste in die Turnhalle.
»Kannst ja schon mal Vicky Bescheid sagen, dass die Dinge sich ändern!«, rief er. Und schob davon.

In der Klasse, als sie beide ihre Englischbücher aus der Tasche holten, sagte Alessa zu Vicky: »Du kennst doch Ulf.«
»Der Typ mit der Pudelmütze?«
»Genau. Der lässt sich zurückversetzen.«
»Wenn's ihm Spaß macht.«
»Ja. Aber er will in unsere Klasse.«
Vicky, die gerade ihr Vokabelheft aufklappte, hielt mitten in der Bewegung inne, sie starrte Alessa an.
»Hey«, sagte sie, »wieso ausgerechnet zu uns? Wir sind schon 28, ziemlich voll. Wir brauchen niemanden mehr.«
»Weiß ich doch«, sagte Alessa. »Aber wie ich ihn kenne, schafft er das. Der hat so einen Willen ... wenn der sich was in den Kopf setzt ... dann ...«, sie seufzte. »Und soll ich dir noch was sagen? Er möchte neben mir sitzen.«
Vicky lehnte sich zurück, riss den Mund auf, machte ihn wieder zu, verdrehte die Augen. »Ah«, sagte sie gedehnt, »daher weht der Wind. Das glückliche Paar will nie mehr getrennt sein.«
Sie bekam einen roten Kopf.
»Quatsch, überhaupt nicht«, entgegnete Alessa. »Ich möchte auf keinen Fall neben ihm sitzen. Da krieg ich Platzangst.«
»Du willst neben mir bleiben?«
»Na klar, weißt du doch.« Alessa lächelte, fast flehend. Sie streichelte Vickys Arm. »Du bist hier an der Schule, überhaupt in der ganzen Stadt die Einzige, mit der ich richtig gern zusammen bin.«
Vicky machte ein Gesicht, als glaubte sie ihr nicht. Sie trug an diesem Tag einen pinkfarbenen Pulli, dazu Hüfthosen, die ihren gepiercten Bauchnabel freiließen; das Piercing war erst vier Wochen alt und der Nabel immer noch ein bisschen gerötet. Eigentlich war es zu kalt für solch ein Outfit, nichts über dem Bauch und dem Rücken, zumal Vicky manchmal über

Nierenschmerzen klagte. Aber sie ertrug im Moment auch nichts, was am entzündeten Nabel rieb. Sie tat Alessa richtig Leid. Vicky war immer bereit, für ihre Schönheit zu leiden, besonders jetzt. Weil Beate, die sich gerade an Philip ranmachte, auch ein Piercing hatte, dachte sie, das müsse nun sein. Sie hatte sich für einen klitzekleinen Aquamarin entschieden, in Silber eingefasst, ein niedlicher kleiner Glitzerstein. Alessas Eltern würden so etwas nie erlauben.
Alessa trug an diesem Tag ein Armband aus gelben Perlen, auf Gummi gezogen. Sie besaß es schon lange, irgendwer hatte es ihr einmal zum Geburtstag geschenkt, in Starnberg. Sie trug es öfter als früher, seit sie hier in Offenbach war, und sie hatte bemerkt, dass Vicky manchmal auf die großen, gelb schimmernden Perlen geblickt hatte. In einer spontanen Regung streifte sie das Armband ab und sagte: »Gib mir mal deine Hand.«
Verblüfft streckte Vicky den rechten Arm aus.
»Mach die Augen zu«, flüsterte Alessa.
Der Englischlehrer betrat den Klassenraum und die Tür fiel krachend hinter ihm ins Schloss.
Alessa streifte Vicky hastig ihr Armband über. »Jetzt wieder auf«, flüsterte sie.
Vicky öffnete die Augen und schaute auf ihr Handgelenk. Sie öffnete den Mund, sie sagte: »Oooooh! Für mich?«
Alessa nickte strahlend. Sie fühlte sich gut. Sie hatte in Sekundenschnelle eine richtige Entscheidung getroffen. »Für dich. Du findest es doch so schön.«
»Ja«, wisperte Vicky, »aber dass du mir das schenkst! Warum?«
»Weil ich mich so freue, dass wir Freundinnen sind«, wisperte Alessa zurück.
Der Englischlehrer klopfte mit einem Lineal auf seinen Tisch

und rief: »Good morning, Ladies and Gentlemen! Would you please stop talking right now!«
Alle hielten wie auf Kommando den Mund und starrten nach vorn. Aus den Augenwinkeln sah Alessa, dass Vicky zärtlich das Armband in ihren Fingern drehte und dabei glücklich lächelte.

7. Kapitel

Ulf kam an einem Montag im November in die Klasse. Es war der Montag vor dem ersten Advent und es hatte geschneit. Alessa hatte das Wochenende bei Vicky verbracht, weil deren Eltern einen Besuch bei der kranken Großmutter machen mussten und Vicky nicht allein bleiben wollte. Es war ein gemütliches, kuscheliges Wochenende gewesen, sie hatten sich wie zwei Freundinnen gefühlt, die sich schon lange kennen, fast wie Schwestern. Sie hatten zusammen gekocht (Spaghetti Carbonara), alle Kreuzworträtsel in den Zeitschriften gelöst, die sie auftreiben konnten, dann durch die Programme gezappt, bis die Augen tränten, hatten sich ihre Träume erzählt, in der Badewanne gesessen, im Schaumbad (umgeben von Kerzen), ihre Lieblingssongs gehört, geschlafen und sich wohl gefühlt.
Am Montagmorgen waren Alessa und Vicky zusammen in die Schule gefahren, mit dem Bus von Neu-Isenburg, und erst als sie bei der Schule vorfuhren und ausstiegen, hatte Alessa zum ersten Mal wieder an Ulf gedacht. Oder besser, es drängte sich ihr geradezu auf, an ihn zu denken.
Er stand am Durchgang zum Hof, der Schnee hatte auf seiner Pudelmütze eine weiße Haube gebildet, und er hielt die Hände vor den Mund, um sie zu wärmen.
Es war drei Grad unter null, ein eisiger Wind wehte, der Vicky und ihr den Schnee fast waagerecht ins Gesicht trieb. Sie zogen den Kopf zwischen die Schultern, als sie auf den Durchgang zuspurteten.
Da trat Ulf ihnen in den Weg. »Hallo«, sagte er. »Lange nicht gesehen.«

Vicky winkte nur kurz und rief: »Scheißwetter, was?«
Alessa wollte Vicky folgen, aber Ulf hielt ihren Arm fest.
»Hey«, sagte er, »nicht so schnell.«
»Ulf! Mann! Mir ist kalt!«
»Ich bin schon ein halber Eisklumpen«, sagte er. »Ich warte hier seit einer Viertelstunde. Du kommst doch sonst viel früher.«
»Der Bus hat im Stau gesteckt«, sagte Alessa. »Bei dem Wetter fahren die Leute total bekloppt«. Sie stellte sich auf die Zehenspitzen, um Vickys roten Schal zu sehen, den sie sich um den Kopf gewickelt hatte, aber Vicky war schon im Schulgebäude verschwunden.
»Das kommt, weil sie keine Winterreifen aufgezogen haben«, sagte Ulf, »mein Vater hat am Wochenende die Winterreifen montiert. Sie haben es ständig im Radio gebracht, dass wir einen Kälteeinbruch kriegen.«
»Schön für deinen Vater«, sagte Alessa. Sie wollte an Ulf vorbei, aber er ließ sie nicht.
»Ich war bei euch zu Hause«, sagte Ulf, »gestern. Ich hab nicht kapiert, wo du steckst.«
»Ich war bei Vicky«, sagte Alessa gereizt. »Ist das vielleicht erlaubt?«
»Klar, ich hab es bloß nicht gewusst.«
»Ulf! Mann! Lass mich vorbei. Wieso gehen wir nicht rein?«
»Weil ich erst was klären muss«, sagte Ulf.
»Oh Gott«, resigniert verdrehte Alessa die Augen. »Also, was musst du klären?«
Ulf holte tief Luft, er schaute sich um, dann betrachtete er seine Hände, die Fingerspitzen waren ganz weiß vor Kälte. »Also«, sagte er, »natürlich kannst du machen, was du willst.«
Alessa lachte auf. »Sag mal, spinnst du jetzt? Natürlich kann ich machen, was ich will.«

»Eben, sag ich doch. Aber ich möchte es vorher wissen. Ich hab keine Lust, mir Sorgen zu machen. Und Sorgen mache ich mir, wenn ich sehe, dass bei dir im Zimmer kein Licht ist, wenn ich nicht weiß, wo du bist und was du tust.«
Alessa trat einen Schritt zurück, sie legte den Kopf auf die Seite. »Was hast du gesagt?«, fragte sie fassungslos. »Was hast du eben gesagt?«
»Hast du doch gehört.«
»Du beobachtest mein Fenster?«, fragte Alessa. Ihr wurde plötzlich ganz kalt und es war ihr, als hörte sie das Klappern ihrer Zähne. »Wie denn? Wie machst du das denn? Dein Zimmer ist doch auf der anderen Seite. Nach hinten, zum Garten! Stehst du die ganze Nacht in eurem Wohnzimmer und guckst rüber zu uns?«
Ulf gab darauf keine Antwort.
»Ich hab zwei Nächte nicht geschlafen«, sagte er. »Die auf Samstag und die gestern. Das ist doch Scheiße.«
»Was kann ich dafür, wenn du nicht schläfst?«
Ulf seufzte, er drehte seinen Kopf von rechts nach links, von links nach rechts, als habe er einen steifen Hals. Alessa konnte hören, wie seine Wirbel knackten.
»Dann war ich bei euch. Deine Mutter hat sofort aufgemacht.«
»Na klar, wieso nicht?«, rief sie.
Alessa war jetzt richtig wütend. Sie sah auf die Uhr. In der ersten Stunde sollten sie sich im Musiksaal versammeln, um den Advent zu feiern. Das war Tradition an der Schule.
Jemand hatte erzählt, dass Philipp etwas auf der Klarinette spielen würde, amerikanische Weihnachtslieder, »White Christmas« und »Driving home for Christmas«. So etwas. Sie waren alle unheimlich gespannt. Besonders natürlich Vicky, wusste Alessa. Ihre Freundin wollte auf jeden Fall irgendwo vorn sitzen, damit er sie sah und sie ihn gut beobachten konn-

te. Vicky hatte mehrfach an dem Wochenende erzählt, wie klasse sie es fand, dass sie ihren Philipp ungestört eine ganze Stunde lang quasi fixieren konnte, ohne dass es jemandem auffiel. Sie hatte sich extra den roten Schal umgebunden, einen »eye-catcher«, wie sie sagte, um aufzufallen unter den Schülermassen.

Alessa hatte keine Lust, zu spät zu kommen. Sie hoffte, dass Vicky ihr einen Platz freihalten würde, aber wie lange sie das konnte, war nicht sicher.

»Kann ich jetzt bitte rein?«, fragte sie wütend.

»Ist dir dieses blöde Adventssingen wichtiger?«, fragte Ulf.

Alessa hob den Kopf. Sie hoffte, er würde in ihrem Blick erkennen, was sie dachte. »Ja, ist es«, presste sie hervor.

Da gab Ulf ihr den Weg frei. Sie stürmte in die Schule. Sie schaute sich nicht um.

Philipp trug Jeans, einen blauen Pulli mit V-Ausschnitt und darunter ein blau-weiß gestreiftes Hemd, er hatte seine Haare gegelt und zu einer Art Irokesenfrisur gekämmt. Er saß auf einem der Holzstühle, am Bühnenrand, und er hielt die Klarinette auf seinen Knien. Manchmal streichelte er sie mit den Händen, während er den Blick über das Auditorium schweifen ließ.

Vicky hatte für Alessa in der ersten Reihe einen Platz reserviert. Ihr Gesicht glühte. Sie schaute während der fünfundvierzig Minuten ständig zu ihm hoch, aber er sah nur ein einziges Mal in ihre Richtung, nämlich als Vicky mit theatralischer Geste ihren Schal neu drapierte und schwungvoll über die Schulter warf. Da schaute er zu ihnen. Und Alessa hatte das Gefühl, dass sein Blick *sie* traf. Sie hatte das Gefühl, dass Philipp nicht zu Vicky schaute, sondern zu ihr daneben. Zu ihr, Alessa.

Alessa lächelte verlegen, als er sie ruhig musterte, und da lächelte er auch. Und hob kurz grüßend die Klarinette. Alessa hob die Hand und winkte, ganz verschämt, mit den Fingern. Es war etwas Besonderes, dieser eine Blick zwischen ihnen, das spürte sie, und es machte sie irgendwie glücklich, und ihr wurde zum ersten Mal richtig warm, seit sie morgens mit Vicky die Wohnung verlassen hatte. Warm vom Kopf bis zu den Füßen. Philipp war der vierte Interpret. Als er an der Reihe war, stand er auf, verbeugte sich, drehte etwas verlegen die Klarinette in der Hand, räusperte sich und sagte: »Ich spiele als Erstes eine Kantate von Johann Sebastian Bach. Es-Dur.« Er sagte, es sei ein Lied, das Bach für seine Frau komponiert hatte. »Ich finde dieses Stück besonders schön«, sagte Philipp, »weil es eben diese Geschichte hat, weil es so etwas wie eine Liebeserklärung ist.«
Vicky legte die Finger an die Lippen und machte riesengroße Augen. Sie verschlang Philipp förmlich mit ihren Blicken.
Philipp nahm die Klarinette, prüfte das Mundstück, nickte dem Musiklehrer zu, der am Klavier saß, und begann zu spielen.
Alessa lehnte sich zurück. Es war schön, ihm zuzuhören, schön, in dieser Aula zu sitzen, unter einem dicken Adventskranz, an dem eine rote Kerze brannte.
Philipp spielte, Alessa war vorher nicht aufgefallen, dass er sehr schöne schlanke Hände hatte. Und sie sah aus ihrer Warte unter der Bühne seine polierten Lederschuhe und die Hosenbeine, die auf die Schuhe stießen. Sie sah, wie Philipp manchmal im Takt von einem Bein auf das andere trat, und wie er einmal fast nicht genug Luft hatte für den letzten Ton und einen ganz roten Kopf bekam.
Dann war das Lied zu Ende, und weil man nicht klatschen sollte, klatschte auch niemand. Philipp ließ die Klarinette sinken. Er sah über die Köpfe der Schüler und dann, für einen

Moment, blieb sein Blick vorn an der ersten Reihe hängen, blieb an ihr hängen. Nur einen Moment, aber Alessa war ganz sicher, dass dieser Blick ihr galt. Sie nickte ihm lobend zu, sie versuchte, ein Gesicht zu machen, das ihm bedeutete: Es war gut. Richtig gut.
Und da erst bemerkte Alessa, wie Vicky sie von der Seite her ansah, und dann, als Alessa sich ihr zuwandte, schnell den Kopf wegdrehte.

In der zweiten Stunde hatten sie Mathe. Rufus Grevenich kam etwas später in die Klasse und er brachte Ulf mit.
»Also«, der Lehrer rieb seine Hände, »heute reißt ja der Strom von Events gar nicht ab. Erst Philipps großartiges Konzert«, er nickte Philipp zu, »und nun eine zweite Neuigkeit: Wir bekommen Zuwachs in der Klasse.« Er legte seine Hand auf Ulfs Schulter. »Das ist Ulf Krause, er hat bislang die Neunte besucht und sich auf eigenen Wunsch zurückstufen lassen. Ich denke, dass Ulf eine richtige Entscheidung getroffen hat. Er wird den Stoff besser verarbeiten können und seine Zensuren auf breiter Ebene verbessern.« Rufus lächelte dem neuen Schüler aufmunternd zu, aber der verzog keine Miene, sein Gesicht wirkte wie versteinert.
Der Lehrer schwieg einen Moment. Er sah Ulf an. »Gut«, sagte er dann, »was jetzt noch fehlt, ist ein Platz für ihn.« Er ließ seinen Blick durch das Klassenzimmer schweifen. Dann wandte er sich an Ulf. »Hast du vielleicht schon irgendwelche Absprachen getroffen?«
Der räusperte sich schaute zur Decke und sagte: »Ja.«
»Aha.« Man spürte, dass Rufus allmählich ungeduldig wurde. »Und was wäre das?«
Ulf hob den Arm und deutete auf den Tisch, an dem Vicky und Alessa saßen.

»Da«, sagte er, »da, wo Vicky sitzt.«
Vicky sprang auf. »Was soll das denn?«, rief sie erregt. »Das meinst du nicht ernst, oder? Ich sitz hier an diesem Tisch schon seit Ewigkeiten. Kommt nicht in Frage.«
Rufus hob beschwichtigend die Hand. »Gut, gut, Vicky, kein Grund zur Aufregung.«
»Ich reg mich aber auf!«, rief Vicky wütend. »Weil ich sowieso keinen Bock hab, dass der in unsere Klasse kommt.«
Ulf wurde kalkweiß. Aber er schwieg.
»Na, na«, sagte der Lehrer beschwichtigend, »das meinst du nicht wirklich.«
Vicky presste wütend die Lippen zusammen. Sie war gereizt, weil der Morgen nicht nach ihren Wünschen gelaufen war. Sie hatte Alessa in der kleinen Pause schon Vorhaltungen gemacht. Als wenn es deren Schuld gewesen wäre, dass Philipp Alessa zugelacht hatte und nicht ihr. Die Stimmung war angespannt und deshalb reagierte Vicky so aggressiv.
Ulf räusperte sich wieder. »Jedenfalls«, sagte er, »war es abgesprochen.«
Alessa sah, dass Philipp sich nach ihr umdrehte, sie ruhig musterte und dann den Kopf wieder wegdrehte.
Sie musste das klarstellen. »Das stimmt doch gar nicht!«, rief sie. »Was erzählst du da!«
Ulf schaute sie an, er war immer noch kreidebleich, er stand vorn neben dem Lehrertisch, seine Hände umklammerten den Riemen seiner Schultasche, er trug seine Mütze und einen schwarzen Daunenanorak.
»Es war abgesprochen«, wiederholte er.
Wie ein kleines Kind, dachte Alessa. Sie ärgerte sich auch über Vicky, die so ein Theater machte. Aber sie wollte nichts mehr sagen. Ich misch mich da nicht ein, dachte sie.
Vicky sprang wieder auf, räumte hektisch und mit großen

Gesten ihre Sachen zusammen, öffnete die Schultasche, warf alles hinein und stellte sich im Mittelgang auf. »Also? Was willst du?«, rief sie, »Wohin soll ich mich setzen? Auf den Fußboden? Aufs Fensterbrett? Was schwebt dir vor?«
Sie war kurz davor, in Tränen auszubrechen.
Rufus Grevenich schüttelte lächelnd, beinahe väterlich den Kopf. »Also, liebe Leute, das ist doch kein Kindergarten hier, wie alt seid ihr eigentlich? Ich stelle also fest, dass Vicky und Alessa weiterhin nebeneinander sitzen wollen. Ist das korrekt?«
Alessa nickte. »Ja«, sagte sie gepresst, »korrekt.«
»Gut, dann schlag ich vor, dass wir eine Abordnung zum Hausmeister schicken, die einen weiteren Tisch und einen Stuhl organisierten.« Er benannte drei Leute: »Markus, Tobi und Zoltan, seid ihr so nett?«
Die drei standen sofort auf und drängten zur Tür.
Der Lehrer nahm seinen Stuhl und trug ihn zum Fenster. »Bitte«, sagte er, »hier kannst du so lange Platz nehmen. Aber erst stellt die ganze Klasse sich vor. Wir wollen uns doch an die Spielregeln halten, nicht wahr? Also, wer beginnt?«
Zehn Minuten später war ein Tisch da und ein weiterer Stuhl, und das allgemeine Tische- und Stühlerücken begann, bis die neue Ordnung allgemein akzeptiert wurde. Ulf saß jetzt seitlich von Alessa und Vicky, und wenn Vicky in dieser und den nächsten Stunden manchmal dachte, ihr linkes Ohr würde glühen, war es nur, weil Ulf sie von der Seite fixierte.

Nach der Stunde, als Alessa an Rufus Grevenich vorbei zur Tür ging, bat der Lehrer sie zu bleiben. Er wartete, bis alle die Klasse verlassen hatten, dann schloss er bedächtig die Tür und kam zu ihr zurück. »Ich wollte dich schon lange etwas fragen, Alessa«, begann er vorsichtig. »Und ich weiß selbst nicht, warum ich es nicht getan habe.«

Alessa wartete, während er sie musterte, so als überlegte er, wie er beginnen sollte.
»Wie lange bist du jetzt bei uns?«
»Seit über zwei Monaten«, sagte Alessa.
Rufus nickte, er lächelte. »Fast ein Vierteljahr. Kann kurz sein, oder lang. Wie ist es dir erschienen?«
»Am Anfang lang, jetzt nicht mehr so«, sagte Alessa.
»Also, du gewöhnst dich ein?«
Alessa nickte, sie war auf der Hut, sie wartete, sie hatte keine Ahnung, was der Lehrer von ihr wollte.
»Vicky und du, ihr versteht euch gut?«
Wieder nickte Alessa.
»Wundert mich eigentlich.«
»Wieso?«
»Weil ihr so verschieden seid«, er lächelte, »aber das mag nur das Äußere sein.«
»Wir verstehen uns gut«, sagte Alessa, »ich war das ganze Wochenende bei ihr.«
Wieder musterte er Alessa, und das machte sie nervös.
»Und Ulf?«, fragte er. »Wie verstehst du dich mit ihm?«
Sie zuckte die Schultern. Antwortete nicht.
»Irgendwelche Probleme?«, forschte der Lehrer. Seine Fragen klangen sehr beiläufig, und Alessa wusste nicht, ob es ihm wirklich ernst war mit ihrer Antwort.
»Wir wohnen gegenüber, deshalb wartet Ulf morgens meistens auf mich. Und weil wir zusammen hier ankommen, sieht es immer so aus, als hätten... als wären wir irgendwie...« Ihre Stimme geriet ins Strudeln.
»Ich weiß, ich weiß, die Leute reden schnell.« Rufus schaute auf seine Hände. »Er ist ein netter Kerl, auch wenn er in manchen Dingen komische Ansichten hat. Und ein bisschen unbeholfen manchmal. Und seine Pudelmütze«, er lachte. »Na ja,

jeder hat seine Marotten. Aber ich bin froh, wenn du sagst, ihr kommt miteinander zurecht.«

Alessa überlegte einen kleinen Augenblick, ob sie erzählen sollte, dass Ulf sie mit seiner Zuneigung geradezu verfolgte, dass er sie beobachtete, wenn sie unterwegs war, so wie kürzlich auf dem Weinfest. Sie hätte auch erzählen können, dass er sich Geschichten über sie ausdachte. Sie hätte zum Beispiel über ihren »Unfall« reden können.

Aber sie tat es nicht.

Der Lehrer schaute sie an, als versuche er ihre Gedanken zu erraten. »Also, alles im grünen Bereich?«, fragte er schließlich.

Alessa hob den Kopf, sie schaute den Lehrer an. »Ja«, sagte sie, »ich glaub schon.« Und damit war die Unterredung beendet.

Nach der letzten Stunde verließ Alessa mit Vicky und Philipp zusammen die Klasse. Ulf stand draußen im Korridor an die Wand gepresst und ließ sie vorbeigehen. Alessa würdigte ihn keines Blickes, sondern tat, als sei sie tief in ein Gespräch mit Vicky und Philipp verwickelt.

Sie spürte sehr wohl den Blick, den Ulf ihr zuwarf. Sie wusste, was er sich wünschte: Dass sie auf ihn zutrat und etwas zu ihm sagte, oder noch besser: Dass sie ihn aufforderte mit ihnen zu gehen. Sozusagen im Viererpack. Zwei Pärchen, eine Clique, die sich gut verstand. Wie alte Freunde. Sie spürte sehr deutlich, dass Ulf sich nichts dringender wünschte, als so eine Demonstration von Freundschaft, von Zusammengehörigkeit. Einfach nur den Schulflur entlanggehen, lässig, fröhlich, mit ein paar Typen aus der Klasse, Witze machen, lachen, Pläne für den Nachmittag besprechen.

Es war diese eine Sekunde, in der Alessa dies dachte. Sie hätte ihm nur ein Lächeln schenken müssen, nur den Arm nach ihm ausstrecken und sagen: »Hi, komm doch mit. Wir reden gerade über Mathe.« Er hätte ja wirklich nicht gestört. Es ging um gar nichts weiter, oder vielmehr, es ging immer um das Gleiche: Vicky versuchte Philipp anzumachen ... Es hätte nicht geschadet, wenn Ulf dabei gewesen wäre, es hätte niemandem wehgetan, wenn sie diese fünfzig Meter zusammen gegangen wären.

Ulf stand bewegungslos und wartete. Er war blass. Das konnte sie sehen, auch in dem schummrigen Licht im Schulflur. Philipp machte irgendeinen Scherz, der etwas mit Musik zu tun hatte, aber Alessa hatte nicht richtig zugehört. Die Art, wie Ulf dastand, so bleich, so sehnsüchtig abwartend, das machte sie fertig. Vicky warf den Kopf in den Nacken und schüttelte ihre blonde Mähne, und sie lachte, als hätte Philipp den Witz des Jahrhunderts gemacht. Alessa stimmte in das Lachen ein, ohne zu wissen, worum es ging. So gingen sie an Ulf vorbei, so ließen sie ihn stehen, so blieb er hinter ihnen, fünf Schritte trennten ihn und die Gruppe, er schlurfte in ihrer Spur, das sah sie, als sie sich ein einziges Mal flüchtig umdrehte, genau in dem Augenblick, als sie an der offenen Tür der 9B vorbeigingen. Da hielt er den Kopf gesenkt und spielte mit dem Display seines Handys, so, als müsse er die SMS lesen, die während des Unterrichts alle eingegangen waren. Dabei rief ihn vermutlich nie jemand an. Und er bekam nie eine SMS. Er hielt dieses Handy wie einen Panzer, wie einen Schutzschild, wie eine Ausrede, nicht aufschauen zu müssen, wenn er an seiner alten Klasse vorbeiging.

Alessa ärgerte sich, dass sie nicht ehrlich zu ihrem Lehrer gewesen war. Sie hatte die Chance verpasst, über Ulf zu reden. Dass man sich um ihn kümmern müsse, irgendeinen Plan haben, dass er besser integriert werden müsse. Sie selber hatte keinen Plan, sie wusste nur, dass sie die ganze Last nicht allein tragen konnte. Das hätte sie sagen müssen.

Als ihre Mutter sie mittags fragte, wie es in der Schule gewesen sei, knurrte Alessa nur: »Wie immer.«
»Und was heißt das: wie immer?«, fragte ihre Mutter, während sie einen Teller für Alessa auf den Esstisch im Wohnzimmer stellte.
Alessa ließ sich auf den Stuhl fallen, sie schloss die Augen, sie stöhnte. »Ist heute irgendwie Föhn? Hier in Offenbach? Wieso sind alle so komisch?«
Miriam setzte sich zu ihr, vor sich eine Tasse Tee. »Willst du mir nicht sagen, was dich bedrückt?«, fragte sie sanft.
»Mich bedrückt nichts!«, rief Alessa. Ihr Gesicht war auf einmal ganz heiß. »Wieso soll mich etwas bedrücken?«
»Ich hab keine Ahnung, aber ich finde, du bist sehr oft gereizt, genervt und ungerecht. Du sprichst nicht mehr mit uns und lachst nicht mehr so viel.«
»Vielleicht werde ich einfach nur älter?«, schlug Alessa schnippisch vor.
Sie sah auf ihren Teller. Es gab Wiener Schnitzel mit Kartoffelsalat. Eine Fliege krabbelte über den Tellerrand und bewegte sich zielgerade auf den Salat zu. Alessa scheuchte die Fliege weg. Ihre Mutter wartete. Alessa stand wieder auf, nahm den Teller und ging zur Tür.
»Also, du willst nicht mit mir reden.«
»Mami, es gibt nichts zu reden.«
»Gut.« Miriam trank einen Schluck Tee, stellte die Tasse zurück. »Wenn du jetzt erwachsen wirst, dann darf ich wohl erwarten, dass du in Zukunft mittags am Tisch sitzen bleibst und nicht einfach aufstehst und weggehst, wenn ich dir eine Frage stelle.«

Alessa lächelte jetzt. Sie nickte.
»Heißt das Ja?«, rief ihre Mutter ihr nach.
»Ja!«, rief Alessa. Und sie fügte, nach einer Zehntelsekunde, etwas leiser hinzu: »Tut mir Leid, war nicht so gemeint.«
Miriam folgte ihr in die Küche. Sie sah zu, wie Alessa die Geschirrspülmaschine einräumte, und nippte dabei an der Teetasse. Bevor Alessa die Maschine anstellte, deutete sie auf die Tasse. »Passt die noch mit rein?«
»Ich denke schon.«
Alessa nahm die Tasse aus der Hand ihrer Mutter, ohne sie anzusehen, bückte sich, um sie im Geschirrspüler abzustellen. Ich bin bescheuert, dachte sie. Aber ich kann nicht anders.
»Wenn du also wieder normal bist«, sagte Miriam, »dann kann ich dir ja auch von der Überraschung erzählen.« Alessa konnte spüren, dass ihre Mutter lächelte, sie musste sie dafür nicht einmal ansehen, sie hörte es an ihrer Stimme.
»Papa hat eine Reise nach Österreich gebucht, für die Weihnachtsferien. Damit du endlich mal wieder auf deinen geliebten Skiern stehen kannst.«
Alessa fuhr herum. Fast hätte sie die Teetasse auf den Boden fallen lassen. Sie starrte ihre Mutter fassungslos an.
»Was? Weihnachten? Echt?«, stammelte sie.
Miriam lachte. »Papa hat vorhin angerufen. Eine Weile war noch nicht klar, ob er sich freinehmen kann, in der Vorweihnachtszeit und zum Jahreswechsel ist im Baumarkt ja der Teufel los. Aber jetzt ist es klar. Am 25. fahren wir los. Wir fahren nach Bad Mitterndorf. Das kennst du, wir waren schon mal dort, als du zwölf warst. Papa hat die Prospekte in der Firma. Ein ganz süßes kleines Hotel, direkt am Lift. Und du kriegst natürlich ein Zimmer mit Balkon und Bergblick, ganz für dich allein.«
Alessa fühlte sich beschämt. Sie wusste nicht, wie sie reagieren

sollte. Es tat ihr Leid, dass sie so schroff und abweisend zu ihrer Mutter gewesen war. Sie ging auf sie zu, streckte die Arme aus und umarmte sie, küsste sie, lachte. »Skiferien! Weihnachten! Wow! Davon hab ich geträumt! Mann, davon hab ich so viele Nächte geträumt!«

Ihre Mutter küsste sie, strich ihr das Haar aus der Stirn, lächelte glücklich. »Siehst du, und das hat dein Papa gespürt. Er hat vor einer Woche gesagt: »Wir müssen hier raus. Die Kleine muss hier raus, mal wieder in ihre geliebten Berge, und ich muss auch mal wieder richtigen Schnee sehen. Du freust dich also?«

Alessa strahlte. »Und wie!!!«, rief sie und fiel ihrer Mutter gleich noch einmal um den Hals.

Dann stutzte sie. »Aber ist das nicht sehr teuer? Und jetzt, so kurz nach dem Umzug?«

»Ich hab meinen Job«, sagte ihre Mutter da. Es klang ganz einfach, so als wäre es die normalste Sache der Welt.

»Mach dir keine Sorgen«, fügte sie hinzu. Und die machte Alessa sich nun auch nicht mehr.

8. Kapitel

Alessa hatte viele Postkarten aus Bad Mitterndorf geschickt, an Vicky (die Weihnachten mit ihren Eltern bei den Großeltern in Dresden verbrachte), an Philipp (der Weihnachten ein Konzert in der Petrikirche hatte), an Tini (die das Fest zu Hause in Starnberg verbrachte) und an Ulf. Sie hatte lange gezögert an Ulf eine Karte zu schicken.
Aber weil es ihr so gut ging, weil das Skifahren so viel Spaß machte, weil die Sonne schien und der Schnee griffig war und ihr Hotelzimmer ein richtiges gemütliches Bauernstübchen, in dem sie sich einkuscheln konnte – weil alles so schön war, wollte sie, dass auch die anderen sich freuten.
»Lieber Ulf«, schrieb sie, »guten Rutsch ins Jahr 2005 wünscht dir deine Alessa. (Sie zögerte, ob sie das »deine« wieder ausstreichen sollte, aber das hätte dumm ausgesehen.) Wir haben anderthalb Meter Schnee und ich bin von Skiern auf Snowboard umgestiegen. Macht Superspaß. Ich hoffe, es geht dir gut und ihr habt eine tolle Silvesterparty.«
Sie kaufte an der Rezeption Briefmarken und steckte die Postkarten in den Kasten am Marktplatz, bevor sie in die Après-Bar vom »Hotel Post« ging, wo sie sich mit den anderen aus ihrem Snowboard-Kurs am Nachmittag treffen wollte.
Sie gewann am Tag darauf den zweiten Preis im Abschluss-Slalom, der von der Skischule organisiert worden war, und ihr wurde abends, in der Disco des Hotels »Zum Hirschen«, eine Urkunde ausgehändigt. In der Feier danach forderte sie Hannes, ihr Skilehrer, zum ersten Tanz auf, und anschließend tanzte sie mit allen Jungen aus dem Kurs, am längsten aber mit

einem Ungarn, er hieß Janos und hatte kohlrabenschwarze Augen, und er lud sie zu sich nach Budapest ein, über Ostern. Alessa sagte: »Ich weiß noch nicht. Vielleicht.« Aber sie freute sich wahnsinnig über die Einladung.
Als sie am fünften Januar zurückfuhren nach Offenbach, als der herrliche weiße Schnee langsam grauen, nassen Flächen links und rechts der Straßen wich, als sie bei Holzkirchen in einen Stau gerieten, der vierzig Kilometer lang war, störte sie das alles gar nicht. Sie lag hinten auf der Rückbank, hatte die Earphones aufgesetzt und hörte die Songs, nach denen sie beim Après getanzt hatten. Sie fühlte sich gut.

Mit dem neuen Jahr änderte sich der Tagesrhythmus daheim. Am ersten Schultag waren ihre Eltern schon aus dem Haus, als Alessa in die Küche kam. Die Milch, die auf dem Herd stand, hatte eine Haut (was Alessa eklig fand), der Toast war kalt, und im Radio brachten sie Chaos-Nachrichten aus der Welt. Und dennoch ging es ihr gut. Sie hatte tolle Ferien gehabt.
Sie frühstückte flüchtig, beschloss die Küche erst aufzuräumen, wenn sie mittags aus der Schule käme, und trat pünktlich aus dem Haus.
Es war ein nebelfeuchter grauer Tag (sie würde sich daran gewöhnen müssen, dass in der Rhein-Main-Gegend der Schnee, wenn er mal fiel, niemals lange liegen blieb) und es war immer noch fast dunkel.
Es war sieben Uhr fünfunddreißig, die Zeit, zu der Ulf und sie sonst fast gleichzeitig aus ihren Häusern kamen, um zusammen zur Schule zu gehen. Im Haus Nr. 14, in dem Ulf wohnte, waren schon fast alle Fenster, die zur Straße führten, erleuchtet. Hier in Offenbach gingen die Leute früh zur Arbeit. In Starnberg war das anders gewesen...
Die Haustür von Nr. 14 A war geschlossen, aber über der Tür

und im Treppenhaus brannte Licht. Sie erwartete, dass Ulf jeden Augenblick herauskommen würde, deshalb blieb sie stehen, obwohl es nieselte und der Abgasgestank der hier vorbeifahrenden Autos sie nervte.

Ulf kam nicht. Alessa wartete weitere fünf Minuten, weil es schließlich der erste Schultag nach den Ferien war, dann ging sie los.

Die Straßenlaternen verbreiteten ein trübes Licht, doch je mehr sie sich der Schule näherte, desto heller leuchteten die Straßen, in den Schaufenstern und Geschäften gingen die Neonlampen an.

Alessa versuchte sich das Sonnengeglitzer auf den schneebedeckten Bergen vorzustellen, und wie die Kristalle ihr ins Gesicht geflogen waren bei der Schussfahrt auf der Tanplitz-Alm. Die Abfahrt hatte sie schneller geschafft als je zuvor, wie ein Rausch war das gewesen. Daran dachte sie, als sie die Schule betrat. Sie lächelte, sie fühlte sich immer noch gut. Was vor Weihnachten in der Schule abgegangen war – der Urlaub hatte es aus ihrem Kopf verscheucht. Es war alles weg. Das war wunderbar.

Vicky hatte zu Weihnachten eine Jacke aus weißem Webpelz geschenkt bekommen. Die hing über ihrer Stuhllehne, weil sie nicht wollte, dass sie im Flur geklaut wurde. Vicky hatte außerdem eine neue Frisur, eine Dauerwelle, und sie wirkte ein bisschen wie ein Goldengel mit pinkfarbenem Lippenstift und schwarzem Kajal um die Augen. Sie sah aus, als habe sie die Weihnachtsferien vor dem Badezimmerspiegel verbracht. Aber sie trug immer noch das Armband mit den gelben Perlen. Das fand Alessa süß.

Vicky sagte, dass sie sich wahnsinnig über die Postkarte gefreut hatte, und dann kam Philipp, blieb kurz an ihrem Tisch

stehen und bedankte sich ebenfalls für die Karte aus den Bergen.
»Du hast ihm auch geschrieben?«, fragte Vicky.
Alessa lachte. »Ich hab der halben Welt Postkarten geschickt, ich weiß nicht, ich hatte auf einmal so unheimliche Lust, allen Leuten zu sagen, wie gut es mir geht. SMS sind blöd, Postkarten sind so schön altmodisch.«
Vicky folgte Philipp mit den Augen, als er zu seinem Platz zurückging, beugte sich dann zu Alessa hinüber, schob eine Strähne hinter ihr Ohr und wisperte. »Du kannst mir gratulieren.«
»Was ist passiert?«
Vickys Wispern wurde noch heiserer. »Wir sind zusammen!«
Alessa spürte einen Stich. Wie von einer Nadel, so fein, hinter den Rippen. Instinktiv legte sie die Hand dahin. Es war ungefähr da, wo man sein Herz vermutet.
»Echt?«, fragte sie. Und drehte sich Vicky zu.
Die lachte über das ganze Gesicht. Ihre Augen blitzten, ihre Lippen glänzten, sogar der Zahnschmelz sah aus wie Perlmutt. Es ging eine Art Leuchten, ein triumphales Strahlen von ihr aus.
»Einen Tag nach Weihnachten«, flüsterte sie. »Ich hab ihn getroffen, im ›Paradies‹. Und da hat's geklappt. Das war so leicht, weißt du, als wenn auch er es schon immer gewollt hätte. Als wenn er sich nur nicht getraut hätte, es mir zu sagen.«
»Was zu sagen?«
»Dass er mich liebt.« Vicky lachte. Sie warf die Haare zurück und drehte sich blitzschnell zu Philipp um. Alessa wagte nicht, ihrem Blick zu folgen. Sie konzentrierte sich darauf, sich mit Vicky zu freuen. Sie musste sich mit ihr freuen, Vicky war ihre Freundin. Sie musste ihr alles Glück der Welt wünschen.
Vicky kicherte ihr ins Ohr. »Du hast keine Vorstellung, wie himmlisch er küsst!«

Um sie herum tobte das übliche Leben wie vor jeder Schulstunde. Aber Alessa bekam davon nichts mit. Im Schnelldurchgang hörte sie sich an, wie die zwei Liebeswochen zwischen Philipp und Vicky verlaufen waren. Himmlisch, göttlich, sagenhaft, einzigartig, unfassbar schön.
Vicky war im siebten Himmel.
Und Alessa dachte, peinlich, dass ich Philipp eine Karte geschickt hab. Echt peinlich.
Dann, eine halbe Minute vor Schulbeginn, erschien Ulf. Und das war die nächste Überraschung dieses ersten Schultages im neuen Jahr.
Alessa erkannte ihn zuerst gar nicht. Denn er kam ohne seinen Pudel auf dem Kopf; dafür trug er jetzt eine Russenmütze, aus Fell, mit Ohrenklappen. Und einen Mantel, dunkelgrün. Auf einer der Schulterklappen ein roter Stern. Es sah irgendwie nicht schlecht aus, fand Alessa.
Ulf trug seine Schulsachen nicht mehr in dieser albernen Tasche, mit dem breiten Riemen quer über der Brust, er hatte jetzt einen Aktenmappe aus schwarzem Kunstleder. Er betrat das Klassenzimmer mit hoch erhobenem Kopf, aber er sah niemanden an, seine Blicke glitten über die Klassenkameraden hinweg.
Alessa fixierte ihn, um den Augenblick nicht zu verpassen, wo er zu ihr hinsehen würde, aber der Augenblick kam nicht.
Ulf ging zu seinem Einzelplatz, legte die Aktenmappe auf den Tisch, zog den Mantel aus, faltete ihn zusammen und hängte ihn über die Stuhllehne.
Er trug ein weißes Hemd und eine dunkle Weste, die vorn aus Stoff und hinten aus Satin war, vielleicht von seinem Opa, dachte Alessa. Sie hatte so ein Teil noch nie an einem Jungen gesehen. Dazu schwarze Jeans und wadenhohe, braune Stiefel.

Er musste, bevor er die Aktentasche öffnen konnte, einen Kode einstellen.
Es war still geworden im Raum. Wie verabredet starrten alle anderen zu ihm und schauten zu, wie er mit beiden Daumen gleichzeitig die Schlösser seiner Mappe aufschnappen ließ und der Deckel sich öffnete.
Er tat das alles, als sei er ganz in sich versunken, als nehme er die Welt um sich herum nicht wahr. Aber das war nur Show.
Vicky stieß Alessa an und zog eine Grimasse. Frank, der vor Ulf saß, hob seinen Stuhl hoch, drehte ihn herum und setzte sich im Schneidersitz hin, um Ulf besser betrachten zu können.
Alessa hatte Angst, dass er etwas Beleidigendes oder Abfälliges sagen könnte, deshalb rief sie schnell: »Hallo Ulf! Wo warst du heute Morgen? Ich hab auf dich gewartet.«
Ulf zuckte, als er ihre Stimme hörte, ganz leicht zusammen, es war, als zöge er millimeterweise den Kopf tiefer zwischen die Schultern. Dann aber drehte er sich um, betrachtete Alessa mit ausdruckslosem Gesicht und sagte: »Keine Lust!«

Am Ende der letzten Stunde blieb Alessa, als sie zur Tür ging, neben Ulfs Platz stehen. Alle anderen vor ihr waren – trotz seines Outfits oder vielleicht auch gerade deshalb – kommentarlos an ihm vorbeigegangen. Keiner hatte ihm zur Begrüßung auf die Schulter geklopft oder ihm zugenickt.
Er sortierte seine Hefte im Aktenordner. Der war dunkelrot gefüttert.
»Cool«, sagte Alessa freundlich.
Ulf schaute nicht auf, er klappte nur demonstrativ den Koffer wieder zu. »Was?«
»Rote Seide«, sagte Alessa. »Wow! Ein Weihnachtsgeschenk?«
Ulf gab keine Antwort. Er stand auf, nahm den Mantel von der Stuhllehne, faltete ihn auseinander und zog ihn an.

Die letzten Schüler verließen die Klasse. Tamara, die ganz hinten am Fenster saß, tippte Alessa leicht auf die Schulter. »Wir sehen uns draußen? Wegen der Bio-AG?«
Alessa nickte. Sie wartete immer noch auf ein Wort von Ulf. Aber Ulf schwieg beharrlich.
»Schöne Ferien gehabt?«, fragte Alessa.
»Mhmmh«, knurrte Ulf.
»Bei mir war es toll«, sagte Alessa. »Schnee satt. Hast du meine Karte bekommen?«
»Mhmmh. Ja.«
Guido tauchte hinter ihnen auf. Er gehörte zu den Jungen aus der Klasse, mit denen Alessa sich gut verstand. Er hatte ihr, am zweiten Tag, als sie hier in Offenbach war, in ihrer neuen Schule, Geld geliehen für die Cafeteria, ohne zu wissen, ob er es je zurückbekommen würde. Das würde Alessa ihm nicht vergessen. Er war nett. Und lustig. Irgendwie ein Harry-Potter-Typ. Wenn er auch ein bisschen zu oft den Klassenclown spielte. Er war bei den Lehrern beliebt und bei der Bio-Lehrerin besonders – weil seine Großeltern einen Bauernhof in der Eifel hatten und er ein paar Dinge über die Landwirtschaft wusste, von denen andere in der Klasse keine Ahnung hatten. Zum Beispiel, wie man ein Gänse-Ei prüfte, ob ein Gössel darin steckt (man hält es gegen das starke Licht einer Taschenlampe). Oder wann Kühe die wohlschmeckendste Milch geben... Das war oft witzig, was er erzählte.
Ulf trat zur Seite, um Guido vorbeizulassen.
Guido aber blieb neben Ulf stehen. »Sag mal, dieser rote Stern da«, er tippte auf Ulfs Schulterklappen, »hat das was zu bedeuten?«
Ulf setzte sich wieder und kramte jetzt stumm in dem Tischfach, als sei er wahnsinnig beschäftigt.
»Ich glaube«, sagte Alessa heiter, »er spricht heute nicht mit uns.«

»Tja«, Guido zuckte mit den Achseln, »das haben Leute von 'nem anderen Stern so an sich.« Er lachte. Als er Ulfs unbewegtes Gesicht sah, beeilte er sich zu sagen: »Sorry, Ulf. Sollte ein Witz sein. War nicht so gemeint. Sag doch mal, wo hast du die irren Klamotten her?«
Ulf hob den Kopf. »Du bist ein Idiot«, sagte er ruhig.
Guido starrte ihn an. »Was?«
»Ich hab gesagt, du bist ein Idiot«, wiederholte Ulf.
Guido lachte, verdrehte den Kopf, schaute Alessa an, als erwarte er von ihr irgendeinen Kommentar, und fragte: »Und wieso bin ich deiner Meinung nach ein Idiot?«
»Das musst du schon selber rausfinden«, sagte Ulf. »Das ist nicht mein Job.« Er stand auf und schob sich an Alessa und Guido vorbei.
Die beiden starrten ihm mit offenem Mund nach.
»Sag mal, rastet der jetzt völlig aus?«, fragte Guido schließlich.
»Keine Ahnung«, sagte Alessa. »Vielleicht hat er schlecht geschlafen.«
Guido schüttelte den Kopf. Er rief Ulf hinterher: »Hey! Wenn ich ein Idiot bin, was bist du dann?«
Aber Ulf hatte das Klassenzimmer schon verlassen.

Wenig später, als Alessa, Guido, Vicky, Tamara und Philipp draußen an der Straße zusammenstanden und ihre Terminkalender abglichen – für das erste AG-Treffen –, kam Ulf an ihnen vorbei.
Sie hatten eben noch gelacht und Witze gemacht, Guido hatte von seiner kleinen Schwester erzählt; die war sechs Wochen alt und seine Mutter stellte sie immer in Guidos Zimmer, weil nur er sie beruhigen konnte, wenn sie schrie.
»Also, ich glaube«, sagte er, »bei mir wäre nicht der richtige Treffpunkt.«

»Wieso gehen wir nicht alle in die Coffee-Bar?«, schlug Tamara vor. »Da ist eine total gemütliche Stimmung.«
»Und es ist auch total gemütlich teuer«, warf Guido ein. »Echt, Leute, ich hab mir gerade eine neue Software für meinen Computer gekauft, Kneipen und so was sind bei mir im Moment nicht drin.«
»Also treffen wir uns bei mir«, schlug Philipp vor.
Alessa war sofort begeistert. »Dann lern ich endlich euer Haus mal kennen. Ich hab ja schon Wahnsinnsgeschichten gehört.«
»Dann hat da aber jemand übertrieben«, sagte Philipp.
»Stimmt es, dass euer Haus im Costa-Brava-Stil gebaut ist?«, fragte jetzt auch Tamara.
Philipp lachte. Er war verlegen und wurde ein bisschen rot, Alessa fand es süß, wenn Jungen rot wurden. »Unsinn, wer erzählt so was?«
In dem Augenblick kam Ulf heran und sie hörten schlagartig auf zu reden. Stumm ließen sie ihn an sich vorbei. Guido presste seine Lippen zusammen, dass sie wie ein schmaler weißer Strich waren.
Alessa legte ihm besänftigend die Hand auf den Arm.
Da rief Tamara: »Eine Frage, Ulf.«
Er blieb tatsächlich stehen. Er schaute Tamara an, abwartend.
»Willst du uns damit irgendetwas sagen?«
»Womit?«, fragte Ulf.
»Na, mit deinem neuen Outfit. Langer Mantel, Aktenkoffer, Russenmütze... Ein ziemlich wilder Stilmix.«
»Aber es hat was«, sagte Philipp anerkennend.
Guido warf Philipp einen vernichtenden Blick zu.
»Trägst du das jetzt, weil bald Fasching ist?«, fragte Tamara. Sie musste lachen, verstummte dann aber hastig.
Ulf schaute Philipp an. Dann Alessa, Vicky, Tamara, schließlich Guido. Ließ seinen Blick auf jedem ruhen. Auch das war

neu. Früher war Alessa fast die Einzige gewesen, die er mal angesehen hatte.
»Ich tu es aus Respekt«, sagte er.
Tamara lachte. Tamara hatte einen schwarzen Vater und eine deutsche, blonde Mutter. Aber von ihrer blonden Mutter hatte sie nichts geerbt, ihre Haut war dunkel wie Ebenholz. Sie hatte schon einmal bei einem Casting für einen Song-Wettbewerb teilgenommen und war bis in die Endrunde gekommen. Sie schwärmte für Hiphop. Manchmal, wenn sie sprach, redete sie in abgehakten Sentenzen, bewusst ganz monoton. »Du tust es aus Respekt«, sagte sie nun in diesem Stil und gestikulierte dazu. »Leute, er tut es aus Respekt, die Frage ist doch nur, vor wem! Hey Mann, lass uns was hören!«
Ulf zögerte. Alessa lächelte ihn aufmunternd an, sie spürte, dass die Stimmung auf der Kippe war. Die anderen, nicht nur Guido, fühlten sich durch Ulf provoziert. Sie wollte etwas sagen, um die Atmosphäre etwas aufzulockern, aber da redete Ulf schon. »Ich tu es aus Respekt vor mir selbst«, sagte er ruhig. »Vor meiner eigenen Persönlichkeit.«
Fassungslose Stille. Nur das Geräusch der Autos auf der Fahrbahn, Fahrradklingeln. Alles starrte Ulf an. »Kannst du das mal wiederholen?«, fragte Guido. »Ich glaube, ich hab's nicht kapiert.« Er grinste, legte den Kopf schief und schaute Ulf abwartend an.
»Dann kann ich dir auch nicht helfen«, sagte Ulf ruhig.
Er wandte sich zum Gehen, aber Tamara hielt ihn fest. »Hey, komm wieder runter von deinem Ego-Trip, Mann! Tu nicht so arrogant. Wir haben echt nicht kapiert, was das zu bedeuten hat. Das mit dem Respekt.«
Ulf schaute auf Tamaras Hand, die auf seinem Ärmel lag. Die dunkle Hand, die elfenbeinfarbenen Fingernägel, die vielen Ringe mit den großen farbigen Steinen, die sie an den

Fingern trug. »Würdest du bitte deine Hand wegnehmen«, sagte Ulf.
Philipp schnappte nach Luft. Er starrte Ulf ungläubig an. Vicky lachte, fast hysterisch, und auf einmal spürte auch Alessa eine richtige Panik, nur sekundenlang, dann sagte Ulf, und Alessa hatte damit gerechnet, dass er etwas Furchtbares sagen würde: »Du stinkst.«
Tamara ließ die Hand sinken. Sie trat einen Schritt zurück. Sie legte den Kopf schief, schaute Ulf an. Sie hatte keine Worte mehr.
Ulf wischte über seinen rechten Ärmel, als müsse er ihn putzen, als müsse er die Stelle säubern, die Tamara berührt hatte, und ging.
Tamara drehte sich zu den anderen um. »Habt ihr das gehört?«, fragte sie tonlos. »Oh Mann, ich bin im falschen Film. Kneif mich, Guido. Hat der wirklich gesagt, dass ich stinke?«
Guido ließ seinen Rucksack fallen und spurtete hinter Ulf her. Er packte seinen Arm und drehte ihn um. Die anderen konnten nicht hören, was Guido sagte. Sie sahen nur sein Gesicht, das war ganz weiß, bis zur Kinnspitze. Er fauchte Ulf an, das sahen sie. Er war erregt, er war kurz davor, sich mit Ulf zu prügeln. Dann sahen sie, wie Ulf grinste, etwas erwiderte, das Guidos Angriffsstellung schlagartig veränderte. Guido erstarrte geradezu, dann wandte er sich ohne ein weiteres Wort ab und kam zurück zu ihnen, irgendwie verändert, mit hängenden Schultern, die Augen verkniffen.
»Der Typ ist reif für die Klapsmühle«, raunzte er nur, hob seinen Rucksack und hängte ihn über die Schulter.
»Was hat er gesagt?«, rief Vicky. »Was hat der Spinner gesagt? Was hast du ihm gesagt?«
»Ich hab's vergessen«, murmelte Guido.
»Vergessen?«, rief Vicky. »Und er? Was hat er gesagt?«

»Hab ich auch vergessen«, knurrte Guido, »und außerdem hab ich jetzt keinen Bock mehr auf ein Treffen heute Nachmittag. Können wir die Termine ein besprechen?«
»Wieso hast du auf einmal keinen Bock mehr!«, rief Vicky aufgebracht. »Mann, was ist bloß los? Wollen wir uns von dem die Laune verderben lassen? Das will er doch bloß! Da freut der sich doch nur.«
Alessa beobachtete Guido, sie spürte, dass es in ihm arbeitete, dass er erregt war und versuchte, diese Erregung in den Griff zu bekommen. Deshalb sagte sie: »Leute, mir fällt gerade ein, ich hab heute Nachmittag auch keine Zeit. Wir verschieben alles auf morgen, okay?«
Auf dem Nachhauseweg ging sie nicht schnell, aber auch nicht langsam. So wie immer. Sie versuchte nicht Ulf einzuholen. Aber wenn er seinen Schritt verlangsamt oder an der Kreuzung auf sie gewartet hätte, wäre sie einem Gespräch auch nicht ausgewichen.
Doch Ulf war einen anderen Weg gegangen.

Ihre Mutter war noch auf der Arbeit und Alessa machte sich allein ein Essen. Es war anders, mittags ganz allein in der Wohnung zu sein. Ihre Gedanken kreisten um das Verhalten von Ulf.
Sie musste sich nicht lange fragen, was sie falsch gemacht hatte. Es hatte nichts mit ihrer Postkarte aus den Ferien zu tun, damit konnte sie ihn nicht beleidigt oder verletzt haben. Wenn sie ganz ehrlich zu sich selbst war, wusste sie den Grund: Ulf war enttäuscht. Von ihr.
Er hatte sich vor allem zurückversetzen lassen, jetzt, zu diesem Zeitpunkt, weil er ihr nahe sein wollte. Und sie hatte ihn zurückgestoßen, unmissverständlich. Die Auseinandersetzung um den Platz neben ihr fiel ihr ein und die Szene danach, im

Schulflur, als sie das Gefühl hatte, ihn ansprechen zu müssen und es nicht getan hatte. Und es war klar, auch die Leute in *dieser* Klasse hatten ihn nicht ernst genommen. Er wollte seine Probleme lösen, aber die Probleme waren geblieben und sie waren sogar noch vertieft. Und obendrein würde er nun noch ein Jahr länger auf der verhassten Schule hocken müssen.
»Aber mein Gott!«, rief Alessa, während sie in der Küche herumhantierte, »bin ich sein Kindermädchen? Soll ich mich neben ihn setzen, weil er es will? Wie komm ich dazu?«
Ihr fiel ein, dass sie vor Weihnachten Ulf gegenüber kein Wort von den Skiferien erwähnt hatte. Es hatte sich irgendwie nicht so ergeben ... Oder wollte sie vielleicht auch dieses Geheimnis haben, wollte ihn vor vollendete Tatsachen stellen?
»Wir sind schließlich kein Liebespaar, auch wenn er es gern hätte«, knurrte sie, als sie ihren Teller hinüber ins Wohnzimmer trug. Sie stellte das Radio an, suchte gute Musik und begann zu essen.
Sie versuchte ihre Gedanken auf ein anderes Thema zu lenken, auf die Ferien zum Beispiel, wenn die Sonne mittags voll auf die Schneepiste schien und alles ringsum glitzerte und glänzte ... Aber es wollte ihr nicht gelingen. Immer wenn sie den Kopf hob, blickte sie aus dem Fenster vor sich, sah die gelbe Klinkerfassade des gegenüberliegenden Hauses, und dann musste sie wieder an Ulf denken.
Er saß jetzt wahrscheinlich in seinem Zimmer und spielte die blöden Computerspiele.
Sie fragte sich zum wiederholten Mal, wie das war, von niemandem gemocht zu werden, nicht Mitglied in irgendeiner Clique zu sein, nie zu einer Geburtstagsparty eingeladen zu werden. Wie man sich da wohl fühlte.
Sie sprang auf, holte sich das Telefon und wählte Ulfs Nummer.

Seine Mutter war am Apparat, sie lachte und war herzlich.
»Hallo, Alessa, Liebes, wie schön! Wie geht es dir? Hast du schöne Weihnachten gehabt? Ihr wart in den Bergen, nicht?«
Alessa plauderte einen Augenblick mit Ulfs Mutter, erzählte vom Snowboard, dem Wetter und den Eiszapfen an der Dachrinne außen vor ihrem Fenster.
Als eine kleine Pause entstand, sagte Alessa. »Und Ulf?«
»Oh«, sagte Ulfs Mutter lachend, »ja, danke. Wir hatten es auch schön. Nicht ganz so wie ihr, bestimmt, wir waren die meiste Zeit hier in der Wohnung, es hat ja so viel geregnet, da konnte man nicht oft raus, aber Ulf war viel unterwegs. Ich weiß nicht, ob er dir schon erzählt hat...« Sie brach ab, Alessa wartete.
»Nein«, sagte Alessa, »heute war keine Gelegenheit.«
»Ah«, sagte Ulfs Mutter, »dann wird er dir das bestimmt selber erzählen. Warte eine Sekunde, ja? Ich hol ihn schnell.«
Alessa hörte, wie sie den Hörer hinlegte, hörte ihre Schritte und das Klopfen an Ulfs Tür. Hörte, wie sie ihn rief und die Tür öffnete. Alessa wartete. Tiger strich um ihre Beine und sie beugte sich zu dem Kätzchen.
Dann war Ulfs Mutter wieder da. Es klang, als wäre sie irgendwie atemlos. Sie holte tief Luft, bevor sie sagte: »Also, das versteh ich nicht.«
»Was denn?«, fragte Alessa.
Sie stieß ein kurzes, verlegenes Lachen aus. Dann räusperte sie sich und sagte: »Ulf will nicht mit dir sprechen. Ich weiß nicht, was ist. Das macht mich jetzt wirklich wütend.«
»Wieso?«, fragte Alessa arglos. »Was sagt er denn?«
»Ach«, Alessa hörte, wie Ulfs Mutter einen tiefen Seufzer ausstieß. »Das möchte ich gar nicht wiederholen. Ich weiß nicht, wie er auf so etwas Dummes kommt...«
»Was sagt er denn?«, beharrte Alessa. Sie stellte sich Ulfs Mut-

ter vor, in dem Flur mit dem Sisalteppich und dem weißen Garderobenschränkchen, und hinter ihr Ulfs Zimmertür, halb offen wahrscheinlich, weil Ulf hören wollte, was seine Mutter sagte. Aber vielleicht wollte er es auch nicht hören. Vielleicht hatte er der Tür einen Fußtritt gegeben, als seine Mutter wieder rausgegangen war.

»Er sagt...« Ulfs Mutter stockte. »Ach nein, behalten wir es lieber für uns. Wahrscheinlich tut es ihm morgen schon Leid. Er ist im Augenblick in so einer merkwürdigen...«

»Hab ich ihm was getan? Hat er gesagt, dass ich ihm etwas getan hab?«

Alessa verstand sich selbst nicht, warum sie so weiterfragte. Warum sie es nicht einfach dabei beließ. »Erzählen Sie es mir doch! Bitte.«

Ulfs Mutter stöhnte auf. »Also, ich weiß nicht, er sagt...dass du«, sie lachte plötzlich, ein fassungsloses Lachen, »dass du ihn nicht verdient hättest, dass du dich noch wundern würdest. Er sagt...« Und wieder atmete Ulfs Mutter tief durch, »dass er sich in dir getäuscht habe. Tut mir Leid, Alessa. Ich wollte es dir nicht... aber weil du...«

Alessa unterbrach sie hastig, zu hastig. Sie ärgerte sich jetzt, dass sie überhaupt angerufen hatte. Aus Mitleid! Dabei brauchte der Typ gar kein Mitleid. »Aber das macht doch nichts! War ja auch blöd von mir. Das renkt sich schon wieder ein.«

»Ja, kann sein...«, murmelte Ulfs Mutter.

Alessa war fast ein wenig erleichtert, dass Ulf nicht an den Apparat gegangen war, dass sich ihr Vorhaben, mit ihm zu reden, auf diese Weise geklärt hatte. Okay, wenn er nicht wollte?

»Also, dann schöne Grüße«, rief Alessa betont munter. »Alles Gute jedenfalls.«

»Ja, dir auch, mein Liebes«, murmelte Ulfs Mutter. »Dir auch alles Gute«, und legte auf.

Von diesem Tag an wartete Ulf nie mehr auf sie, um mit ihr zur Schule zu gehen. Alessa nahm an, dass er sie beobachtete, wenn sie das Haus verließ, und ein paar Minuten später ging er selbst. Und er nahm einen anderen Weg. Am Anfang irritierte es Alessa, dass er so merkwürdig war und keinen Kontakt mehr mit ihr suchte, aber dann hörte sie auf, sich darüber Gedanken zu machen.

Sie hatten jetzt dieses Bio-Projekt, an dem Vicky nicht teilnahm, weil Bio ihr schwächstes Fach war, und das sie eifersüchtig aus der Ferne verfolgte. Sie löcherte Alessa nach jeder Arbeitsrunde mit Fragen: Wie oft hat Philipp mich erwähnt? Hat er was von gestern erzählt? Oder dass wir uns morgen treffen? Findest du, dass er einen verliebten Eindruck macht? Dass wir gut zusammenpassen? Alessa konnte die beiden tagsüber in der Schule manchmal beobachten, wie sie heimlich Händchen hielten oder sich flüchtig küssten, wenn sie glaubten, keiner schaute hin, aber das war schon alles. Manchmal traf sie dann Philipps Blick und dann wurde Alessa immer rot. Und darüber ärgerte sie sich.

Die AG-Gruppe kam immer dienstags in der Woche bei Philipp zusammen, und Vicky hatte nicht übertrieben: Es war eine Villa, in der er wohnte, mit Sauna und Whirlpool, und bei einem der Treffen brachten sie alle ihre Badeanzüge mit und machten eine kleine Pool-Party. Ohne Alkohol, aber mit viel Spaß.

Ansonsten blieb Ulf noch eine ganze Weile Gesprächsthema. Früher hatte er in der Nähe der Clique herumgelungert, in der Hoffnung, man würde ihn dazuholen, ihn mitmachen lassen. Jetzt zeigte er ihnen, dass er sie nicht brauchte. Dass er sich nicht für sie interessierte. Um ihn herum war nur noch Luft. Wenn es eine Rolle war, die er da spielte, dann spielte er sie gut. Er hielt sie durch. Er kam jeden Morgen mit Hemd und Weste

in die Schule, zu Klassenarbeiten oder besonderen Anlässen trug er einen neuen Anzug. Er legte seine Aktenmappe auf den Tisch, ließ seine flachen Hände darüber gleiten, als streichele er sie, klappte sie auf, holte das Schreibzeug heraus und legte die Bleistifte und Kugelschreiber penibel ausgerichtet neben Hefte und Bücher. Dann klappte er die alte Mappe wieder zu und stellte sie neben das rechte Tischbein. Immer neben das rechte, nie neben das linke. Und zwar so, dass er Beinkontakt mit der Mappe hatte. Falls jemand auf die Idee käme, sie ihm während des Unterrichts zu stehlen.
In der großen Pause verließ er den Schulhof, keiner wusste, was er tat, und auch in den Freistunden war er sofort verschwunden. Früher hatten die anderen sich nie um Ulf gekümmert. Da war er ihnen irgendwie peinlich gewesen. Er passte nicht. Jetzt passte es wieder irgendwie nicht, aber es war interessanter geworden. Die Leute redeten über ihn.
Alessa machte immer mal wieder einen Versuch, mit Ulf ins Gespräch zu kommen. Nach der Schule verließ er als Letzter den Raum. Ging als Letzter über den Schulhof, schaute in den Himmel, als wundere er sich, dass er noch da ist, und schlenderte davon. Er machte nicht ein einziges Mal den Versuch, sich mit Alessa zu treffen. Er rief nicht an. Er klingelte nicht an ihrer Tür. Er drehte sich nie zu ihr hin, wenn sie im Unterricht aufgerufen wurde.
»Freu dich doch«, sagte Philipp, als Alessa einmal mit ihm darüber sprach. »Ich denk, er hat früher immer genervt.«
»Ja«, sagte Alessa, »das ist wahr. Aber jetzt nervt es mich, dass ich nicht weiß, was er tut. Okay, ich hab vielleicht was falsch gemacht, aber muss er mich deshalb für den Rest seines Lebens ignorieren? Ich meine, ich hab ihm doch eigentlich nichts getan, oder?«
Philipp lachte. »Ihr Frauen seid wirklich komische Wesen«,

meinte er. »Ihr wollt jemanden los sein, und wenn ihr ihn dann los seid, wollt ihr trotzdem, dass er wie ein Hund hinter euch herläuft.«

Alessa schüttelte den Kopf. »Das stimmt nicht. Ich meine was anderes. Es beschäftigt mich, das ist es, Ulf beschäftigt mich.«

»Siehst du, sag ich doch!«

»Aber anders, als du denkst«, sagte Alessa, »ganz anders.«

Sie saßen in der Aula auf der Fensterbank und warteten auf den Beginn einer Schülerversammlung. Philipp hatte eine Tüte Lakritz, aus der sie sich beide bedienten. Vicky war nicht in der Nähe, und Alessa hatte zum ersten Mal seit langer Zeit Gelegenheit, mit Philipp allein zu reden.

»Also«, sagte Philipp, »wie denn anders. Erklär es mir.«

Sie ließ ihren Blick durch die Aula gleiten, das Schieben und Scharren von Stühlen, das Rempeln und Herumalbern der Schüler, die halbherzigen Versuche der Lehrer, Ruhe und System in die Sache zu bringen. Sie hoffte, es würde noch lange so weitergehen.

Es war schön, mit Philipp auf der Fensterbank zu sitzen und Lakritz aus einer halb aufgeweichten Tüte zu klauben.

»Ich weiß nicht, aber ich denke manchmal, es hängt irgendwie mit Ulf zusammen«, sagte sie. »Ich wache nachts auf und dann klopft mein Herz wie verrückt. Und ich weiß genau, ich hab was Furchtbares geträumt. Verstehst du? So einen Angsttraum. So einen Paniktraum, wo man wegrennen will und kann nicht, weil man im Sumpf steckt oder so oder weil einem die Beine zusammengebunden sind, oder man will schreien und merkt, dass man keinen Ton rauskriegt?« Sie schaute Philipp an. »Kennst du so was auch?«

Sie wunderte sich über sich selbst, dass sie Philipp das erzählte. Aber es war irgendwie ganz leicht, wie selbstverständlich mit ihm zu reden. Ihren Eltern hätte sie das nie gesagt, was sie zu

Philipp sagte, hier, an diesem Tag im Februar, kurz vor dem Faschingsfest, auf der Fensterbank in der Aula.
Philipps Augen waren ganz ernst auf sie gerichtet. »Ich weiß es nicht genau, aber ich glaube nicht. Doch ich weiß, dass es so was gibt, es muss schlimm sein.«
Alessa nickte. »Aber ich kann mich nicht richtig erinnern ... Ich liege dann im Bett ... und bin wohl noch ewig lange wach.« Sie lachte plötzlich. »Weißt du, was ich manchmal denke? Wir müssten umziehen. Weg aus der Ulmenstraße. In eine ganz andere Gegend. Ich glaube, dann würden die blöden Träume aufhören.«
»Weg aus der Ulmenstraße? Weg von dem schönen Kamin?«
Sie hatte schon zweimal die Clique zu einem Kaminabend eingeladen. Da saßen sie bei Käsefondue, bei Reggae-Musik, die Guido mitgebracht hatte, und erzählten, was ihnen so durch den Kopf ging.
Es stimmte, der Kamin war schön.
Alessa freute sich, dass Philipp und Guido, Tamara und Vicky gerne zu ihr kamen. Sie würde bald wieder so einen Abend machen.
Sie lächelte. »Du hast Recht. War Quatsch von mir. Vergiss es. Ich rede manchmal totalen Schrott zusammen. Hör einfach nicht hin.«
Nach einem dieser Fondue-Abende übrigens hatte Alessa ihre Freunde abends aus der Haustür gelassen, weil die ab zehn Uhr abgeschlossen war und man sie mit dem Summer nicht mehr öffnen konnte.
Sie hatten noch ein wenig rumgeblödelt, wollten sich noch nicht trennen, da hatte Alessa gesehen, wie sich gegenüber die Haustür öffnete. Und ein Mann heraustrat. Und zu ihnen herüberschaute. Für eine Sekunde war sein Gesicht von der Türlampe erleuchtet.

Es war Ulfs Vater. Alessa hatte ihn schon einige Male gesehen, mit Ulf zusammen.
Als habe er ihren Blick gespürt, hatte er sich sofort wieder zurückgezogen ins Haus. Später, als Alessa oben in ihrem Zimmer ans Fenster trat und dabei war, die Vorhänge zuzuziehen, hielt sie plötzlich inne. Zufällig schaute sie noch einmal über die Straße und sah Ulfs Vater wieder.
Er hatte den Jackenkragen hochgeschlagen, die Hände tief in den Taschen. Er trug dunkle Sachen, er war wie ein Phantom, das schnell in der Nacht verschwand. Alessa zog die Vorhänge vollends zu und dachte nicht mehr an ihn.

Bald darauf gab es neue Entwicklungen auf mehreren Ebenen. Zunächst Ulf:
Wenn Alessa gewusst hätte, dass Ulfs Mutter an dem Nachmittag genau zur gleichen Zeit in der Drogerie plötzlich vor dem Regal mit den Shampoos stehen würde, hätte sie den Einkauf vertagt, auf alle Fälle. Mit Ulf wollte sie schon reden, aber nicht mit seiner Mutter.
Die Drogerie war menschenleer an diesem Nachmittag. Die Verkäuferinnen sortierten neue Ware in die Regale, an der Kasse war niemand, und aus den Lautsprechern dudelten in einer Endlosschleife Werbespots für Sonderangebote. Man konnte zum Beispiel, wenn man wollte, Christbaumschmuck zum halben Preis kaufen, Kerzenhalter, Kerzen, Weihnachtskugeln. Alessa fragte sich, wer wohl Lust hätte, sich jetzt diese Sachen in den Einkaufswagen zu laden, jetzt, wo Weihnachten längst vorbei war und die letzten ranzigen Weihnachtsplätzchen im Mülleimer entsorgt.
Sie bog beim Getränkeregal um die Ecke und ging suchend die Reihe mit den Waschpulvern entlang, irgendwo dahinter kamen die Shampoos – da hörte sie, wie jemand sagte: »Es gibt da

wohl ein neues Mittel für graues, beanspruchtes Haar, würden Sie mir zeigen, wo ich das finde?«
Alessa stockte. Sie wollte ausweichen, aber da tauchte schon eine Verkäuferin auf, gefolgt von Ulfs Mutter. Sie schob einen Einkaufswagen vor sich her, in dem ihre Handtasche lag und eine Plastiktüte.
Alessa konnte nicht mehr zurück, Ulfs Mutter kam direkt auf sie zu.
»Alessa! Wir haben uns ja eine Ewigkeit nicht gesehen!«
»Weiß nicht, kann sein«, murmelte Alessa ausweichend.
Die Verkäuferin hatte Alessa zur Seite geschoben, weil sie genau vor dem neuen Shampoo stand. Sie streckte ihrer Kundin das Produkt entgegen.
»Ich glaube, das ist es, was Sie suchen«, sagte sie.
Ulfs Mutter nahm den Plastikflakon, aber warf nur einen flüchtigen Blick darauf. Sie stellte sich so hin, dass Alessa nicht an ihr vorbeikonnte, vielleicht ahnte sie, dass sie am liebsten flüchten wollte.
»Ich hab gerade gestern mit meinem Mann über dich gesprochen«, sagte sie.
»Ach ja?«, murmelte Alessa. Es war komisch, wie oft Ulfs Eltern über sie sprachen. Das letzte Mal hatte seine Mutter etwas Ähnliches gesagt.
»Wir finden es beide furchtbar traurig, dass ihr euch auseinander gelebt habt, Ulf und du.«
Alessa lachte unsicher. »Na ja . . . auseinander gelebt . . .«, das ist ein großes Wort, wollte sie sagen, für diese Art Beziehung, die wir hatten.
Was war denn schon gewesen? Morgens zusammen zur Schule, mittags zurück. Einmal Kino, einmal das Paradies, dann hatte sie ihn besucht und er hatte sie besucht, und in den Pausen hatten sie manchmal zusammen in der Cafeteria einen Ka-

kao getrunken. Nennt man so was »Zusammenleben«? Und kann man sich davon »auseinander leben«?

»Es hätte Ulf so gut getan«, sagte Ulfs Mutter, »wenn er mal eine Freundin gehabt hätte, ich sage immer zu meinen Mann: Mädchen machen die Jungen weicher. Mädchen verändern die Jungen.« Sie lachte. »Das war früher schon so, wenn ich daran denke, wie mein Mann war, als wir uns kennen gelernt haben...«, sie lachte wieder.

Alessa schaute sich nach einem Fluchtweg um. Eigentlich konnte sie es sich selbst nicht erklären, warum sie wegwollte, einfach nur weg.

Als Alessa schwieg, fragte Ulfs Mutter. »Geht's denn gut in der Schule?«

»Ja, danke, ganz gut«, sagte Alessa ausweichend.

»Ulf hat ja jetzt immer ganz ordentliche Zensuren«, sagte seine Mutter, »war vielleicht doch eine gute Idee von ihm, sich zurückstufen zu lassen.«

»Ja«, sagte Alessa, »kann sein, weiß nicht.«

»Er fühlt sich natürlich älter und reifer als der Rest«, fügte Ulfs Mutter hinzu. »Ich sag ihm immer, das ist Unsinn. Ein Jahr macht keinen Unterschied.«

»Stimmt«, sagte Alessa. Sie fragte sich, wie lange dieses Gespräch noch gehen sollte. Das Shampoo, das sie brauchte, war nur einen Meter von ihr entfernt, aber wenn sie den Arm ausstreckte, kam sie nicht heran. Sie hätte an Ulfs Mutter vorbeigemusst. Oder ihr über die Schulter greifen, aber das wäre ziemlich unhöflich gewesen, so blieb sie stehen, starrte auf das Shampooregal und wartete, dass sie weiterkommen würde.

»Er ist ja jetzt kaum noch zu Hause«, sagte Ulfs Mutter plötzlich, »daran mussten wir uns erst gewöhnen, mein Mann und ich. Früher hat er immer in seinem Zimmer gesessen, jetzt ist er da kaum noch. Er kommt zum Mittagessen, macht ruckzuck seine Schularbeiten, und dann ist er schon weg, auf dem Schießstand. Wer hätte geglaubt, dass er so gut schießen kann! Was?«

»Schießen?«, fragte Alessa.«Wieso denn schießen?«

»Er ist im Schützenverein, er ist Weihnachten in den Verein eingetreten, und jetzt ist er jeden Nachmittag auf dem Schießstand und trainiert. Die schießen da auf Scheiben und manchmal auch auf Pappfiguren. Da müssen sie das Herz treffen. Das Herz ist rot markiert. Also, wir können nicht verstehen, wieso ihm das so viel Spaß macht. Aber offenbar hat er Talent für so was.«

Ulfs Mutter lachte verlegen, es war ein Lachen, das ihr fast im Hals stecken blieb, und sie hatte auch leiser gesprochen zum Schluss, weil andere Kunden den Gang entlangkamen und sich an ihnen vorbeizwängten.

Ulfs Mutter war stark geschminkt und unter dieser Schminke war ihre Haut fahl und weich. Alessa sah, dass die blauen Augen hinter den Brillengläsern etwas Wässriges hatten und die Pupillen sehr klein waren. Einmal hatten die Augen ihrer Mutter auch so ausgesehen, das war, als sie die Depressionen hatte, gleich nachdem Alessas Vater seine Stelle verloren hatte und arbeitslos geworden war. Und sie aufeinander gehockt hatten, in Starnberg, in der Dreizimmerwohnung, und nicht wussten, wie es weitergehen sollte. Da hatte ihre Mutter so ähnlich ausgesehen.

»Ich wusste nicht, dass er so was macht«, sagte Alessa. »Schießen. Komisch, dass er nie davon erzählt. Ich hab mich nur gewundert, weil er so . . .«, sie stockte.

»Ja?«, rief Ulfs Mutter begierig. »Was willst du sagen? Was denkst du?«

Die Heftigkeit, mit der Ulfs Mutter darauf einging, ließ Alessa

zurückzucken. Sie lächelte hilflos. »Nichts, gar nichts. Ich weiß nicht mehr, was ich sagen wollte.«
»Er hat sich verändert, nicht? Das findest du auch, ja? Sag's mir!«
»Ja«, sagte Alessa tonlos. Sie holte tief Luft, sie war fest entschlossen diese Unterhaltung zu beenden. Sie fühlte sich überfordert von diesem Gespräch.
»Wie er sich jetzt immer anzieht!«, sagte Ulfs Mutter. »Weißt du, zuerst hab ich mich gefreut, ich dachte, schön, endlich anständig gekleidet, schöne gebügelte Hemden, da schaut der Kerl richtig hübsch aus«. Sie lachte nervös, wartete, dass Alessa es bestätigte, dass Ulf richtig hübsch aussah, aber Alessa fühlte sich außer Stande. Sie zuckte nur mit den Achseln.
»Aber er ist so fanatisch«, sagte Ulfs Mutter. »Er macht keine Kompromisse, weißt du? Wenn alle Hemden in der Wäsche sind und ich sage, nimm eins von deinen T-Shirts, dein Schrank ist voller Pullis und T-Shirts, dann guckt er mich an ... also ... dann guckt er mich an ...« Ulfs Mutter hob die Hand und nahm die Brille ab. Sie schaute die Brille an wie einen Gegenstand, der ihr vorher nie aufgefallen war. Sie seufzte. »Es ist diese Clique, die er da kennen gelernt hat. Fast jeden Abend ist er mit den Leuten zusammen, oft kommt er erst spät in der Nacht nach Hause. Er sagt, die machen das alle so mit dieser Kleidung. Sie wollen ein Zeichen setzen, sagt er, verstehst du das?« Sie schaute auf.
Alessa lächelte hilflos, schüttelte den Kopf. »Nein«, sagte sie, »versteh ich nicht.«
»Gegen den allgemeinen Verfall, sagt er. Ein Zeichen gegen den Verfall, der Sitten, der Moral, der Kleiderordnung. Sie wollen, dass unsere Gesellschaft Tritt fasst, ja.« Ulfs Mutter setzte die Brille wieder auf. »So nennt er das. Wir sollen wieder Tritt fassen.«

Sie machte einen Schritt zur Seite und Alessa ergriff die Gelegenheit zur Flucht. Mit einem Hechtsprung schnappte sie sich das Shampoo, rief: »Tut mir Leid, ich hab's wahnsinnig eilig«, und war weg. Sie dachte, ich muss das Philipp erzählen. Ich muss ihn fragen, ob er weiß, dass Ulf schießen übt. Der Wahnsinn!

Was Alessa weiter durcheinander brachte, war ein Telefonat:
»Philipp? Hier ist Alessa.«
Pause. Dann sein überraschtes Lachen.
Es klingt erfreut, dachte Alessa, und ein flüchtiges dankbares Lächeln huschte über ihr Gesicht.
»Alessa! Hey.«
»Stör ich gerade? Ist Vicky bei dir?«
Wieder eine kleine Pause. Philipp räusperte sich. »Nein, ist sie nicht«, wieder ein Räuspern. »Wir sehen uns übrigens nicht so häufig, wie du denkst. Möglich, dass Vicky da manchmal ein bisschen übertreibt...«
»Ihr könnt euch doch so oft treffen, wie ihr wollt.«
Alessa hörte, wie Philipp laut einatmete, dann sagte er: »Ja, stimmt.«
»Ich ruf bloß an«, sagte Alessa hastig, »weil ich dich was fragen wollte.«
»Schieß los«, entgegnete Philipp. »Aber die Antwort ist Nein.«
»Du weißt doch gar nicht, wie die Frage heißt.«
»Doch, die Frage heißt: Ob ich Vicky angemacht habe. Und die Antwort ist Nein. Es war Vicky. Es ist von ihr ausgegangen. Ich wollte das eigentlich gar nicht. Ich bin da so reingerutscht. Das war in den Weihnachtsferien. Ihr wart ja alle fort. Und ich konnte nicht weg, weil ich dieses Konzert hatte. Und da hab ich Vicky getroffen. Na ja.« Pause. »Sie ist ja auch nett. Ich mag sie ja auch.«

Alessa war ganz durcheinander. Sie hatte wegen Ulf mit Philipp sprechen wollen und jetzt kam das . . . Mit einer solchen Erklärung hatte sie überhaupt nicht gerechnet. Es schien, als hätte Philipp nur darauf gewartet, ihr dies bei der erstbesten Gelegenheit zu sagen, ganz gleich, ob die Situation passte oder nicht. Er fiel mit der Tür ins Haus, und sie wusste absolut nicht, was sie sagen sollte. Alessa fuhr sich mit der Zunge über die trockenen Lippen, presste den Hörer ganz fest ans Ohr. Aber sie hörte nicht, was Philipp sagte.
»Philipp?«
»Ja?«
»Was hast du eben noch gesagt? Die Verbindung ist irgendwie schlecht.«
»Ich hab gar nichts gesagt, ich dachte, du wolltest etwas sagen.«
Pause.
Ich muss mich konzentrieren, dachte Alessa. Ich darf keine Fehler machen. Vicky ist meine Freundin, und *sie* ist es, die mit Philipp zusammen ist.
»Wenn das nicht die Frage war, die du mir stellen wolltest«, sagte Philipp, »was wolltest du dann?«
Alessa lag auf dem Sofa. Sie wollte nicht mehr über Ulf reden. Sie lachte verlegen. »Ich hab's vergessen.«
»Etwas wegen der Schule?«, schlug Philipp vor.
»Ich weiß nicht mehr, echt vergessen.«
»Okay«, sagte Philipp, »dann ruf einfach an, wenn es dir wieder eingefallen ist. Jedenfalls danke.«
»Wofür?«, fragte Alessa.
»Weiß auch nicht«, sagte Philipp. Und hängte ein.
Alessa klopfte das Herz bis in den Hals. Was war das eben? Was war das für eine Erklärung? Sie wollte, sie *durfte* nicht mehr darüber nachdenken, ihrer Freundin Vicky wegen. Ales-

sa versuchte ihre Gedanken auf das Problem mit Ulf zu konzentrieren, dass er Schießübungen machte. Aber es gelang ihr nicht. Aber war das im Augenblick überhaupt wichtig? Wichtig war ...
Wichtig war doch ganz etwas anderes.
Philipp sagt, dass er eigentlich mit Vicky gar nichts anfangen wollte ... dass er da so reingeschlittert ist. Interessant. Aber von mir erfährt Vicky das nicht, keine Silbe.
In dem Moment hörte sie die Wohnungstür. Ihre Mutter kam nach Hause. Alessa sprang vom Sofa auf, als Miriam Augenblicke darauf eintrat. Sie begrüßte sie flüchtig und wollte an ihr vorbei in ihr Zimmer. Nur jetzt nicht reden müssen, dachte sie. Über nichts.
»Ist etwas passiert?«, fragte ihre Mutter und fasste nach Alessas Hand.
»Nein«, knurrte Alessa. »Wieso?«
Miriam musterte sie. »Ich weiß nicht«, sagte sie gedehnt, »irgendetwas beschäftigt dich. Ich seh es doch. Gibt es Probleme?«
»Mama! Quatsch! Was denn für Probleme?«
»Das möchte ich ja gerade wissen.«
Alessa folgte ihrer Mutter zurück in den Flur, sah zu, wie sie ihren Mantel auszog, auf den Bügel hängte, die Stiefel abstreifte.
»Wenn dich etwas quält, Schätzchen«, sagte sie danach, »dann redest du doch mit uns, oder?«
»Klar«, sagte Alessa, »aber mich quält nichts. Echt nicht.«
»Wirklich nicht?«
Alessa hob den Kopf. Nur nicht reden, dachte sie wieder. Nicht über Philipp und Vicky und über Ulf schon gar nicht.
»Mama, wenn es etwas gibt, das du wissen solltest, dann sage ich es dir. Aber es gibt nichts. Okay?«

Ihre Mutter nickte, langsam, bedächtig. »Gut«, sagte sie schließlich, ein bisschen enttäuscht. »Gut, dann bilde ich mir das nur ein, dann ist wohl alles gut.«
»Ja«, sagte Alessa, »es ist alles gut.«

Eine Stunde später – Alessas Eltern waren im Fitness-Studio – stand Vicky mit Schokomuffins, die noch warm waren und deren Duft das ganze Treppenhaus erfüllten, vor der Wohnung. »Ich hatte Sehnsucht nach dir«, sagte sie und Alessa war voller widerstreitender Gefühle. Sie versuchte sich zu beherrschen, öffnete weit die Tür, machte eine spaßhafte Verbeugung und ließ Vicky eintreten.

»Die Eltern nicht da?«, fragte die Freundin, als sie sich aus Schal und Jacke gepellt und Alessas Mutter immer noch nicht – wie sonst üblich – neugierig um die Ecke gelinst hatte.

»Die sind beim Sport«, brachte Alessa hervor. »Irgendwie haben sie auf einmal Angst, alt zu werden,«, fing sie sich, »Papi will Muskeln aufbauen, aber ich glaube, das geht schon nicht mehr, wenn du an die vierzig bist.«

Vicky grinste. »Bei mir geht es heute schon nicht mehr.«

Es war eigenartig, aber Alessa war plötzlich wieder ganz unbeschwert. Sie verdrängte das Gespräch mit Philipp. Es war ein Gespräch, das es eigentlich gar nicht geben durfte. Und was nicht sein sollte, hatte auch nicht stattgefunden, beschloss Alessa für sich. Sie wollte die Freundschaft mit Vicky nicht gefährden, auf keinen Fall; und was sie ebenso nicht wollte, war, ihr wehzutun. So kochten sie Tee, lachten und alberten herum, bauten auf dem Flickenteppich in Alessas Zimmer eine Kissenhöhle, zündeten Räucherkerzen an, legten die neue CD von Shakira auf, und die ganze Zeit fragte Alessa sich nicht ein einzi-

ges Mal, ob Vicky vielleicht aus irgendeinem besonderen Grund gekommen war.
Doch dann plötzlich, gerade bei einem besonders eingängigen Lovesong, kippte die Stimmung. Plötzlich hatte Vicky ganz feuchte Augen.
Zuerst glaubte Alessa, sie habe eine Sinnestäuschung, als sie sah, wie die Tränen langsam über Vickys geschminkte Wangen rollten. Dann aber musste die Freundin schniefen, und als sie nicht schnell genug das Taschentuch fand, brach es aus ihr heraus. Was war denn auf einmal los? Alessa nahm Vicky einfach in den Arm, murmelte Tröstliches, drückte sie und wartete, bis das Schlimmste vorbei war.
»Tut mir so Leid, echt...«, schluchzte Vicky.
»Macht doch nichts, wenn dir nach heulen ist, dann heul doch einfach.«
»Ich wollte das nicht, echt, Alessa. Ich dachte, wenn ich zu dir komme, dann geht es mir besser... aber jetzt auf einmal...«
Sie konnte nicht weitersprechen.
Alessa griff nach einem Päckchen Taschentücher und reichte Vicky eines. Dann beugte sie sich vor, um die Musik leise zu stellen, diesen Lovesong.
Da brach Vickys Schluchzen plötzlich ab. Sie riss die Augen auf.
»Und was ist passiert?«, fragte Alessa. Langsam stieg eine Ahnung in ihr auf.
Vicky schnappte sich zwei Kissen, legte sie auf den Bauch und klopfte darauf herum. Sie seufzte. »Mir geht es schon ein paar Tage nicht gut.«
»Und wieso nicht?«, fragte Alessa.
»Wegen Philipp.«
Alessa richtete sich ruckartig auf. »Wegen Philipp? Was ist denn mit ihm?«

»Ich weiß nicht recht. Eigentlich ist alles ganz okay.«
»Na, siehst du«, murmelte Alessa. Ihr Gesicht glühte auf einmal.
»Wir sind jetzt schon beinahe zehn Wochen zusammen, aber in letzter Zeit ist er so komisch. Ich weiß auch nicht. Er hat immer zu tun. Immer, wenn ich ihn anrufe und frage, ob wir was zusammen machen wollen, hat er schon was vor.«
Alessas Herz schlug. »Was denkst du . . .?«
Vicky zuckte die Schultern. »Ich weiß es nicht. Dass er eine andere hat . . .« Sie schüttelte den Kopf. »Das glaub ich nicht. Hätte ich gemerkt. Aber er ist so . . . so distanziert irgendwie. Weißt du, er hat doch diese wunderschönen Augen. Das sagst du doch auch immer. Dass er einen so ansehen kann, dass man dahinschmilzt, oder?«
Alessa schaute Vicky nicht an. »Ich weiß zwar nicht, wann ich das gesagt haben soll . . .«, sie lachte verlegen. »Aber es stimmt.«
Vicky nickte. »Genau. Ich finde das eben so super, wenn er mich ansieht und ich total weiche Knie bekomme. Ich meine, wann findet man schon mal einen Jungen, der richtig zärtlich ist und nicht so verklemmt und bescheuert . . . Mit dem man richtig über seine Gefühle reden kann und alles . . .« Der Schmerz übermannte Vicky und sie musste wieder heulen.
Alessa wartete. Sie trank ihren Tee, der nur noch lauwarm war.
»Und wie er küsst, das ist richtig Weltklasse.« Vicky schluchzte in ihr Taschentuch.
Alessa sagte nichts.
Vicky hob den Kopf, ihre Augen waren gerötet, in ihren getuschten Wimpern klebten Tränen.
»Weißt du, wann wir uns zuletzt geküsst haben?«
Alessa schüttelte den Kopf, ihr war heiß, sie überlegte sich, dass sie das Fenster aufmachen sollte.
»Vor zwei Wochen!«, rief Vicky anklagend. »Ich meine, zwei

Wochen lang habe ich keinen einzigen Kuss von meinem Freund bekommen! Wie findest du das???«
Alessa stand auf. Ihr rechtes Bein war eingeschlafen, ihr Herz schlug. Sie öffnete das Fenster.
»Zwei Wochen, das sind zweimal sieben Tage und sieben Nächte, in denen du dich mit so blöden Fragen quälst wie: Mag er dich noch? Hast du vielleicht Mundgeruch? Gefällt ihm deine Haarfarbe nicht mehr? Hab ich was Blödes gesagt? Wieso, verdammt noch mal, will er nicht mehr mit mir schmusen? Dabei war das doch das Schönste in unserer Beziehung! Wenn ich nur an den Nachmittag bei ihm auf dem Bett denke ... wie er mich da angehimmelt hat ... Mann, ich hab mich gefühlt wie ... wie ... ich weiß nicht ... Shakira?«
Vicky hob den Kopf. Alessa stand am Fenster, die Arme hinter sich aufgestützt. Vicky hockte vor ihr auf dem Boden, in einem Chaos von Kerzen, Teetassen, Kissen.
»Wieso sagst du nichts?«, rief Vicky auf einmal.
Alessa zuckte mit den Schultern. »Was soll ich sagen? Ich meine ... so gut kenn ich doch eure Beziehung auch nicht ... Ich weiß doch nicht, wie oft ihr ...«
»Was?«, fragte Vicky. »Wie oft wir was?«
Alessa wurde feuerrot. »Nichts.«
»Wie oft wir was?«, beharrte Vicky.
»Ich sag doch: Schon vergessen, egal.«
»Du willst wissen, ob wir zusammen geschlafen haben?«
Alessa schüttelte heftig den Kopf. »Nein«, sagte sie, »überhaupt nicht.«
»Oder willst du wissen, ob wir überhaupt schon miteinander geschlafen haben, Philipp und ich?«
Vicky fixierte Alessa. Ließ sie nicht aus den Augen.
Alessa aber mochte Vicky nicht ansehen. Sie starrte auf den Türrahmen. Da gab es diese Stelle, an der die Reste einer toten

Fliege klebten. Alessa hatte sie mit ihrem Englischheft erschlagen.
Ich muss das wegmachen, dachte sie, das sieht ja eklig aus. Wieso hab ich das nicht längst weggemacht?
Vicky erhob sich. Sie zupfte ihre Hosenbeine zurecht und stellte sich ganz nah vor Alessa hin. So nah, dass ihre Nasen sich fast berührten.
»Was glaubst du denn?«, fragte Vicky. »Haben wir oder haben wir nicht?«
Alessa lächelte hilflos. »Das hat doch mit glauben nichts zu tun.«
Sie sah angestrengt an Vicky vorbei.
Ich will es nicht wissen, wenn sie es getan haben, dachte Alessa. Ich will mir nicht vorstellen, wie Philipp und Vicky ... Ich will nicht wissen, wie ...
Vicky schob Alessas Haare hinter das rechte Ohr, kam mit ihren Lippen ganz nah an die Ohrmuschel und wisperte: »Nein.«
Alessa kniff die Augen zu. In ihrem Magen hüpfte etwas wie ein Luftballon, auf und ab.
Ganz komisch. Und ihre Gesichtsmuskeln spannten sich plötzlich, ohne dass sie etwas dafür konnte, und brachten, ohne ihr Zutun, ein breites Grinsen zu Stande. »Nein?«, sagte sie. »Nein.« Vicky wich einen Schritt zurück, legte den Kopf schief und fixierte Alessa erneut. Und Alessa konnte auf einmal ihren Blick erwidern. Das war auch komisch. Sie konnte Vicky in die Augen gucken und konnte denken, die Wimperntuche ist nicht wasserfest, und in ihrem Bauch, oder Herzen, oder wo auch immer, hüpften diese Luftballons, rote, grüne, blaue, auf und ab. Es war so irre, es war ein Wahnsinnsgefühl.
»Und soll ich dir noch was sagen?«, fragte Vicky.
Alessa wartete ab.

»Ich glaub, Philipp hat überhaupt noch nie mit einem Mädchen geschlafen, ich meine, richtig Sex gehabt.«
»Hat er das gesagt?«
»Nicht so direkt. Aber das merkt man natürlich, ich meine, die Art, wie er über so was spricht. Und das fand ich doch so toll, mir vorzustellen, dass wir beide – beide Jungfrauen sozusagen, es zum ersten Mal miteinander machen. Oh Gott, ich glaub, ich muss schon wieder weinen, hast du noch mal ein Taschentuch?«
Alessa stellte fest, dass sie immer noch das Päckchen mit den Papiertüchern in der Hand hielt. Sie streckte es Vicky hin.
»Und?« Sie sah zu, wie Vicky sich umständlich schnäuzte.
»Und jetzt denke ich auf einmal, dass aus diesem schönen Traum nichts wird, weil der Typ mich gar nicht liebt! Es ist vorbei, bevor es richtig angefangen hat. Und ich weiß nicht, warum!!!! Alessa, du musst mich trösten! Bitte!«
Alessa nahm Vicky wieder in die Arme, streichelte ihren Rücken, küsste ihre Haare, schaute auf die tote Fliege, die am Türrahmen klebte, und dachte: Ich bin glücklich. Und jetzt unterdrückte sie den Gedanken nicht.

Als sie Vicky zur Haustür brachte, ging im gegenüberliegenden Haus über Tür Nr. 14 A das Licht an. Beide schauten gleichzeitig hinüber. Im vierten Stock war ein Fenster weit geöffnet, obgleich es eine kalte Winternacht war.
»Ich hab heute Ulfs Mutter getroffen«, sagte Alessa. »In der Drogerie. Sie hat erzählt, dass Ulf jetzt in einem Schützenverein ist. Da lernt er schießen. Seine Mutter sagt, er sei ein Naturtalent.«
Vicky schüttelte den Kopf. »Echt? So hat sie das gesagt? Talent zum Schießen?«, fragte sie. »Soll das ein Witz sein?«
Gemeinsam schauten sie immer noch auf die erleuchtete Tür.

Auch im Treppenhaus hinter den Milchglasfenstern war es hell. Aber es bewegte sich nichts.
»Ich weiß nicht«, sagte Alessa, aber dann, plötzlich sicher, fügte sie hinzu: »Doch, ich glaube, sie meint das ernst.«
Ein Schatten bewegte sich nun im gegenüberliegenden Treppenhaus. Alessa gab Vicky schnell einen Abschiedskuss.
»Ciao, bis morgen! Und danke für die Muffins.«
»Und du für den Tee«, sagte Vicky.
Sie umarmten sich noch einmal. Vicky streichelte Alessas Arm, fast flehend. »Glaubst du, das wird doch noch was, mit Philipp und mir?«, fragte sie.
»Bestimmt«, sagte Alessa.
Vicky lachte. »Ah! Danke! Du bist so süß! Echt, ich würde sterben, wenn das mit Philipp und mir kaputtginge.«
Der Mann, der im gleichen Augenblick aus dem Haus Nr. 14 kam, blieb einen Augenblick stehen, knöpfte den Mantel zu und wühlte in den Taschen. Alessa kannte den Mann. Es war Ulfs Vater. Sie war erleichtert. »Ich hatte schon Angst, es ist Ulf«, sagte sie, »der dich nach Hause bringen will. Aber der ist ja vielleicht wieder im Schützenverein.«
Vicky kicherte. »Wir sind echt ganz schön fies, oder?«
Sie küsste Alessa noch einmal, geradezu demonstrativ, zum Abschied.
Und im gleichen Augenblick war es Alessa, als hörte sie, wie im gegenüberliegenden Haus ein Fenster zugeschlagen wurde. Sie schaute auf. Richtig, das Fenster im vierten Stock, es war jetzt zu.

9. Kapitel

Alessa steht in einem Blumengeschäft und schaut sich unschlüssig um. Es gibt Rosen, Astern, Lilien, Dahlien, es gibt sie in Rot, Orange, Rosa und Gelb, aber irgendwie sieht Alessa das alles nur undeutlich.
Sie braucht Blumen fürs Krankenhaus, Blumen für Vicky, und sie kann sich nicht erinnern, welches Vickys Lieblingsblumen waren. Sie kramt in ihren Erinnerungen, während die Verkäuferinnen sie mit einer gemurmelten Entschuldigung zur Seite schieben, weil sie immer im Weg steht.
Hat sie jemals Blumen in Vickys Zimmer daheim gesehen? Es gab Poster, von Britney Spears und Paris Hilton, von so genannten Societygirls und Shootingstars, sie hat Modehefte gesehen, in denen erklärt wurde, was man unbedingt anziehen und auf jeden Fall vermeiden sollte.
Aber Blumen hat sie nicht gesehen.
Oder doch?
Dann fällt ihr ein, dass einmal ein kleiner Wickenstrauß auf Vickys Tisch gestanden hatte, in einem Keramiktopf, ein weißer Krug mit rotem Rand, aus Österreich. Und zwei rote Herzen auf dem Henkel. In diesem Krug, mitten auf Vickys Schreibtisch, stand ein duftender zarter kleiner Wickenstrauß, und Vicky hat ihn hochgehoben, als Alessa eintrat, ihre Nase hineingesteckt, die Augen gerollt und atemlos geflüstert: »Von Philipp! Schön, oder?«
Wicken fallen also aus. Wicken zu schenken wäre Wahnsinn. Philipp ist tot.
Abgesehen davon, dass sie auch keine sieht. Wicken sind Som-

merblumen, Sommeranfangsblumen, Freudenblumen, und jetzt ist Oktober. Alessa macht einen Krankenbesuch und sie fürchtet sich.

Morgen ist die Trauerfeier in der Schule, zwei Wochen nach dem Drama. So lange hatte die Schulverwaltung sich nicht entscheiden können, wie man mit der Situation umgehen sollte. Als sie beim Nachhausegehen an der Aula vorbeikam, hat sie Ballen mit schwarzer Seide im Flur gesehen. Und Blumengestecke. Weiße Lilien übrigens. Weiße Lilien gehen also auch nicht. Außerdem sind sie teuer, pro Blüte zwei Euro. Verrückt, denkt Alessa.

»Kann ich helfen?«, fragt die Verkäuferin.

»Ja, vielleicht.« Alessa lächelt hilflos. »Es gibt so viel Auswahl.«

»Wenn du mir sagst, für welchen Anlass die Blumen sein sollen...«

»Ein Krankenhausbesuch«, sagt Alessa.

Die Verkäuferin macht plötzlich ein ganz anderes Gesicht und dämpft ihre Stimme, als wäre sie voller Mitgefühl. »Ein Verwandter?«

»Nein, eine Freundin.«

»Ah«, sagt die Verkäuferin, »dann müssen wir uns für eine Blume entscheiden, die nicht duftet.« Sie lächelt jetzt. »Sonst kommt die Krankenschwester und stellt den Strauß als Erstes in den Flur.«

Als Alessa nicht reagiert, wird die Verkäuferin wieder ernst. »Irgendeine Lieblingsblume?«

»Weiß ich leider nicht«, sagt Alessa.

»Tja.« Die Frau steht neben ihr, lässt ebenso die Arme hängen wie sie und wirkt ratlos. »Dann lass ich dich wohl noch einen Augenblick allein, zum Weiterüberlegen.«

Alessa lächelt dankbar. »Das wär prima, danke.«

Alessa hat auf einen Anruf von Vicky gewartet, sie hatte sich vorgenommen, nicht ins Krankenhaus zu gehen, bevor nicht klar war, dass Vicky sie sehen wollte. Aber Vicky hat nicht angerufen, stattdessen gab es jeden Abend die bohrenden Fragen ihrer Mutter. »Und Vicky? Die Arme? Wie geht es ihr? Hast du sie besucht? Weiß man schon, ob ihre Hand wieder wird? Oder ob sie steif bleibt?«
Nur um diese Gespräche zu vermeiden, will Alessa ins Krankenhaus. Ihre Mutter weiß nicht, dass Alessa und Vicky seit dem Drama kein Wort miteinander gewechselt haben. Und sie hat keine Lust, es ihrer Mutter zu sagen. Und die Fragen zu beantworten, die dann automatisch folgen würden.

Sie geht mit einem kleinen Biedermeierstrauß aus bunten Astern den Krankenhausflur entlang. Sie erinnert sich an den Geruch, Krankenhäuser riechen wohl überall gleich.
Sie schaut die Schwestern an, wirft einen Blick in die Teeküche, in das Verbandszimmer und denkt, das kenn ich.
Auf dem Flur ein leeres, aber frisch bezogenes Krankenbett, ein Galgen, an dem man Infusionen aufhängen kann, ein Tisch mit einer Blümchentischdecke und Zeitschriften, die zerlesen sind und Eselsohren haben. Rechts und links davon je ein Stuhl, mit gepolsterter Lehne und Kissen, ebenfalls im Blümchendekor.
Die Flurgardinen sind gelb und machen ein sanftes Licht. Trotz der Neonröhren an den Decken. Vicky hat das Zimmer Nummer 216, zweiter Stock, rechts, wurde am Empfang gesagt.
Der Flur ist menschenleer. Über einer Zimmertür leuchtet eine rote Lampe. Alessas Hand mit den Blumen ist schweißnass. Sie steht vor Nr. 216. Sie zögert, denkt plötzlich, ich hätte ihr etwas anderes mitbringen sollen, etwas Persönliches. Wieso,

verdammt, hab ich daran nicht früher gedacht? Blumen sind doof. Blumen schenken alte Leute, wenn sie ins Krankenhaus gehen.

Sie sieht sich nach einem Mülleimer um. Am liebsten würde sie den schönen Biedermeierstrauß darin versenken, aber sie sieht weder einen Papierkorb noch einen Mülleimer.

Entschlossen dreht sie sich wieder zur Tür, hebt die Hand, macht die Finger krumm und streicht mit den Fingernägeln leicht über die Tür, sie will nicht klopfen. Sie erinnert sich, dass sie das Klopfen schrecklich fand, als sie in dem Krankenhaus in Weißenburg lag.

Sofort kommt von drinnen die Antwort, fast atemlos. »Ja?«

Alessa drückt die Klinke herunter.

Vicky liegt in dem Bett am Fenster. Sie hat sich aufgerichtet, das Kopfteil ist hochgestellt, und im Nacken hat sie zwei Kissen. Der Fernseher läuft, sie schaut zur Tür und sieht Alessa. Das Staunen in ihrem Gesicht, die großen Augen. Und das Lächeln, das erwartungsvolle, das sofort erlischt.

»Oh«, sagt Vicky, »du.«

Sie greift mit der einen Hand unbeholfen nach der Fernbedienung und schaltet den Fernseher aus.

»Darf ich reinkommen?«, fragt Alessa.

Vicky hebt die Schulter. »Klar«, sagt sie, »wieso nicht.«

Alessa hat angenommen, dass Vicky im Krankenhaus ein rosa Nachthemd mit Rüschen oder etwas Durchsichtiges mit einem großen Ausschnitt tragen würde, sie hat sich darauf vorbereitet, dass Vicky geschminkt, mit lackierten Fingernägeln – jedenfalls an der linken Hand – im Bett liegen würde, umgeben von Blumen, Briefen und Geschenken. Sie weiß nicht genau, warum sie das gedacht hat. Und so ist es auch nicht.

Vicky sieht blass aus, und ihre schönen Locken sind strähnig. Sie hat ihre rechte Hand in einer Schlaufe, die an einem Galgen hängt. Der ganze Arm ist dick verbunden und sieht eher aus wie ein Elefantenfuß. Aus dem Verband läuft eine durchsichtige Sonde. In ihrem anderen Arm steckt eine Infusionsnadel. Ein zweites Bett in der Nähe des Schrankes ist leer. Vicky ist allein.

»Wie geht's?«, fragt Alessa. Sie wagt nicht, ganz nahe ranzutreten oder Vicky einen Kuss zu geben, wie das normal gewesen wäre.

Vicky starrt auf den Blumenstrauß, den Alessa immer noch in der Hand hält, in Papier eingewickelt.

»Wie soll's schon gehen mit einer Hand, in der man kein Gefühl hat«, sagt Vicky.

»Oh Gott«, flüstert Alessa. »Immer noch nicht? Ich dachte, sie wollten das operieren.«

»Haben sie auch. Aber es hat nicht funktioniert. Und jetzt geht die Entzündung nicht weg. Schussverletzungen sind immer schwierig, weil sie alles zerfetzen, sagen die Ärzte. Sie überlegen sich jetzt eine neue Methode.« Vicky lacht grimmig, aber das Lachen klingt wie Weinen. »Sie sagen, sie wollen alles versuchen, um meine Hand zu retten.« Jetzt schaut sie auf. »Nett, oder? Sie wollen meine Hand retten. Ich weiß nicht genau, was das heißt. Ich hab nicht gewagt zu fragen. Ich hatte Angst vor der Antwort.«

»Versteh ich. Tut mir so Leid«, murmelt Alessa. Sie wickelt umständlich und verlegen die Blumen aus, knüllt das Papier zusammen und schaut sich hilflos um.

»Im Bad ist ein Mülleimer«, sagt Vicky.

»Oh, danke.« Alessa verschwindet im Bad.

Aus dem Spiegel blickt sie ein Gespenst an, das versucht wie Alessa auszusehen. Alessa schaut schnell weg.

Als sie ins Zimmer zurückkommt, hat Vicky die Blumen in der linken Hand und riecht daran.

»Sie riechen nicht«, sagt sie.
Alessa lächelt. »Die Verkäuferin sagt, Krankenhausblumen sollen nicht riechen. Das mögen die Schwestern nicht. Soll nicht gesund sein oder so.«
»Krankenhausblumen«, sagt Vicky nachdenklich. Sie legt die Blumen auf den Nachttisch und schaut sie nicht mehr an. »Trotzdem danke.«
»Ich wollte dir was anderes mitbringen«, sagt Alessa.
»Und?«, fragt Vicky.
»Ich weiß nicht«, Alessa hebt hilflos die Schulter, »mir ist nichts eingefallen. Furchtbar, oder?«
Vicky sagt nichts. Sie dreht ein bisschen ihren Elfantenarm in der Schiene hin und her und verzieht dabei das Gesicht. Dann versucht sie im Bett eine andere Position einzunehmen.
»Soll ich helfen?«, fragt Alessa eifrig, sie wäre froh, wenn sie etwas zu tun hätte, aber Vicky schüttelt den Kopf. »Lieber nicht, das tut alles weh, wenn es nicht richtig gemacht wird. Ich hab auch Schmerzen im Rücken, vom ewigen Liegen und Sitzen.«
Alessa lässt sich auf den Stuhl unter dem Fenster nieder. Sie schweigt. Sie findet es nicht schlimm, nichts zu sagen.
Man kann auch schweigend einfach nur zusammensitzen und spüren, wie die Zeit vergeht.
Aber es bedrückt sie, zu sehen, wie immerzu ein trübes Sekret durch den Plastikschlauch an Vickys Arm läuft und in eine Schale, die an einem Halter am Bettgestell angebracht ist. Eine Schale aus Plastik, auch durchsichtig. Es ist nicht einfach, den Anblick von Eiter auszuhalten. Alessa zwingt sich, in eine andere Richtung zu schauen.
»Morgen ist also die Trauerfeier in der Schule«, sagt Vicky.
»Ja.« Alessa nickt. »Morgen. Deshalb bin ich hier.«
»Wieso deshalb?«

»Ich weiß nicht ... wie soll ich das erklären ...« Sie bricht ab.
»Wolltest du mir eine Simultan-Schaltung zum Krankenbett einrichten?«
Alessa sackt auf ihrem Stuhl zusammen. »Keine Ahnung. Ich dachte nur ...«
»Warst du auf Philipps Beerdigung?«, fragt Vicky.
»Nein, das war doch nur für die engste Familie. Weißt du bestimmt. Deshalb machen wir ja in der Schule die Trauerfeier.«
»Aber du gehörst doch jetzt zur engsten Familie«, sagt Vicky.
Alessa starrt sie an. Vicky hält ihren Blick aus, ihre Lippen sind weiß, ganz dünn, ihre Nase schmal und durchsichtig. Ihre Stirn ist feucht, vielleicht hat sie Schmerzen, vielleicht ist ihr heiß unter der Bettdecke.
»Ich? Zum engsten Familienkreis? Wie meinst du das denn?«
Vicky erwidert nichts. Blickt Alessa nur forschend an. Sie schaut so eindringlich, dass Alessa spürt, wie ihr Körper zu glühen beginnt. Dann ein Kribbeln in den Füßen, in den Händen, dann möchte sie ihre Kopfhaut kratzen, aufspringen, irgendwas tun. Aber sie wagt es nicht, unter diesem forschenden Blick von Vicky.
Alessa versucht ein Lachen, um sich von dem Blick zu befreien. »Also wirklich, Vicky, was soll das jetzt? Philipp war dein Freund!«
Vicky schweigt beharrlich.
Alessa beugt sich vor, presst die kribbelnden Hände zwischen die Knie, starrt auf den Fußboden. Unter dem Bett stehen Vickys Pantoffeln, niedliche, hellblaue Plüschpantoffeln mit einem Teddygesicht. Wenigstens etwas Lustiges in diesem ernsten Zimmer.
Alessa fragt sich, wieso keine Blumen in dem Zimmer sind. Wollte sie keine oder hat die Schwester schon alles rausgebracht?

»Sind deine Eltern von ihrer Kreuzfahrt zurück?«, fragt sie schließlich, um irgendwie das peinliche Schweigen zu beenden. Eine blödsinnige Frage, weiß sie sofort.
»Schon lange.«
»Die müssen ja vollkommen geschockt gewesen sein«, sagt Alessa.
Vicky zuckt die Schultern und verzieht dabei das Gesicht, als habe sie wieder ein Schmerz durchzuckt.
»Bist du deswegen gekommen? Um über meine Eltern zu sprechen?«, fragt Vicky schließlich.
»Ich wollte dich einfach besuchen. Und fragen, wie es dir geht. Ob ich etwas für dich tun kann.«
»Vielleicht wäre es besser gewesen, du hättest mich *das* zuerst gefragt«, sagt Vicky und dreht den Kopf weg.
»Okay, entschuldige, du hast Recht. Obwohl...«
»Du musst dich nicht entschuldigen. Nicht dafür.«
Vicky versucht sich auf die Seite zu legen und stößt einen kleinen Schmerzensschrei aus.
Alessa springt sofort auf. »Was ist? Kann ich was tun?«
»Da, in meiner Schublade«, sagt Vicky.
Alessa geht zum Nachttisch, zieht die Schublade auf.
»Das Foto«, sagt Vicky.
Alessa sieht kein Foto. Sie sieht ein Päckchen Taschentücher, eine Tüte Gummibonbons, ein kleines Make-up-Set (also doch!, denkt Alessa), zwei Bücher, die noch eingeschweißt sind, Stifte, Zettel, ein Handy, Schnickschnack.
»Unter dem Handy«, sagt Vicky.
Alessa hebt das Handy hoch.
Es ist ein Foto von Philipp. Es ist ein Foto, das abends aufgenommen wurde, dunkel. Aber Philipps Gesicht ist hell, wie von einer Straßenlaterne beleuchtet. Er hat die Hände auf die Schulter eines Mädchens mit braunen, langen Haaren gelegt.

Er lächelt das Mädchen an, und es sieht aus, als wenn die beiden sich gerade geküsst hätten. Das Mädchen sieht man nur im Halbprofil, man sieht einen silbernen Ohrring, der im Licht blitzt, und ein Stück von einem rosa Spagettiträger und einem bunten Glasperlenkettchen am Hals.

An einem Abend im September, nach einem heißen Tag, an dem Philipp zu ihr gekommen war, um ihr eine Matheaufgabe zu erklären, die sie nicht kapiert hatte, trug Alessa ein rosa T-Shirt und ein Glasperlenkettchen. Und später an dem Abend, der besonders schön war, hatte Philipp auf einmal Lust, noch spazieren zu gehen und irgendwo ein Eis zu essen.

Es war schon neun Uhr gewesen, als sie losgingen. Sie haben ein Eis am Stadtparkring gegessen, von einem Eiswagen, auf dem LIVOTTO stand. Daran erinnert Alessa sich plötzlich. Italienisches Eis, mit kleinen Schokokrümeln. Und Pfirsichsorbet, sie spürt auf einmal den Geschmack von Pfirsichsorbet, als zerliefe das Eis gerade auf ihrer Zungenspitze.

Danach hat Philipp sie wieder nach Hause gebracht, bis vor die Haustür. Irgendwie war der Abend so schön, so lau und der Himmel, obwohl es schon Nacht war, irgendwie ganz durchsichtig. Sie haben darüber geredet, wie groß das Universum ist und wie klein der Mensch.

Sie haben sich irgendetwas von sich erzählt. Von Dingen, die sie sich wünschen. Davon, was sie unter Liebe verstehen, vielleicht auch. Und wie wichtig ihnen Freundschaft ist. Und dass man eine Freundschaft nicht verraten darf. Ja. Und über Vicky. Und dass es eigentlich gemein ist, dass sie sich heimlich treffen. Und dann so glücklich sind. Und dann haben sie sich geküsst. Einmal. Und das war unfassbar schön. Da haben sie sich angeschaut, ganz verschämt, fast scheu, und den Kuss wiederholt, und ihn ausgedehnt.

Ein langer, langer Kuss.

Der schönste Kuss ihres Lebens.
Und jetzt ist Philipp tot. Schon begraben. Schon in einem Sarg unter der Erde, schwarz und feucht, und obendrauf lauter Kränze. Alessa geht jeden Tag zu dem Grab, aber sie erzählt niemandem etwas davon. Keiner weiß, dass sie jede Kranzschleife kennt, jeden Satz, der darauf steht. Wir vermissen dich. In ewiger Treue. Wir werden dich nie vergessen. Wir haben dich lieb. Ein letzter Gruß von ... Und so weiter.
Von ihr liegt kein Kranz auf dem Grab. Es gibt einen, den die Schule geschickt hat, und einen, den die Klasse in Auftrag gegeben hat. In dem Kranz von ihrer Klasse steckt eine rote Rose. Nur Alessa weiß, wer die rote Rose dorthinein gesteckt hat.
Vicky liegt mit schneeweißem Gesicht im Bett und beobachtet Alessa. Alessa hat für Sekunden vergessen, dass sie hier im Zimmer ist, mit Vicky. Sie dreht sich um. »Woher hast du das?« Sie fragt es leise. Und Vicky antwortet nicht auf die Frage. Sie stellt nur ungerührt fest: »Du weinst. Dann stimmt es also. Dann steck das Foto ein. Jetzt gleich. Und nimm die Blumen wieder mit.«
In dem Augenblick geht die Tür auf.
Ein Mann, den Alessa noch nie gesehen hat, klein, mit Bauch und Glatze, kommt herein. Er trägt eine Cordjacke und hat über dem Arm einen Regenmantel mit Burberry-Muster. Er lächelt und schaut von einem zum anderen. »Ah, ich komme ungelegen.«
Ja, möchte Alessa sagen, aber sie weicht nur einen Schritt zurück.
Der Mann erwartet keine Antwort, er geht auf das Krankenbett zu, steckt die Hand aus, obwohl Vicky keinen Muskel rührt und sagt: »Ich wollte mich nur kurz vorstellen, ich bin Gernot Uhde, der Schulpsychologe. Ich dachte, es wäre gut, wenn wir ein bisschen miteinander reden würden.«

»Jetzt?«, fragt Vicky.
Der Mann lacht, schüttelt den Kopf. »Nicht jetzt. Ich seh ja, dass ich mitten in ein Gespräch geplatzt bin. Aber vielleicht in zehn Minuten?«
Er schaut erwartungsvoll zu Alessa.
»In zehn Minuten?«, fragt Vicky. »Ist es denn wichtig?«
Der Mann verschränkt seine Finger ineinander und betrachtet die Fingernägel. Er lächelt. Er hebt die Augen. »Na ja«, sagt er. »Was ist schon wichtig, nicht? Nach so einer Tragödie.« Er holt tief Luft. »Aber weil morgen in der Schule diese Trauerfeier stattfindet und du nicht teilnehmen kannst, habe ich gemeint, es ist richtig, dich zu besuchen.« Und er setzt nach: »Um ins Gespräch zu kommen.«
»Ins Gespräch zu kommen«, wiederholt Vicky.
Wieso wiederholt sie ständig, was der Mann sagt, denkt Alessa und blickt Vicky an.
Aber dann wendet sie sich ab und geht zur Tür. Sie hat die Klinke in der Hand, winkt kurz: »Ich bin schon weg«, sagt sie. »Ich komm ein anderes Mal wieder.«
Vicky richtet sich auf. »Wann?«, ruft sie.
Alessa bleibt stehen. Ihre Blicke begegnen sich. »Weiß nicht«, sagt Alessa unsicher. »Kommt drauf an, ob du . . .« Sie vollendet den Satz nicht, weil sie sieht, wie aufmerksam der Mann zuhört.
»Ihr hattet was Wichtiges zu besprechen?«, fragt er. Seine Stimme klingt fragend. Aber doch so, als sei es nicht wirklich wichtig.
»Ja«, sagt Vicky, ohne Alessa aus den Augen zu lassen. »Etwas wirklich Wichtiges.«
Alessa winkt noch einmal, schließt die Tür hinter sich und geht in den Korridor. Dort bleibt sie stehen.
Philipp, denkt sie, oh Gott. Ich kann nicht mehr.

Und plötzlich weiß sie, dass sie gleich weinen muss und dann so viele Tränen hat, dass sie nie wieder aufhören kann. Sie stürzt zum Fenster, lehnt ihre Stirn gegen das Glas, umklammert den Fenstergriff und lässt die Tränen laufen.
Philipp.
Oh Gott.
Ich bin so traurig.
Ich weiß nicht, wie es weitergehen soll.
Was soll ich machen?
Philipp!!!
Da berührt jemand ihre Schulter.
Sie schluckt die Tränen herunter und dreht sich um.
Der Mann, Gernot Uhde, der Schulpsychologe, steht vor ihr. Er hat den Kopf zur Seite gelehnt, er mustert sie, seine Augen sind warm, aufmerksam, verständnisvoll.
»Es ist eine grauenhafte Geschichte«, sagt er.
Alessa fingert in der Jackentasche nach einem Taschentuch. Der Mann reicht ihr eines. »Du bist Alessa Lammert«, sagt er. »Hab ich eben von Vicky gehört. Hättest du nachher noch ein bisschen Zeit? Könntest du hier auf mich warten?«
Er fragt es, denkt Alessa, als wenn ich die Wahl hätte. Er ist der Psychologe, den unsere Schule sich leistet. Jetzt leistet, denkt sie. Wo es zu spät ist.
»Natürlich«, antwortet Alessa. »Klar.« Sie deutet auf das Tischchen mit den zwei Holzstühlen. »Ich warte da drüben.«
»Gut.« Gernot Uhde legt wieder seine Hand auf ihre Schulter. Er hat einen warme, angenehme Stimme. »Danke, dann bis nachher. Es kann natürlich ein bisschen dauern.«
»Macht nichts«, sagt Alessa. »Ich hab nichts vor.«
Und bin sowieso nicht in der Lage, irgendetwas zu tun, selbst, wenn ich etwas vorhätte, denkt sie.

»Ist es hier für dich in Ordnung?« Gernot Uhde hängt seinen Regenmantel über die Stuhllehne und schaut sich unschlüssig um, während er Platz nimmt.

Alessa legt die Zeitschrift zur Seite, in der sie in der letzten halben Stunde gelesen hatte. »Ich find's okay«, sagt sie.

Der Psychologe beugt sich vor. »Darf ich?« Er nimmt die Zeitschrift, in der sie geblättert hatte. Es ist ein vier Wochen alter STERN.

»Interessieren dich solche Zeitschriften?«, fragt er.

Alessa zuckt die Schultern. »Manchmal, wenn ich nichts anderes habe.«

»Darf man auch wissen, was du gelesen hast?«

Alessa wird rot. Die Frage ist peinlich. »Das Horoskop«, sagt sie.

»Ah«, Uhde lächelt. »Welches Sternzeichen bist du denn?«

»Waage.«

»Und wie sind die Aussichten?«

»Geht so.«

Er legt die Zeitschrift weg.

»Deine Freundin Vicky ist ein tapferes Mädchen«, sagt er ohne Übergang.

»Glaub ich auch.«

»Sie hat Angst um ihre Hand. Das weißt du, oder?«

»Dass sie Angst hat?«

Er nickt. »Ja, das meine ich. Spricht sie mit dir darüber?«

»Sie hat es nur kurz erwähnt«, sagt Alessa ausweichend.

Der Psychologe schaut den langen Korridor hinunter. Am anderen Ende führt eine Krankenschwester eine alte Frau, deren dünne, weiße Beine unter dem Bademantel hervorschauen, zur Toilette. Vielleicht doch kein guter Platz, um zu reden, denkt Alessa.

»Im Grunde«, sagt Gernot Uhde, »habe ich keine besonderen Fragen an dich. Ich wollte mich vorstellen, so wie ich mich bei

allen deinen Klassenkameraden vorstelle, ich wollte meine Dienste anbieten.«
»Ach so«, sagt Alessa.
Ihre Stimme klingt erleichtert und das ärgert sie. Er soll nicht wissen, dass sie sich vor dem Gespräch gefürchtet hat. »Sie reden mit allen.«
»Ja, mit allen Schülern, die dabei waren. Eine furchtbare Geschichte, immer noch unfassbar.«
Alessa nickt.
»Schläfst du gut?«, fragt der Psychologe.
Alessa schüttelt den Kopf.
»Hast du Alpträume?«
Alessa nickt. »Ist doch normal, oder?«
Darauf gibt der Mann keine Antwort. Er stellt eine neue Frage. »Und hast du jemanden, mit dem du über deine Alpträume reden kannst?«
»Nein, weiß nicht, keine Ahnung.«
»Deine Eltern?«
Alessa zuckt mit den Schultern.
»Redest du mit ihnen nicht über das, was passiert ist?«
»Nein.«
»Und warum nicht?«
»Ich will nicht.«
»Willst du nicht oder kannst du nicht?«
»Weiß nicht, beides vielleicht. Ich will das vergessen. Das will ich. Aber es ist schwer.«
»Ja«, sagt der Psychologe.
Sie schweigen. Lange.
Aus einem der Krankenzimmer hören sie eine laute, aufgeregte Stimme. Sie warten. Nichts geschieht.
»Ja«, sagt der Psychologe. »Machst du dir Vorwürfe?«, fragt er jetzt unvermittelt.

Alessa hebt den Kopf. Sie wird rot. »Vorwürfe? Wie meinen Sie das?«
»Ich weiß nicht, wie ich das meine. Ich frage nur.«
Sie schaut auf den Boden, gesprenkeltes Linoleum. Was soll sie auf die Frage antworten?
Der Mann beugt sich vor. »Ich biete dir an, jederzeit zu mir zu kommen, wenn dich etwas bedrückt.«
»Oh, danke.« Alessa wagt ein kleines Lächeln.
»Oder wenn du eine Frage hast. Wenn dir irgendetwas durch den Kopf geht, was du dir nicht erklären kannst. Hatte Ulf dir eigentlich vor der Reise erzählt, dass er einen Revolver hat?«
Alessa zuckt unter der unerwarteten Frage zusammen. Sie schüttelt heftig den Kopf.
»Aber ihr kanntet euch gut.«
»Es ging so.«
»Du kanntest Ulf besser als alle anderen in der Klasse. Vicky hat gesagt, dass ihr in der Straße von Ulfs Familie wohnt?«
»Ja, stimmt.«
»Kann man auch sagen, dass er dein Freund war?«
Alessa schüttelt den Kopf. »Zum Schluss nicht mehr.«
»Aber vorher?«
»Am Anfang wollte er das wohl, mein Freund sein. Da war alles so neu für mich, in Offenbach. Wir waren gerade umgezogen. Und ich war . . . ich wusste nicht . . . Nein, er war nicht mein Freund.«
»Verstehe.« Der Psychologe lehnt sich zurück. »Verstehe. Dein Klassenlehrer sagt, dass Ulf sich deinetwegen in die Klasse zurückversetzen ließ.«
Alessa schaut auf. Sie antwortet nicht.
Die Tür des Arztzimmers öffnet sich und ein Arzt, der sich im Laufen einen Kittel anzieht, eilt an ihnen vorbei. Das Stethos-

kop schlägt ihm gegen die Brust. Beide, Alessa und ihr Gegenüber, schauen ihm nach.

»Ich würde gerne mit dir über dieses Sommerfest reden.« Gernot Uhde spielt mit der Zeitschrift wie mit einem Daumenkino. Er schaut Alessa nicht an. »Kannst du dich daran erinnern?«

»Klar«, sagt sie.

»Es war das Fest, das in der Schule jedes Jahr am letzten Tag vor den großen Ferien gefeiert wird, nicht?«

»Ja.«

»Eine große Sache. Mit Festkomitee, mit einer Festzeitschrift, und viele Schülern haben bei den Firmen gesammelt, damit die Veranstaltung auch ein Erfolg wird. Mit Spielen, Quizshows und Disco-Nacht.«

»Ja«, sagt Alessa. »Das ist jedes Jahr ein großes Ereignis.«

»Da hat Ulf sich ja wohl ziemlich danebenbenommen«, sagt der Psychologe.

»Ja, ziemlich.«

»Alessa, könntest du mir schildern, wie du den Abend erlebt hast? Was dir an dem Abend aufgefallen ist?«

»Jetzt?«, fragt sie erschrocken.

»Ich weiß nicht, ja, am liebsten jetzt.«

»Oh.« Sie fährt sich mit den Händen durch die Haare und scharrt nervös mit den Schuhsohlen auf dem Linoleumboden. Uhde beobachtet sie.

Über einer der Zimmertüren geht eine rote Lampe an. Eine Schwester eilt den Flur entlang. Ihre weißen Schuhe machen ein quietschendes Geräusch auf dem Boden. Durch die geschlossenen Fenster hört man das Heulen einer Sirene, es klingt, als hätte sie einen Schalldämpfer.

»Wäre es dir lieber, du schreibst es mir einfach auf?«, fragt der Psychologe. »Ich habe gehört«, er lächelt jetzt aufmunternd,

»dass du sehr gerne schreibst. Du hast eine Zwei in Deutsch, nicht?«
Alessa nickt.
»Na also, vielleicht ist das eine Lösung. Hast du einen Computer?«
»Keinen eigenen«, sagt Alessa, »aber ich kann den PC meiner Mutter benutzen.«
»Mit eigenem Passwort?«
»Ja«, sagt Alessa.
»Das ist gut.« Der Mann zieht eine Visitenkarte aus einem kleinen Lederetui, das offenbar extra für Visitenkarten ist, und reicht ihr eine Karte. »Auf der Rückseite steht meine E-Mail-Adresse. Was glaubst du, wie lange du brauchst?«
Alessa dreht die Karte in der Hand. »Ich könnte es heute Abend machen«, sagt sie, »ich hab nichts vor. Und morgen ist ja...«
Sie stockt. Wenn sie an die Trauerfeier für Philipp denkt, wird ihr Gaumen ganz trocken und sie bekommt einen Hustenreiz, als müsse sie ersticken.
»Ja.« Der Psychologe nickt mitfühlend. »Vielleicht besser, du machst es heute.«
Alessa steckt die Karte in die Gesäßtasche ihrer Jeans. Sie steht auf. »Dann kann ich jetzt gehen?«
»Ja.«
Gernot Uhde erhebt sich auch, streckt ihr seine Hand hin. »Danke, dass du so kooperativ bist.«
»Oh, ist doch klar.«
»Wir versuchen zu verstehen, was passiert ist«, sagt er, »damit wir verhindern können, dass so etwas in Zukunft wieder geschieht, verstehst du?«
»Ja«, sagt Alessa. Dabei hätte sie genauso gut Nein sagen können, denn eigentlich versteht sie es nicht.

»Wir müssen herausfinden, wo wir einen Fehler gemacht haben.«
»Wir?«, fragt Alessa.
»Ja, wir. Die Schule, die Eltern, vielleicht die Gesellschaft. Wir alle.«
Die Krankenschwester mit den quietschenden Schuhsohlen kommt aus einem der Zimmer. In der Hand trägt sie eine Bettpfanne mit Deckel. Sie verschwindet in den Waschräumen.
Alessa wird immer übel, wenn sie so eine Bettpfanne sieht. Sie denkt plötzlich, dass irgendeine Schwester vielleicht auch für sie etwas Derartiges gemacht haben muss, in den Tagen, als sie im künstlichen Koma lag. Eine Zeit, von der es keine Erinnerung gibt. Es ist, als habe sie diese Tage in ihrem Leben einfach übersprungen. Als existierten sie nicht. In ihrem Terminkalender hat sie einen dicken schwarzen horizontalen Strich über die vier Tage gezogen, in denen sie nur mit dem Körper auf der Welt war, aber nicht mit ihrer Seele.
Ein komisches Gefühl. Wenn sie darüber nachdenkt, wird ihr schwindlig.
Sie geben sich die Hand. Uhde lächelt. Alessa kann nicht lächeln, sie wendet sich ab.
Alessa hat ihm schon den Rücken zugekehrt – da fragt er noch etwas und die Frage bohrt sich wie eine tiefe Spitze zwischen ihre Rippen. Sie zuckt zusammen, reckt den Hals. »Wen?«, fragt sie rau.
»Wen?«, wiederholt Uhde. »Wie meinst du das?«
»Ja, Ihre Frage. Wen soll ich geliebt haben?«
»Du weißt doch, wen ich meine, oder nicht?«
»Vielleicht.« Alessa möchte es gerne von ihm hören. Aber sie hat das Gefühl, der Psychologe wartet darauf, dass sie den Namen ausspricht. Aber sie kann nicht.

»Ich weiß nicht, vielleicht. Nein. Er ist . . . Vickys Freund«, sagt sie. »Das wissen doch alle.«
Der Psychologe korrigiert sie sanft. »Philipp *war* Vickys Freund.«
Sie schauen sich an.
Alessa fühlt, wie wieder die Tränen aufsteigen. Sie stürzt davon, den Flur hinunter, vor der Glastür stößt sie mit einem Besucher zusammen, einem Mann, der einen großen, in Cellophan verpackten Lilienstrauß vor sich hält, dass er fast nichts sehen kann.
Als sie durch das Portal ins Freie läuft, sieht sie den Mond. Er ist nur eine schmale helle Sichel in der Dämmerung.
Einmal, als sie sich heimlich mit Philipp getroffen hat, am Frankfurter Mainufer, in einer mondhellen Nacht, hat Philipp gesagt: »Immer, wenn ich jetzt den Mond angucke, werde ich an diesen Abend denken. An dich.«
Das war schön.
»Und ich an dich«, hat sie darauf erwidert.
Sie hockten auf der Mainmauer, die Hände aufgestützt auf dem moosigen alten Stein. Und sie hat gefühlt, wie Philipps warme Finger sich auf ihre Hand legten. Und wie er anfing, mit ihren Fingern zu spielen. Und sie hat seine Berührung erwidert. Und so haben sie gesessen und den Mond angeschaut. Und nichts gesagt. Und mehr ist nicht passiert.
Aber es war so schön, denkt Alessa, dass man ein Leben lang weinen muss, wenn man an den Augenblick zurückdenkt.

Von: Alessa.Lammert@gmx.de
An: Gernot.Uhde@t-online.de

Sehr geehrter Herr Uhde,
ich soll ja aufschreiben, was auf dem Sommerfest passiert ist.
Also: Das Fest war am 5. Juli, das war ein Dienstag. Es fand in der Aula statt.

Die Aula war von den neunten und zehnten Klassen geschmückt worden. Jedes Jahr hat das Fest ein anderes Motto. Dieses Jahr hieß es: Wir sind e i n e Welt. Das haben sie in ganz vielen Sprachen auf große Bettlaken geschrieben und diese dann auf der Bühne und überall in der Aula aufgehängt, dazu gab es eine Video-Show, in der Menschen aus aller Welt gezeigt wurden, Chinesen, Eskimos, Indianer, Menschen aus aller Herren Länder.

Und es wurde auch Musik gespielt, am Anfang, als noch nicht getanzt wurde, Musik, die aus der ganzen Welt kam.

Unser Lehrer, Rufus Grevenich, hat gesagt, das soll ein Beitrag für die Integration der Ausländer an unserer Schule sein, in den letzten Jahren sind viele aus Weißrussland, aus dem Kosovo, Serbien und so gekommen. Wir haben auch viele Türken an unserer Schule und mindestens sieben oder acht Schüler aus Ghana, in Afrika. Einer, Botho, kommt aus Nigeria. Der ging zusammen mit Ulf in dessen frühere Klasse.

Botho spielt Handball in der Regionalliga. Er ist ein Ass.

Wir haben alle vorher nicht gewusst, dass Ulf so einen Hass auf Botho hat . . .

Jetzt fällt mir übrigens gerade ein, dass wir eine Weile zuvor noch eine Arbeit in Gesellschaftskunde zurückbekommen hatten. Da ging es um unseren Staat, um die Situation nach der Wiedervereinigung. Ulf hatte eine Sechs bekommen. Thema verfehlt, glaube ich, hatte der Lehrer gesagt.

Ulf hatte die Arbeit, vor den Augen des Lehrers, in kleine Stücke zerrissen. Und als der Lehrer fragte, was das soll, hat er gesagt: »Dieses Scheiß-System ist verrottet. Aber das will hier ja keiner merken. Ihr wartet ja einfach ab, bis alles explodiert.«

Es war ziemlich peinlich, ein paar Leute haben gelacht, ein paar waren sauer, weil sie immer auf Ulf sauer waren. Ulf hat einen Eintrag ins Klassenbuch gekriegt und dann war wieder Ruhe . . .

Ich war pünktlich gegen achtzehn Uhr da. Da gab es schon eine Schlange am Eingang, jeder bekam ein Bändchen um den Arm, damit er rein- und rauskonnte. Es gibt Kontrollen an der Schule bei solchen Festen, weil sich früher oft Leute eingeschmuggelt hatten, die nicht dazugehörten, einfach um gratis zu essen und zu trinken; oder ein Mädchen hatte ihren Freund mitgebracht und umgekehrt, da gab es dann meistens Zoff. Deshalb wurde das mit dem Bändchen eingeführt.

Bei den Festen gibt es keine Tischordnung oder Sitzordnung oder so etwas. Denn der Sinn ist ja, dass sich die Klassen untereinander vermischen und neue Kontakte entstehen und so. Dass man sich besser kennen lernt und es dadurch vielleicht weniger Reibereien im Schulbetrieb gibt.

Aber irgendwie wird es dann doch immer so, dass die alten Cliquen wieder zusammenhocken. Weil man sich eben am meisten zu erzählen hat, und miteinander am meisten Spaß hat. Ich war also auch mit meiner Clique zusammen. Tamara, Guido, Vicky, Philipp. Guido hatte uns einen Superplatz organisiert, mit Überblick, nah genug zur Bar und zum Büfett.

Guido war losgezogen, um eine große Platte mit Buletten und Pizzastücken für alle zu besorgen, und Philipp stand mit Vicky in der Schlange an der Bar. Tamara und ich hielten die Stellung und verteidigten unsere schönen Plätze – wir hatten die einzigen gepolsterten Stühle – gegen die anderen.

Es war eine gute Stimmung, gleich von Anfang an. Die Fenster waren weit geöffnet, weil es draußen warm war. Ich fand auch, dass alle sich schick gemacht hatten, sogar die Jungs hatten alle irgendwas Besonderes an, was selten ist.

Dann wurde die Musik abgestellt, und der Rektor hielt eine kleine Ansprache ... dass er uns Spaß wünscht und das Übliche; er hat auch was zu dem Motto des Abends gesagt, von wegen, dass wir alle lernen müssen, besser miteinander umzugehen und die Fremden liebevoller aufzunehmen. Mit offenen Armen sozusagen. Daraufhin hab ich meine Arme ausgebreitet und Botho umarmt, der direkt neben mir stand, mit einem Colabecher in der Hand.

Wir haben Blödsinn gemacht, während der Rektor redete, aber nur leise. Es ist ja immer so, dass dazwischen gequatscht und gelacht wird, wenn jemand eine knochentrockene Ansprache hält. Ich glaube, der Rektor war nicht sauer, er kannte das, er hatte ein Mikrofon und konnte uns gut übertönen.

Und dann hat unser Klassenlehrer das Mikrofon genommen und etwas zum Musikprogramm gesagt. Irgendwas über die Musik der Aborigines aus Australien, und wie viel Ähnlichkeit die mit der Musik der Eskimos habe und dass es immer noch keine Erklärung für so was gibt. Na ja.

Und als er endete, ging die große Tür zur Aula auf – die Kontrollen hatten ihren Tisch nach innen geräumt, um alles mitzubekommen, was passierte, und dann tauchte so ein Typ auf. Das war der Wahnsinn.

Wir haben Ulf nicht gleich erkannt. Wie denn auch, denn er trug ja diese Kapuze. Diesen weißen, spitzen Hut, in den nur zwei Löcher für die Augen und ein Loch für den Mund geschnitten waren. Und einen weißen Umhang. Er sah auf den ersten Blick wie ein verhunztes Gespenst aus, mehr aus einem KIKA-Film für Babys, damit sie sich fürchten. Die Leute, die ihn sahen, haben erst mal nur gelacht.

Aber dann brüllte Ulf plötzlich los, gegen die Musik an. Ich verstand nur: »Nigger« und ». . . die Musik dieser Scheiß-Nigger . . .«.

Rufus, unser Klassenlehrer, hat ihn nicht gehört, weil er gerade am Mischpult war und anschließend irgendeine Musik, die er auf Kassette hatte, einlegen wollte. Als der laufende Song zu Ende ging, dauerte es einen Augenblick, ehe Rufus das neue Band zum Laufen gebracht hatte. Irgendjemand sagte in die Stille: »Ulf spielt Ku-Klux-Klan.«

Und Botho: »Hey! Das sind die übelsten Rassisten.«

Und ich: »Das ist doch nur das Gespenst von Canterville.« Und da haben alle laut gelacht.

Dann kam die neue Musik, irgend so Klänge von afrikanischen Instrumenten in einem wahnsinnigen Rhythmus und ein Männerchor dazu – Ethno, wie man das nennt. Und als unser Klassenlehrer sich umdrehte, war dieses Gespenst bei ihm, dieser Ulf, schob ihn zur Seite und riss, während die Musik lief, die Kassette einfach raus, dann das Band, eine einzige endlose Schlange Cellophan, und trampelte mit seinen Füßen darauf herum.

Das war total blöde. Und Rufus Grevenich stand wie gelähmt daneben.

Ein paar Leute riefen irgendetwas und da hob der Typ beide Hände, so in Hüfthöhe, und machte, den Daumen nach oben gestreckt, den Zeigefinger

nach vorn, aus seinen Händen Revolver, und zielte auf uns, der Reihe nach, und aus seinem Mund hinter der Maske kamen Geräusche wie von einer Pumpgun, die feuert, so: Wum-Wum-Wum. Als wollte er sagen: Ihr seid alle tot.
Da fand Rufus, unser Lehrer, endlich seine Fassung wieder und packte den Typen und riss ihm die Kapuze runter.
Und da haben alle gesehen, dass es Ulf war.
Verstehen Sie, das war eine total bescheuerte Aktion, die niemand verstanden hat. Der Rektor ist ausgerastet, klar, und hat Ulf dann – durch das Mikrofon – Hausverbot erteilt. Jedenfalls bis zum nächsten Tag. Diesen Abend sollte er nicht weiter stören. »Du verlässt sofort die Aula und kommst heute bitte nicht wieder«, hat der Rektor gesagt. Sogar »bitte«. Das hab ich genau gehört und noch gedacht, solche Höflichkeit ist aber so was von verschwendet!
Und Ulf hörte nicht auf den Rektor. Er rastete total aus. Ich kann das nicht anders beschreiben. Er beschimpfte unseren Klassenlehrer. Er sagte: »Wegen Typen wie dir ist unsere Welt am Arsch. Weil du nicht kapierst, was eigentlich läuft, nämlich dass die Ratten an der Macht sind.« So was Ähnliches. Total wirr. Aber man ahnte, was er meinte, weil Rufus mal erzählt hatte, dass er für die Grünen kandidieren wollte. Und weil alle wussten, dass Afrika sein Traumland ist. Einmal, als er im Unterricht davon schwärmte, hatte Ulf schon komische Bemerkungen darüber fallen lassen.
Jedenfalls haben sie versucht Ulf aus dem Saal zu schieben. Aber Ulf hat sich gewehrt.
Andere Schüler sind dem Rektor und Rufus Grevenich zu Hilfe gekommen. Auch Philipp. Er hat Ulf im Schraubstock gehabt und Ulf hat ihn in die Hand gebissen. Es war ein richtiger Tumult, ich konnte nicht alles sehen, was da ablief. Bis Ulf auf mich zulief – ich stand ja neben Botho, immer noch, auf Zehenspitzen, weil ich nicht richtig was sehen konnte – und er Botho mit der Faust gegen die Brust schlug und mich schnappte, so Arm in Arm, aber grob, dass es wehtat. Ich glaub, ich hab geschrien. »Bist du verrückt?«, oder so was und hab mich gewehrt.

Aber Ulf hat mich wie ein Brustschild, so einen lebenden Schutzschild, vor sich hingehalten und ist durch die Menge wieder nach draußen.

Dann, vor der Tür, hat er gesagt: »Da haben wir nichts verloren. Das sind alles hirnlose Idioten. Zu denen gehören wir nicht. Wir sind was Besseres.«

»Hey«, hab ich gerufen, »wer ist hier der Idiot?«

Dann sind die anderen gekommen, eine ganze Meute. Die dachten vielleicht, sie müssten mich retten.

Die haben Ulf zusammengeschlagen. Irgendwie war da auf einmal eine unheimliche Aggression. So als wenn sie sich alle schon mal gewünscht hätten, es Ulf zu zeigen. Das fand ich auch wieder nicht richtig – ich meine, sie finden Ulf erst schlimm, und dann begeben sie sich genau auf sein Niveau, das ist doch blöd. Außerdem bin ich gegen jede Art von Gewalt ... Ich hab mich also dazwischengeworfen und hab geschrien: »Lasst ihn in Ruhe. Hört auf!«

Aber das hat die Sache noch schlimmer gemacht, weil sie dachten, ich hätte eben doch was mit Ulf. Und haben mich sozusagen gleich mit ihm in einen Topf gesteckt. Es war idiotisch.

Aber dann – es kam mir wie eine Ewigkeit vor – hatten die Lehrer irgendwann alles wieder unter Kontrolle.

Ulf blutete, seine Lippe war geplatzt, und ich merkte, dass mir eine Beule am Kopf wuchs. Jemand hatte mir den Arm verrenkt, das tat höllisch weh.

Die Lehrer waren supersauer, dass so etwas an unserer Schule, auf unserem schönen Fest, passierte, und irgendwie kapierte keiner, warum es geschehen war.

Also, warum Ulf dieses lächerliche Ku-Klux-Klan-Kostüm anhatte – total unbegreiflich.

Der Rektor hat sich Ulf dann doch noch vorgeknöpft und gesagt, er müsse damit rechnen, dass man ihn von der Schule weisen würde. Wegen groben Ungehorsams oder Unfugs oder so. Er würde jedenfalls einen Brief bekommen. Seine Eltern auch.

Ulf hat überhaupt nicht reagiert, er hat mich angeschaut. Die ganze Zeit. Das war schon irre, ich spürte ständig seinen Blick. Bohrend nennt man das wohl.

»Kommst du mit?«, hat er schließlich gefragt. Da waren der Rektor und die meisten anderen schon in den Saal gegangen.
»Wohin?«
»Weg«, hat er gesagt.
»Wieso?«, hab ich gesagt. »Das Fest hat gerade erst angefangen.«
»Das ist ein Scheißfest mit Scheißleuten«, hat er gesagt. »Ich zeig dir, wo es besser ist.«
Aber ich wollte nicht. Ich hatte absolut keine Lust, mit Ulf irgendwohin zu gehen.
»Wir könnten was trinken«, hat er vorgeschlagen.
Aber ich hab gemeint, es gäbe ja da drin was zu trinken.
»Da darf ich ja nicht mehr rein.«
»Warum wohl nicht«, habe ich gesagt.
So ging das hin und her und Ulf hielt mich dabei fest.
Und dann wuchs meine Beule auf dem Kopf, und ich hab mich losgemacht und bin auf die Toilette und hab gesehen, dass ich wirklich bekloppt aussah, mit einer Beule wie ein Horn mitten auf der Stirn.
Das Make-up war auch völlig verschmiert, die Frisur kaputt.
Ich war am Ende. Ich hatte keine Lust mehr auf das Fest. Mein Kopf tat weh.
Es war vielleicht idiotisch, aber ich bin aus dem Klofenster geklettert und nach Hause gegangen.
Meine Eltern waren nicht da, ich hab mich sofort ins Bett gelegt ...

Es war das blödeste Sommerfest meines Lebens.
Ich weiß von den anderen, dass sie angenommen hatten, ich wäre mit Ulf weggegangen. Das ist aber nicht wahr.
Ich hab ihn weder an dem Abend noch am nächsten Tag gesehen.
Und Ulf ist dann ja mit seinen komischen Leuten aus dem Schützenverein in so ein Trainingslager gefahren. Ich hab das nicht genau verstanden. Hat mich auch nicht interessiert. Ich glaube, irgendwo in Mecklenburg. Da haben die so Anlagen, an denen Privatleute unter Anleitung von Security-Mannschaften trainieren können, auf einem Truppenübungsplatz der ehe-

maligen DDR. Ich glaube, sie haben da in den alten Kasernen gewohnt. Ulf fand das super. Ich weiß es von seiner Mutter.
Ich bin in den Sommerferien zu meiner Freundin Tini gefahren, nach Starnberg, wo ich früher gelebt hab. Und da war es superschön. Und das hier hat mich alles nicht mehr interessiert.
Nach den Ferien wurde von dem Vorfall auf dem Fest öffentlich nicht mehr geredet, vielleicht wollte man Gras über die Sache wachsen lassen oder es hatte interne Treffen zwischen den Lehrern und Ulfs Eltern gegeben, keine Ahnung . . .
Das war vielleicht falsch. Ich meine, dass wir einfach nicht wussten, was da hinter den Kulissen mit Ulf passierte.
Ulf kam jedenfalls nach den Ferien wie immer mit dieser blöden Aktenmappe wieder in die Schule. Und saß wie immer allein an seinem Tisch und hat nicht mit uns geredet. Mit mir nicht, mit den anderen aber auch nicht.
Mir war das egal. Ich hatte in den folgenden Wochen meine eigenen Probleme.

Reicht das?
An mehr kann ich mich jedenfalls nicht erinnern.

Hochachtungsvoll
Alessa Lammert

Ja, so war es, denkt Alessa und klickt auf »Senden«. Ich hatte meine eigenen Probleme, mit mir und Philipp, oder besser mit Vicky und Philipp und mit mir selbst . . . Alessa erinnert sich.
Es war Samstagnachmittag, der Beginn eines langen Wochenendes, an dem sie nichts mit sich anzufangen wusste.
Vicky war nicht da und Philipp auch nicht.
Und das Schlimmste war, dass beide zusammen unterwegs waren. Philipp war nominiert für einen Musikwettbewerb in

Köln, der von der katholischen Kirche veranstaltet wurde. Er war für das Fach Klarinette benannt worden, auf Initiative der Musiklehrerin, die gute Kontakte zur Diözese von Köln hatte. Die Nominierung fand im Winter statt, zu der Zeit, als Vicky und Philipp gerade ihre Liebe – jeweils mehr oder weniger – füreinander entdeckt hatten, und deshalb war er auf die Idee gekommen, Vicky einzuladen, mit nach Köln zu fahren, im September.

Vicky hatte diese Einladung nicht einen einzigen Tag vergessen, sie hatte lauter rote Herzen in ihren Terminkalender geklebt, und mit ihrem fettesten Lippenstift ein großes P über den Tag gemalt.

Und Philipp hatte nicht den Mut, Vicky zu sagen, dass er sie lieber nicht mit dabeihaben wollte. Er hatte ja überhaupt wenig Mut.

Das einzige Mal, dass er Mut gezeigt hatte, war bei diesem Kuss, abends vor ihrer, Alessas, Haustür, der so schön gewesen war und alles veränderte ... und Philipp in eine große Krise stürzte.

»Ich kann doch meine Freundin nicht mit ihrer besten Freundin betrügen!«, sagte er. »Das geht überhaupt nicht! Das ist so was von eklig und fies. Was mach ich bloß?«

»Sag es ihr einfach«, schlug Alessa vor. »Die Wahrheit ist immer das Beste.«

Philipp erbat sich Bedenkzeit und zwei Tage später sagte er zu ihr: »Und wie wäre es, wenn du es ihr sagst? Euch beide geht das genauso an.«

»Aber du bist wichtiger für Vicky als ich«, hatte sie geantwortet. »Also du sagst es ihr!« Und außerdem fand sie, es war sein Part und nicht ihrer.

»Ja, okay, mach ich.« Philipp wirkte zerknirscht und zerknautscht. Er wand sich, er wollte nicht, er fürchtete sich vor

Vickys Tränen, vor ihrer Wut, ihrer Eifersucht. Außerdem war es schön, von Vicky bewundert und angehimmelt zu werden. Vicky überhäufte ihn mit Geschenken, kaufte Karten für Livekonzerte, brannte CDs mit seiner Lieblingsmusik und hatte ihm ihren MP3-Player geschenkt, als seiner geklaut wurde. Das würde Philipp ihr nie vergessen. »Das war so was von selbstlos«, sagte er, »ich hätte das nie gebracht.«

»Wenn man verliebt ist, macht man so was«, hatte Alessa gesagt. »Das ist normal.«

»Für mich nicht«, hatte Philipp entgegnet.

Und er hatte sie gefragt, ob er Vicky den MP3-Player wohl zurückgeben müsse, wenn sie erfahren würde, dass er jetzt in sie, Alessa, verliebt war.

»Keine Ahnung«, hatte sie geknurrt. Und hinzugefügt: »Was ist für dich eigentlich wichtiger: das blöde Teil oder eine Freundin?«

Da hatte Philipp nur gelacht, und darüber hatte sie sich geärgert. Alessa erinnert sich, sie hatte Tag für Tag und Woche für Woche darauf gewartet, dass Philipp diese Aussprache mit Vicky endlich führte.

So lange, wie Vicky nichts ahnte, durfte auch sonst in der Klasse keiner wissen, dass Philipp und sie jetzt zusammen waren. Niemand durfte es wissen.

Sie fand das blöd, diese Geheimnistuerei, sie hätte gerne allen erzählt, wie verliebt sie in Philipp war und wie toll sie zusammenpassten. Nicht einmal ihre Mutter durfte es wissen. Damit sie sich nicht aus Versehen verplapperte, wenn Vicky bei ihnen zu Hause war.

Wenn Philipp nachmittags oder abends vorbeikam, nur für einen schnellen Kuss und ein paar Zärtlichkeiten, dann tat sie immer so, als müssten sie etwas wegen der Schule besprechen.

Alles, was er tat, war, sich immer seltener mit Vicky zu verabreden, er gab alle möglichen Gründe vor, warum er keine Zeit hatte, und Vicky wurde immer misstrauischer.

Alessa weiß noch, wie schlecht sie sich damals vorkam. Sie stand zwischen allen Fronten. Sie war Vickys beste Freundin, der seelische Mülleimer für Vickys Sorgen und allen Liebeskummer, und gleichzeitig beging sie den größten denkbaren Betrug.
Manchmal, wenn sie abends in ihrem Bett lag und nicht einschlafen konnte, dachte sie: Ich muss mit Philipp Schluss machen. Das muss aufhören. Morgen früh sag ich es ihm. Vergiss es, werde ich sagen, es hat keinen Sinn, ich will Vicky wieder unbelastet unter die Augen treten können.
Aber wenn der Morgen kam und sie sich vorstellte, dass sie keinen Freund mehr hätte, niemanden, der sie abends besuchte, keinen, der sie küsste und in den Arm nahm, dann fürchtete sie sich so vor dieser Leere, dass sie doch den Mut nicht fand, mit Philipp zu sprechen.
So verging Tag um Tag, Woche um Woche.
Ihre Mutter fand, dass sie schlecht aussah, und machte sich Sorgen wegen der tiefen Augenränder und der blassen Haut ihrer Tochter. »Du siehst so müde aus«, hatte sie oft gesagt, »was ist nur mit dir los, Schätzchen?«
Sie hatte dann Ausreden erfunden. Sie hatte ihre Tage, sie musste für eine Arbeit büffeln, sie glaubte, dass sie Grippe bekäme.
Alessa seufzt auf, als diese Wochen jetzt vor ihrem inneren Auge nochmals ablaufen. Wochen, in denen es ihr gut ging und dann wieder schlecht, und schlecht und wieder gut. Eine Zeit, in der sie nicht nach links oder rechts schaute, in der sie Ulf fast völlig aus den Augen verlor.

Wegen der Trauerfeier fällt der normale Unterricht an der Schule aus. Die Schüler sind per Rundbrief gebeten worden, sich »in angemessener Kleidung« am 30. Oktober um zehn Uhr vormittags in der Aula einzufinden.
»Möglicherweise«, steht in dem Rundbrief, »werden auch Vertreter der Presse anwesend sein. Die Schulleitung empfiehlt, keine Interviews zu geben und keine Meinungen zu äußern vor laufenden Kameras. Dieses ist jedoch nur eine Empfehlung, jeder Schüler kann selbstverständlich für sich entscheiden, wie er sich verhalten möchte.«
Alessa macht sich über die Presse keine Gedanken. Wer sollte schon an ihr interessiert sein.
Sie ist an dem Morgen mit rasenden Kopfschmerzen aufgewacht und hat zwei Aspirin geschluckt, auf nüchternen Magen, mit dem Zahnputzwasser.
»Du bist ja ganz grün«, sagte ihre Mutter, der sie im Flur begegnete.
Miriam geht, seitdem das Unglück passiert ist, nicht mehr zur Arbeit.
Sie gibt sich auch ein bisschen die Schuld daran, obwohl das Unsinn ist, findet Alessa. Sie meint, wenn sie immer zu Hause geblieben wäre, hätte sie früher mitbekommen, dass sich da etwas Furchtbares anbahnt.
Aber wie hätte sie es mitbekommen sollen?

Alessa trägt eine weiße Bluse zur schwarzen Hose. Wahrscheinlich wird sie in der Aula frieren, aber sie hat keine schwarze Strickjacke, auch kein schwarzes Shirt, und sie weigerte sich, etwas passendes Schwarzes zu kaufen – es kam ihr so »äußerlich« vor, es zeigte nicht, wie traurig sie war. Auch wollte sie nichts von ihrer Mutter anziehen, die vorsichtig versuchte ihr irgendeinen schwarzen Pulli aufzudrängen. Miriam

meinte, sie könne ihn doch einfach um die Schultern schlingen, aber das findet Alessa total daneben.
»Das sieht doch affektiert aus«, sagt sie. »So eine Trauerfeier ist keine Modenschau.«
Ihre Mutter lächelt müde, hebt die Schultern und murmelt: »Als wenn ich das nicht wüsste.«
Sie beide haben in der letzten Zeit Probleme. Sie reden aneinander vorbei, sie gehen sich auch aus dem Weg. Seit Alessa von den Eltern aus dem Krankenhaus abgeholt wurde, haben sie keinen Abend miteinander verbracht, so wie früher, mit Reden, so, als hätten sie jetzt Angst vor diesen Gesprächen.
Einmal hörte Alessa, wie ihre Mutter sagte: »Ich hätte mir gewünscht, dass sie nicht so schnell erwachsen wird. Und dass es auf eine andere Weise geschieht.«
»Man kann sich vieles wünschen«, hatte ihr Vater darauf geantwortet. »Aber letzten Endes passiert doch, was passieren soll.«
Alessa hat keine Ahnung, was ihre Mutter gemeint hatte. Ist sie schnell erwachsen geworden? Vielleicht.
Vielleicht hat sie, als sie noch in Starnberg lebten, das Leben für einfach gehalten, vielleicht hat sie damals gedacht, sie hätte alles im Griff.
Lächerlich. Man hat gar nichts im Griff. Gestern, als sie durch das raschelnde Herbstlaub gelaufen ist, stundenlang, durch den Wald bei Neu-Isenburg – den sie gut kennt, weil sie im Sommer da oft mit dem Fahrrad unterwegs gewesen waren, die ganze Clique –, da hat sie eine Weile unter einem Ahorn gestanden, der feuerrote Blätter hatte, auch gelbe, leuchtende. Sie hat zugesehen, wie die Windböen an den Blättern zerrten und rüttelten, wie die Blätter sich lösten von den Zweigen, wie sie fielen und dann, wenn ein Windstoß kam, auf einmal wieder hochgewirbelt wurden in die Luft,

um irgendwo, an einer ganz anderen Stelle als vermutet, auf den Boden zu sinken.

Komischerweise hat sie sich da einen Augenblick lang vorstellen können, dass diese Blätter wie Menschenleben wären. Und sie hat sich eines ausgesucht, ein besonders schönes, und gedacht: Okay, das bin jetzt ich.

Dieses Blatt hat sehr lange gekämpft gegen den Wind, hat sich sehr lange an den Ast geklammert; als es dann fiel, kam ein Windstoß und trieb es vor sich her. Das Blatt klebte sekundenlang, zitternd, an einem hohen Maschendrahtzaun, der um einen Trafo errichtet war, löste sich aber, wirbelte wieder hoch und sank dann, ganz sanft, hinter einer Bodenwelle ins Gras. Als Alessa nach dem Blatt schauen wollte, lagen da viele schöne gelbe Ahornblätter. Und sie wusste nicht mehr, welches davon »sie« war.

Ein kleiner Bach schlängelte sich durch die Wiese und sie sah Blätter, die genau so waren wie ihres, sie trieben auf dem Wasser dahin.

Da hat sie leise gesagt: »Philipp, jetzt du.«

Sie hat sich ein anderes Blatt gesucht, von einem der ausladenden Zweige, ganz oben und ganz dunkelrot, man konnte sehen, dass es gleich fallen würde. Sie hat es minutenlang beobachtet, hinter dem Baum trieben die Wolken, und es war, als würde der Baum schweben, von rechts nach links.

Windböen bliesen ihr das Haar in die Augen, bis sie tränten. Eine schwarze kleine Wolke entlud sich direkt über ihr und sie wurde pitschnass, in Sekundenschnelle. Das Blatt aber hing immer noch an seinem Ast.

Am Abend stand sie am Fenster und wartete auf den Mond. Sie dachte, wenn der Mond sich blicken lässt, dann kann ich schlafen.

Es sind Wolkentürme am Himmel gewesen in der Dämme-

rung und Alessa hat eigentlich kaum Hoffnung auf Mondlicht gehabt, weil der Wetterbericht von einer Regenfront geredet hatte, die am Abend durchziehen sollte. Sie brauchte nur ein kleines winziges Loch in den Wolken und es müsste im gleichen Augenblick der Mond an dieser Stelle sein. Wenn ich den Mond jetzt sehe, dachte sie, dann weiß ich, dass in meinem Leben irgendwann einmal wieder etwas Schönes passiert.
Aber der Mond ließ sich nicht blicken.
Warum auch? Es gab nichts Schönes mehr in ihrem Leben. Philipp war tot.

Alessa tritt aus der Tür. Alles ist grau heute Morgen. Grau. Nass und windig.
Sie steht vor ihrem Haus, den Schal dreimal um den Hals gewickelt.
Gegenüber, im Haus Nr. 14 A, sind bei den Fenstern im vierten Stock die Rollläden heruntergelassen, weiße Rollläden aus Plexiglas. Wie abgeschottet ist die Wohnung, in der Ulfs Eltern leben. Alessa sieht nun genau, welche Fenster zu der Wohnung gehören. Und sie weiß, wer von dort aus mit dem Fernglas immer zu ihr rüberschaute.
Alessa wartet auf ihren Vater, der das Auto aus der Garage holt. Ihr Vater meint, diesen Weg sollte sie nicht allein machen.
Der Wagen hält mit laufendem Motor, ihr Vater öffnet von innen die Beifahrertür. »Wink deiner Mutter noch mal«, bittet er. Und Alessa, brav, wendet sich halb um und winkt zum Küchenfenster hinauf, wo ihre Mutter steht, eingemummelt in ihren Bademantel. Sie winkt nicht zurück. Sie hat die Arme um die Brust gelegt, als müsse sie sich an sich selber festhalten.
Alessa lässt ihre Hand sinken.
Mit dem Auto nimmt man einen anderen Weg als zu Fuß. Zu

Fuß kann man abkürzen und die Renkestraße nehmen, die eine Einbahnstraße ist, mit dem Auto geht das nicht, es wäre die falsche Richtung.

Ihr Vater hat sich für zwei Stunden im Baumarkt abgemeldet. »Ich bring heute meine Tochter in die Schule, zu der Trauerfeier«, hat er am Telefon gemeldet. Alessa hat es gehört. Sie kann sich vorstellen, wie die Sekretärin am anderen Ende irgendetwas Mitfühlendes gesagt hat.

Es gibt niemanden, der die Geschichte nicht kennt. Die Zeitungen waren voll davon. Die Medien hatten wochenlang ihr Thema und nicht alle Journalisten bemühten sich darum, objektive Darstellungen zu liefern. Es gab viele Sensationsberichte.

Alessa hat kaum etwas davon gelesen oder sich im Fernsehen angeschaut.

Es war sogar jemand vom SPIEGEL in der Schule gewesen, um zu recherchieren, ob die Tat unter Drogeneinfluss geschehen sei, der SPIEGEL machte eine große Geschichte über das Thema »Gewalt und Drogen an deutschen Schulen«.

Darüber haben sie mit Rufus Grevenich geredet. Alle fanden, dass diese Recherchen zehn Jahre zu spät kamen. Aber das sollte mal einer einem arroganten Typen vom SPIEGEL sagen...

»Alles okay?«, fragt ihr Vater besorgt. Er fährt langsam. Viel langsamer als gewöhnlich. Eigentlich tritt Alessas Vater gern aufs Gaspedal. Dann sagt ihre Mutter immer: »Willst du die Formel 1 gewinnen?«

Aber heute fährt er langsam, fast feierlich. Das geht Alessa auf die Nerven. Sie denkt: Ich bin nicht krank. Ich muss nicht wie eine Kranke behandelt werden. Ich bin nur unheimlich müde. Und traurig. Und leer .

Ihr Vater räuspert sich. Er hält mit beiden Händen das Steuerrad fest, als könnte es ihm aus den Händen rutschen. Er starrt geradeaus, er räuspert sich mehrfach.

»Das ist ein schlimmer Tag heute«, sagt er, »ich weiß, aber du musst dir immer vorstellen...«

»Papi«, sagt Alessa, »schon gut.«

»Du musst dir immer vorstellen«, wiederholt er, »dass wir in Gedanken bei dir sind. Wir haben dich lieb, Alessa, und wir fühlen mit dir. Es ist furchtbar, was geschehen ist, und du bist noch etwas durcheinander.«

»Ich bin nicht durcheinander, Papi.«

»Gut.« Ein ungläubiger Seitenblick ihres Vaters. »Du bist nicht durcheinander. Sagen wir, du stehst noch ein bisschen unter Schock.«

»Papi! Wir haben in der Schule einen Psychologen! Und in der Kirche gibt es einen Pfarrer! Ich brauche keinen Beichtvater.«

Das war gemein, es tut ihr im gleichen Augenblick Leid. Sie versteht sich selbst nicht, dass sie immer so kratzbürstig, so abweisend ist. Aber ihre Eltern drängen sich zu sehr in ihr Leben.

Und das geht nicht. Das kann sie nicht zulassen.

»Ich muss da einfach durch«, sagt sie, als wäre das eine Entschuldigung für ihre Ruppigkeit. »Jedenfalls danke.«

Ihr Vater presst die Lippen zusammen. Er steuert den Wagen weiter sehr vorsichtig, als wäre er aus Glas.

»Wir können froh sein«, sagt er, »dass es nicht in der Schule passiert ist.«

Alessa antwortet nicht. Ihr ist nicht klar, was er sagen will. Aber er redet schon weiter.

»Dann wäre es wirklich schlimm. Weil dann die Schule sozusagen befleckt wäre, verstehst du? Die Schule wäre das Symbol für die Gewalt. Und für eure Schutzlosigkeit!«

»Hast du das irgendwo gelesen?«, fragt Alessa.

Wieder ein kurzer Seitenblick ihres Vaters. »Nein«, sagt er ruhig, »ich habe mir nur erlaubt, darüber nachzudenken, was du fühlen würdest, wenn es so wäre. Und es soll dich trösten. Denn in diese Jugendherberge nach Weißenburg wirst du nie wieder kommen, die wird irgendwann in deiner Erinnerung verblassen.«
Alessa schweigt. Sie denkt: Er hat keine Ahnung. Null. Wie soll die Erinnerung verblassen?
Wie wohl?
Wie soll das gehen?
Ich träume doch immerzu davon. Ich wach doch jede Nacht hundertmal auf. Ihre Eltern wissen, dass sie nachts unter die Dusche geht, weil sie schweißgebadet ist. Sie wissen es und denken trotzdem, dass sie alles vergessen kann.
In den ersten Nächten ist ihre Mutter mit aufgestanden, hat gefragt, ob sie etwas für Alessa tun kann. Aber sie hat nur den Kopf geschüttelt.
Mittags, wenn Alessa aus der Schule kommt, liegt ihr Kopfkissen immer zum Lüften im offenen Fenster, bei gutem Wetter; wenn es regnet, liegt es auf der Heizung.
Jeden Morgen erwacht sie auf einem nassen Kopfkissen und kann sich nicht erinnern, dass sie geweint hat.
»Dies wird ein schwerer Vormittag, eine schwere Stunde«, sagt ihr Vater, »aber auch sie geht vorbei.«
Ich halte es nicht aus, denkt Alessa. Ihre Hand verkrampft sich um den Türgriff.
»Die anderen müssen da doch auch durch«, sagt sie. »Können wir einfach ganz ruhig zur Schule fahren? Ohne zu sprechen? Bitte!«
Ihr Vater nickt. »Gut«, sagt er. »Gut, ich wollte nur helfen.«
»Danke«, murmelt Alessa.
Danach schweigen sie.

Vor der Schule drängen sich Menschen. Viele sind tiefschwarz gekleidet, weil sie an der Trauerfeier teilnehmen werden, aber viele sind auch Schaulustige, Menschen, die offenbar nichts anderes zu tun haben, als ihre Neugier zu befriedigen.
Alessa springt schnell aus dem Auto und verschwindet in der Menge auf dem Schulhof. Sie winkt ihrem Vater nicht mehr, schaut dem Auto nicht hinterher.
Sie stellt sich auf die Zehenspitzen, um zu sehen, ob sie jemanden aus ihrer Klasse erblicken kann.
Da tritt ihr eine junge Frau in den Weg. Sie hat ein Mikrofon in der Hand und fragt: »Alessa Lammert?«
Alessa bleibt stehen. Später weiß sie nicht mehr genau, warum sie stehen geblieben ist. Sie sagt nichts. Sie wartet. Hinter der jungen Frau, die eine schwarze Steppjacke trägt, taucht ein Mann auf, mit einer großen Kamera, und neben ihm ein zweiter Mann, der einen Scheinwerfer hält.
»Du bist doch die Schülerin, die im Koma gelegen hat, nicht? Die Freundin von Ulf Krause.«
Alessa zuckt zusammen. Sie starrt die Frau an und fragt sich: Woher weiß die das? Als sie im Krankenhaus war, auch als es ihr schon besser ging, durfte niemand sie fotografieren oder ihr Fragen stellen. Niemand außer dem Klinikpersonal. Die Presse hatte keinen Zutritt. Das weiß sie genau.
Hilfe suchend schaut Alessa sich um.
Als das Scheinwerferlicht angeht, steht sie plötzlich in gleißender Helligkeit. Die junge Frau hält ihr ein Mikrofon hin. Sie tut sehr freundlich, sehr höflich. »Würdest du so nett sein, uns ein paar Fragen zu beantworten?«
»Eigentlich möchte ich nicht«, sagt Alessa unsicher. Sie legt die Hand über die Augen. Sie würde etwas dafür geben, wenn Rufus jetzt auftauchte, ihr Klassenlehrer, um sie zu retten.
»Mein Name ist Marina Jeschke, und ich arbeite für RTL«,

sagt die junge Frau, »wir haben schon zweimal über das Unglück berichtet«, sie lächelt und hält den Kopf ein bisschen steif, »vielleicht erinnerst du dich an mein Gesicht.«
»Nein«, sagt Alessa, »tut mir Leid.«
Immer noch niemand aus ihrer Klasse zu sehen. Und auch nicht Rufus Grevenich.
»Willst du unseren Zuschauern sagen, wie du dich fühlst?«
Nein, denkt Alessa, will ich nicht.
Aber weil der Scheinwerfer sie so blendet und weil das Mikrofon direkt vor ihrem Gesicht ist und weil sie nicht genug Mut und Selbstbewusstsein hat, einfach NEIN zu sagen, räuspert sie sich erst einmal, zerrt verlegen an ihrem Schal, sieht, wie Marina Jeschke eine kleine Handbewegung macht, und der Mann mit der Kamera noch näher an sie heranrückt.
»Also«, beginnt Alessa und ihre Stimme ist rau wie Schmirgelpapier, sie muss sich wieder räuspern, »ich fühl mich nicht gut. Ist ziemlich logisch, oder?«
»Ja«, sagt Marina Jeschke. »Aber erklär bitte, warum das so ist.«
Oh Gott, denkt Alessa. Was soll die Frage? Das ist doch klar, ich meine, Ulf hat Philipp erschossen und Vicky liegt im Krankenhaus und sie hat vielleicht für immer eine steife Hand. Für fast alles im Leben braucht man zwei heile Hände. Ist das so schwer zu kapieren?
Aber nun fragt die Reporterin weiter, sie wird deutlicher.
»Fühlst du dich ein bisschen mitschuldig?«, fragt sie.
Alessa blinzelt. »Mitschuldig? Wieso? Ich hab doch nichts getan!«
»Manchmal geht es ja auch um das, was man *nicht* getan hat«, sagt die Reporterin. »Alle in deiner Klasse hätten doch merken können, dass mit Ulf etwas nicht in Ordnung ist...«
»Halt!« Alessa sieht, wie Rufus sich jetzt mit harten Ellenbo-

gen zu ihr vorkämpft. »Halt! Das ist gegen die Abmachung. Keine Interviews mit laufender Kamera auf dem Schulhof! Ich muss Sie bitten die Kamera auszuschalten.«
Marina Jeschke lässt sich nicht beirren. »Alessa redet aber gerne mit uns«, sagt sie.
Gar nicht wahr, denkt Alessa. Aber sie schweigt. Und ärgert sich, dass sie schweigt.
»Wenn Sie bitte die Scheinwerfer ausmachen würden,«, sagt Rufus, »wenn Sie sich bitte erinnern, dass wir hier zu einer Trauerstunde zusammenkommen und nicht zu einem Fernseh-Event. Alessa, komm.« Er streckt die Hand nach ihr aus, sie geht zu ihm, sie nimmt seine Hand und lässt sich von ihm durch ein Spalier gaffender Leute führen.
»Einfach ignorieren«, flüstert Rufus ihr zu.
»Ja, versuch ich doch«, murmelt Alessa.
Noch nie in ihrem Leben hat sie sich so willig von einem Lehrer führen lassen. Rufus bringt sie bis vor die Tür der Aula. Er schaut sie aufmerksam an.
»Wir stehen das durch«, sagt er. »Wir stehen das alle gemeinsam durch.« Er legt kurz seine Hand auf ihre Schulter. »Ich muss wieder zurück, ich schleuse meine Leute einzeln hier herein. Das ist das Beste.«
Alessa weiß, dass sie leichenblass aussieht und dass ihr Kinn zittert. Ich seh aus wie ein Gespenst, denkt sie. Sie versucht zu lächeln.
»Danke«, sagt sie.
Rufus drückt noch einmal kurz ihre Schulter, dann ist er schon wieder weg.
Die Türen zur Aula sind weit geöffnet. Ein breiter Gang in der Mitte geht auf die Bühne zu, sie ist schwarz verhängt.
Davor ein Notenständer, auf dem eine Partitur liegt.
Und daneben ein Stuhl.

Und auf dem Stuhl liegt eine Klarinette.
Alessa hat das Gefühl, als drücke jemand gegen ihren Kehlkopf. Dann sieht sie, dass neben dem Stuhl ein großes Foto von Philipp aufgestellt ist. Sie weiß genau, wann das Foto gemacht wurde. Auf dem Sommerfest der Schule. Als Philipp an der Wand lehnte und so lachte, mit einer Coladose in der linken Hand und einer Zigarette in der anderen. In der Schule wurde es damals verboten, zu rauchen, es war der letzte Tag, an dem man noch mit einer Zigarette angetroffen werden durfte. Aber auf dem Foto sieht man nicht die Coladose und auch nicht die Zigarette. Beides ist abgeschnitten, nur Philipps Gesicht ist herausgeholt und vergrößert, wie er lacht und so fröhlich in die Kamera schaut, dass es kaum auszuhalten ist.
Jemand führt sie nach vorn. Es ist eine Lehrerin in einem schwarzen Kostüm und Alessa kann sich auf einmal nicht an den Namen der Lehrerin erinnern.
»Ihr sitzt in der ersten Reihe«, flüstert sie.
Alessa nickt. Sie lässt alles mit sich geschehen.
Die Lehrerin (jetzt fällt Alessa der Name wieder ein: Sie heißt Behrmann und unterrichtet Physik und Chemie in den unteren Klassen) führt Alessa zu einem leeren Platz. Sie setzt sich und zieht im Sitzen ihren Anorak aus.
»Einfach unter den Stuhl«, flüstert ihr Nebenmann. Es ist Guido. Er trägt schwarze Hosen, schwarze Schuhe und ein weißes Hemd. Genau so wie Botho, der neben Guido sitzt, und Jan, am äußersten Ende.
Alessa denkt eine Sekunde: Komisch, heute sehen sie alle aus wie Ulf.
Dann steht der Rektor neben dem Foto von Philipp, er hat die Hände ineinander verschränkt und er schaut niemanden an, sein Blick ist nach oben gegen die Decke gerichtet, während er spricht. Vielleicht, weil er sich vor möglichen Tränen fürchtet.

Alessa starrt, während sie zuhört, auf Philipps Fotos.
Und sie spürt dabei einen Schmerz, als würde jemand mit dem Messer in ihren Körper fahren. An keinem Tag zuvor ist ihr so bewusst geworden, dass Philipp nie wiederkommt. Dass sie nie wieder sein Lachen hören wird, dass es nie wieder diesen Glücksmoment geben wird, wo ihre Blicke in seine grünen Augen tauchen. Sie wird nie wieder seine Telefonnummer eingeben, nie wieder wird jemand an der anderen Seite abnehmen und sagen: »Hey, was liegt an?« – Nie wieder. Verloren der Geruch seiner Haare. Die weiche Haut seiner Fingerkuppen, wenn er ihr über den Arm strich. Die Spaziergänge am Teich im Park. Nie wieder ein Treffen bei ihm daheim, um zu lernen. Mit anschließendem Abtauchen in den Pool. Wie gut sie es hatten ... Kein Konzert mehr von Philipp, die Klarinette, für immer unbenützt. Seine Marotte, über jeden Zaun zu hüpfen, an dem er vorbeikam, um zu zeigen, wie gut er drauf war. Seine Art, die Schuhe zuzumachen. So verquer. Alles vorbei.
»Wir dürfen nicht fragen«, sagt der Rektor, »warum Philipp sterben musste. Solch eine Frage verbietet sich, denn ein sinnloser Tod kennt keine Gründe. Philipp hatte das Leben noch vor sich. Wir Lehrer im Kollegium haben ihm alle eine glänzende Zukunft prophezeit. Er hatte so viele Talente. So viele Möglichkeiten. Er war noch so jung. Zu jung zum Sterben. Wir dürfen nicht fragen, warum, sondern wollen ihm versprechen, dass wir ihn nicht vergessen werden. Dass wir ihn in Erinnerung behalten, so wie wir ihn erlebt haben. Jeder hat seine eigenen kleinen Momente mit Philipp gehabt. Und wer möchte, wird diese Augenblicke wie einen Schatz in seinem Herzen bewahren.«
Ja, denkt Alessa, das ist wahr. Wie einen Schatz. Im Herzen. Bewahren.

Alessa hat in den zwei Nächten nach der Trauerfeier nicht geschlafen. Ihren Eltern hat sie gesagt, es sei der Sturm gewesen. Sie könne bei Sturm eben einfach nicht zur Ruhe kommen – wenn der Wind Äste gegen die Fenster treibt und in den Dachrinnen rumort, als würden Ratten darin hin und her laufen. Bei Sturm hat sie immer die fürchterlichsten Träume. Als Kind war das schon so. Das wussten ihre Eltern genau. Schon deshalb war es blöd, dass sie gestern und heute gefragt haben, wieso sie nicht schlafen konnte.

»Wieso? Habt ihr das gehört?«

»Wir hören das immer«, sagt Miriam.

»Deine Mutter hat Ohren wie ein Luchs«, sagt Alessas Vater. »Sie hört, dass du rumläufst, ins Bad gehst, sie hört die Kühlschranktür, manchmal denke ich, sie hört dich auch atmen.«

»Was war denn los?«, will ihre Mutter wissen.

»Nichts. Ich konnte einfach nicht schlafen.«

»Es war wegen dieser Trauerfeier, oder?«

»Ja, nein, weiß nicht.«

Sie sitzen am Frühstückstisch. Ihre Mutter hat Pancakes gemacht. Alessa liebt Pancakes, seit sie sie einmal in einem Mövenpick-Hotel probiert hat. Aber heute, an diesem Morgen, war ihr schon von dem Geruch des heißen Butterfetts in der Pfanne übel geworden.

Wenn eine Mutter es zu gut meint, ist es schlecht.

»Willst du uns nichts erzählen?«

Alessa nimmt ihre Tasse, stürzt den Rest Kaffee herunter und steht auf. »Ich muss los, ich komm immer auf die letzte Sekunde.«

»Soll ich dich bringen?«, ruft ihr Vater in den Flur, ihr hinterher.

»Nein, danke, ich geh zu Fuß.«

Aber er ist schon in der Tür, schnappt sich die Jacke, den Autoschlüssel.

»Bitte, Papi, ich bin kein Kind mehr, okay? Ich möchte zu Fuß gehen.«
Er lässt die Arme hilflos sinken. »Gut, ganz wie du willst.«
Ihr Vater geht in die Küche zurück und Alessa hört, wie er sagt: »Sie will sich einfach nicht helfen lassen.«

Alessa braucht diesen Fußweg zur Schule. Braucht die feuchte Novemberluft, es ist der erste Novembertag und es ist genau so, wie man sich den November vorstellt, dicker Nebel, der nach Schwefel riecht, Autos, die im Schritttempo vorwärts kriechen. Eine Sirene in der Ferne. Unfallwetter. Auf der Autobahn hat es in den frühen Morgenstunden eine Massenkarambolage gegeben, zweiunddreißig Autos sind ineinander gefahren. Zwei Tote, viele Verletzte, manche mussten aus den Wracks mit Schneidbrennern befreit werden. Das hat ihr Vater in den Nachrichten gehört. Er hört immer um sieben Uhr Nachrichten. Alessa kann nicht begreifen, wie man morgens, wenn man noch im Halbschlaf war, schon all die gruseligen Meldungen verkraften konnte. Erdbeben, Überschwemmungen, Bomben-Attentate im Gaza-Streifen, Massenkarambolagen.
Die kalte Luft tut ihr gut. Der Wind an der Stirn. Sie hält ihren Kopf ganz gerade. Der Nebel ist so feucht, dass er ihre Wimpern zusammenklebt. Sie stopft ihren Wollschal in den Anorak. Sie hasst den Geruch feuchter Wolle.
Alessa geht schnell, fast im Laufschritt. Sie muss diese Sache hinter sich bringen. Sie kann es kaum erwarten, endlich in der Schule zu sein.
Ihre Eltern wissen nicht, dass sie erst zur zweiten Stunde Unterricht hat. Die Eltern müssen nicht alles wissen, denkt sie. Auch die Lehrer wissen nicht, dass sie einen Termin mit dem Psychologen hat. Jetzt gleich, nach dem ersten Klingeln, im Verwaltungsbereich der Schule, gegenüber dem Sekretariat.

Da wartet Gernot Uhde auf sie. Er hatte sie angesprochen nach der Feierstunde. Sich für ihre E-Mail bedankt und sie in ein kurzes Gespräch verwickelt, von Vicky erzählt, die er am Nachmittag besuchen würde.
Und da hat Alessa auf einmal, ohne sich vorher darüber Gedanken zu machen, gefragt: »Wie oft sind Sie denn bei uns in der Schule?«
»Sooft es nötig ist.«
»Also, nicht jeden Tag?«
»Nein, nicht jeden Tag. Morgen zum Beispiel nicht.«
»Und übermorgen?«
Sie hat gemerkt, wie Uhde sie musterte, aber das war ihr egal. Sie war nicht rot geworden.
»Übermorgen bin ich da, von der ersten bis zur fünften Stunde.«
»Wir haben die erste Stunde frei.«
»Aha, schön.«
»Haben Sie in der ersten Stunde schon jemanden, ich meine, jemanden, der sie sprechen will?«
»Willst du mich fragen, ob wir, wenn du eine Freistunde hast, ein bisschen miteinander reden wollen? Ist das deine Frage?«
Alessa hat ihn angesehen. »Ja.«
»Gut.« Der Psychologe hat genickt und gleichmütig über die anderen Leute hinweggesehen, als wolle er allen das Gefühl geben, dass sie über nichts Besonderes sprachen, das fand Alessa gut.
Er trug einen dunklen Anzug. Und ein dunkles Hemd. Keine Krawatte. Das fand Alessa auch gut.
Er spielte mit einem ALDI-Kugelschreiber. Wie jemand, der sich gerade das Rauchen abgewöhnt hat und etwas braucht, um sich zu beruhigen. Etwas für die Finger, die gewohnt waren, eine Zigarette zu halten.
Philipp hatte sich einen Monat vor der Fahrt in die Jugend-

herberge auch das Rauchen abgewöhnt. Er hatte einen Kaugummi nach dem anderen gekaut und immer mit irgendwas gespielt. Mit allem Möglichen. Bis Alessa auf die Idee gekommen war, ihm ihren alten Rosenkranz zu schenken, den sie nie benutzt hatte, den Rosenkranz von der Kommunion, der in der hintersten Ecke ihrer Schreibtischschublade lag. Ein Rosenkranz ist das ideale Spielzeug für die Jackentasche.
Philipp hatte ihr gesagt, das sei das schönste Geschenk, das ihm jemand gemacht habe. Alessa musste lächeln, als sie sich daran erinnerte. Er hatte Angst, zuzunehmen, wenn er nicht mehr rauchte. Aber sie hatte gesagt: Im Gegenteil, du wirst sportlicher werden! –

Das Zimmer des Schulpsychologen ist quadratisch, fast wie ein Würfel, die Wände so breit wie hoch, zwei Fenster, Doppelfenster, die zur Straße hinausgehen, hellgrüne Gardinen, zwei Stühle, die mit rotem Samt bezogen sind, ein kleiner Tisch, in der Ecke ein Gummibaum.
Alessa ist noch nie in diesem Zimmer gewesen, sie weiß nicht, wofür der Raum bisher benutzt wurde, jetzt jedenfalls ist er dafür da, dass Schüler hier ihre Probleme vor jemandem ausbreiten können.
Gernot Uhde macht eine einladende Bewegung zu den beiden Stühlen: »Wo möchtest du sitzen?«
»Ist egal, oder? Sind doch beide gleich«, sagt Alessa.
»Wer auf ihnen sitzt, schaut entweder zur Tür oder zu den Fenstern. Wo schaust du lieber hin?«
»Egal«, sagt Alessa und lässt sich schnell auf einen der Stühle fallen, bevor sie anfangen muss, darüber nachzudenken, wohin sie gerne schaut.
Der Psychologe setzt sich ihr gegenüber, streckt die Beine aus, verschränkt die Arme vor der Brust, sieht sie an, lächelt.

»Schön«, sagt er. »Ich freue mich, dass du gekommen bist. Ich weiß, es ist nicht einfach, so einen Schritt zu tun. Wenn man sich erst einmal angewöhnt hat alles mit sich allein auszumachen, ist es besonders schwer.«
Alessa nickt. Er hat Recht. Es ist besonders schwer.
»Und dann noch nach so einer Geschichte«, sagt der Psychologe. »So einem furchtbaren Schock. Dich hat es ja besonders mitgenommen. Ich hatte gestern Gelegenheit, mit dem Arzt zu sprechen, der dich in Weißenburg behandelt hat.«
»Oh«, sagt Alessa. Sie fragt sich, was der Arzt erzählt hat.
Uhde schweigt, er mustert Alessa unaufdringlich. Er hält die Hände jetzt still auf dem Schoß, er wippt nicht mit den Füßen wie ihr Vater, wenn er ruhig sitzen will. Er wirkt ganz entspannt. Und gleichzeitig aufmerksam.
Alessa räuspert sich.
»Es geht um Ulf«, sagt sie.
Uhde hebt die Augenbrauen. »Aha? Ja?«
Alessa ist jetzt froh, dass sie den Stuhl gewählt hat, der zum Fenster ausgerichtet ist. Obwohl man nicht viel sieht, es ist immer noch nebelig draußen, aber hinter den Scheiben ist solch ein Fließen von Licht, von den vorbeifahrenden Autos, die ihre Scheinwerfer eingeschaltet haben.
»Ich bin«, beginnt Alessa zögernd und nach einem Räuspern, »oft gefragt worden ... ich meine, alle haben mich ausgefragt über Ulf, was ich von ihm weiß. Ob ich etwas Besonderes von ihm weiß. Erst die Polizei dort in Weißenburg, auch der Arzt, auch die Krankenschwester. Und ich habe immer gesagt, ich weiß nichts, ich hab keine Ahnung, ich weiß so wenig und so viel wie ihr. Er hat mir nichts gesagt.«
Sie räuspert sich wieder, sie hat einen Kloß im Hals, das ist unangenehm, aber es passiert ihr oft, wenn sie aufgeregt ist.
Gernot Uhde lächelt.

»Ich verstehe«, sagt er, »du wolltest nicht darüber reden.«
Sie nickt.
»Und warum wolltest du nicht darüber reden?«
Alessa sieht auf ihre Schuhe. Sie antwortet nicht.
»War es etwas Peinliches?«
Alessa schüttelt den Kopf. »Nein.«
»War es vielleicht einfach nur albern? Oder lächerlich? Oder unwichtig, sodass du dir damals darüber keine Gedanken gemacht hast?«
»Nein«, sagt Alessa, »so war es nicht.«
»Also?«, fragt der Psychologe. »Was war es deiner Meinung nach dann?«
Sie holt tief Luft, manchmal schmerzt es tief in der Brust, wenn man so tief durchatmet, dann erschrickt man. Und man kann für einen Augenblick nicht klar denken.
»Hat es dir vielleicht Angst gemacht?«
Alessa hebt den Kopf, schaut Gernot Uhde in die Augen, zuckt nicht mit den Wimpern, sagt nicht Ja, nicht Nein.
Der Psychologe rät weiter: »Und hast du vielleicht diese Angst einfach verdrängen wollen, abschieben in dein Unterbewusstsein? Und deshalb nicht darüber gesprochen?«
Ja, denkt Alessa, ja, so war es.
»Und wann hat diese Begebenheit stattgefunden?«
»Im September«, sagt Alessa.
»Also kurz vor eurer Klassenfahrt.«
»Drei Wochen vorher.«

10. Kapitel

Es war an dem Wochenende, als Vicky mit Philipp in Köln war, zu dem Musikwettbewerb. Alessa fühlte sich damals krank und antriebslos. Sie wachte Samstagmorgen um acht Uhr auf und stellte sich vor, wie Vicky und Philipp gerade in den Zug nach Köln stiegen. Ein ICE. Vicky hatte ihr stolz die Fahrkarte gezeigt und ein Prospekt von dem Hospiz, in dem sie wohnen würden.

»Das einzig Blöde«, hatte Vicky gesagt, »ist, dass wir nicht zusammen schlafen können. In dem Hospiz geht es sehr katholisch zu, weißt du, da sind Jungs und Mädchen getrennt.«

»Pech«, sagte Alessa. Und dachte: Was für ein Glück.

Alessa stellte sich ein Großraumabteil vor, die neuen verstellbaren Sitze, in denen Philipp und Vicky sich aalten, im Gepäckfach die Klarinette und ihre Reisetaschen. Sie sah, wie Vicky verstohlen ihre Hand in Philipps Hand schob und wie Philipp lächelte, süß-sauer vielleicht, aber trotzdem ...

Alessa strampelte die Bettdecke weg und richtete sich auf. Sie hörte, wie ihre Eltern frühstückten, wie sie sich über die Einkäufe unterhielten, die zu erledigen waren, und wie ihr Vater sagte, dass er den Wagen in die Waschstraße fahren würde.

Einmal hörte sie, dass ihre Mutter fragte: »Soll ich Alessa wecken?« Und wie ihr Vater darauf antwortete: »Lass sie doch. Bei dem Sauwetter verpasst sie nichts.«

Draußen prasselte der Regen gegen die Fensterscheiben.

Ihre Eltern verließen die Wohnung und Alessa ging ins Bad. Sie betrachtete sich lange im Spiegel.

So sieht ein Mädchen aus, das einen Freund hat, der mit ihrer besten Freundin unterwegs ist und sie vielleicht gerade jetzt, in diesem Moment, küsst.
Sie beschloss, den Gedanken daran zu verdrängen.
Sie bürstete die Haare zurück, band sie im Nacken zusammen, stellte sich unter die Dusche, lackierte ihre Fußnägel, schrubbte die rauen Ellenbogen mit einem Bimsstein glatt. Sie bearbeitete ihre Fersen und zupfte die Wimpern.
Mehr als eine Stunde verbrachte sie im Bad, ohne gestört zu werden. Dann zog sie sich an, einen weißen, langärmeligen Pulli, der eigentlich für die Jahreszeit zu warm war, ihre Jogginghosen und die Fleece-Jacke.
Der Regen wurde sanfter und hörte schließlich auf.
Sie saß im Jogasitz auf dem Sofa, einen Teebecher in der Hand, und guckte eine Dokumentation über einen großen Wildpark in Afrika. Zebras und Giraffen.
Ihre Eltern waren immer noch nicht zurück.
Die grauen Regenwolken verzogen sich, die Sonne kam heraus, eine blasse Herbstsonne, aber je länger sie schien, desto wärmer und gemütlicher wurde es im Wohnzimmer.
Alessa schaute auf die Uhr. Es war zwölf. Vicky und Philipp waren längst in Köln angekommen. Hatten wahrscheinlich schon ihre Zimmer bezogen in dem Hospiz und erkundeten jetzt die Gegend.
Wieder einmal schoss ihr durch den Kopf, die Sache mit Philipp zu beenden, wenn er es nicht fertig brachte, *seine Sache* mit Vicky ins Reine zu bringen. Und wieder einmal verdrängte sie den Gedanken daran.
Um ein Uhr, als ihre Eltern immer noch nicht zurück waren, zog Alessa die Turnschuhe an, nahm ihren MP3-Player und ging nach draußen.
Sie hatte sich vorgenommen im Stadtpark ein paar Runden zu

joggen und dann ins Einkaufszentrum zu gehen, um ein bisschen herumzustöbern.
Ihren Eltern hatte sie einen Zettel auf dem Küchentisch zurückgelassen.

Als sie vor der Haustür stand und die Knöpfe des MP3-Players in die Ohren steckte, ging gegenüber im Haus Nr. 14 eine der Eingangstüren auf und Ulf kam heraus. Er trug Turnschuhe, grüne Militärhosen und einen Anorak. Er blieb sofort stehen, als er Alessa sah.
Alessa zögerte. Ulf hatte seit drei Monaten nicht mit ihr geredet, während der Ferien nicht und auch nicht danach, hatte keine einziges Mal auf sie gewartet, weder morgens vor der Schule noch auf dem Nachhauseweg. Er hatte sie wie Luft behandelt. Nach wie vor war er allein auf dieser Insel, mit ganz viel Platz um sich herum, wenn er auf dem Schulhof stand. Doch es war jetzt anders. Es war sein eigener Wille, allein zu sein. Es war seine Idee, von den anderen nicht angesprochen und, wie er es wohl trotzig empfand, belästigt zu werden. Er wollte es so haben. Er trug seine Einsamkeit mit einer Art verbohrtem Stolz. Er zeigte mit jedem Schritt, mit jedem Zurückwerfen seines Kopfes, dass er nie wie die anderen sein wollte, dass er nicht mehr zu ihnen gehören wollte.
Er hatte sich für eine andere Welt entschieden.
Alessa rechnete damit, dass Ulf jetzt einfach weitergehen würde. Aber er stand da und schaute zu ihr herüber.
Sie lächelte, hob zaghaft die Hand und winkte. Ist doch idiotisch, dachte sie, so zu tun, als wäre der andere Luft. Man kann sich doch wie normale Menschen benehmen.
»Hi, Ulf!«, rief sie. »Gehst du joggen?«
Ulf kam näher, langsam. Er schaute nach rechts und links, bevor er die Straße überquerte. Er steckte seine Hände in die Ho-

sentaschen, damit es cooler aussah. Er trug keine Mütze mehr, seine Segelohren störten ihn offenbar nicht. Aber er sah blass aus. Irgendetwas bedrückte ihn.
»Gehst du denn joggen?«, fragte er.
Alessa nickte. Sie nahm ihre Ohrstöpsel raus und hielt Ulf einen hin. »Hör mal, kennst du die? Die sind gut.«
Ulf hörte ein paar Sekunden zu, nickte und gab ihr die Ohrstöpsel zurück. »Nicht ganz mein Ding«, sagte er, »aber nicht schlecht.« Er schaute sich um. Ein paar Autos fuhren langsam, auf der Suche nach einem Parkplatz, an ihnen vorbei. Es waren keine Fußgänger unterwegs, am Straßenrand glänzten die Pfützen.
»Wo ist denn Philipp?«, fragte er.
Alessa lachte, ein bisschen hysterisch. »Philipp? Wieso?«
»Ist er nicht da?«, fragte Ulf.
»Er ist in Köln«, sagte Alessa. »Auf dem Musikwettbewerb.«
»Ah, mit der Klarinette.«
»Ja«, sagte Alessa.
»Und mit der blöden Vicky. Ich nehme an«, sagte Ulf gedehnt und hörbar neugierig, »Vicky weiß es immer noch nicht? Du betrügst deine beste Freundin mit ihrem Freund und sie hat keine Ahnung? Hey, das ist super. Das gefällt mir. Das ist ja richtig schön kaputt.«
»Halt den Mund, Ulf!«
Ulf grinste böse. Es war ein Grinsen, das Alessa durch und durch wehtat, sie wollte, dass er mit diesem blöden Grinsen aufhörte.
»Wieso? Kann doch sein!« Jetzt lachte er laut. Doch es war nicht dieses meckernde Lachen, das Alessa von ihm kannte. Es war ein gepresstes Lachen und hatte absolut nichts Komisches an sich. Es klang böse und hart. »Jeder betrügt jeden. Es gibt unheimlich viele schwule Männer, die trotzdem verheiratet

sind, die sogar Väter sind, weißt du. Die haben ein ordentliches Familienleben. Die haben Kinder. Die gehen jeden Abend mit ihrer Frau ins Ehebett. So ist das. Dreck, wo du hinsiehst.«
»Ulf, hör mit diesen Schwulengeschichten auf«, sagte Alessa. »Das ist dumm und es kotzt mich an.«
Sie wollte sich umdrehen und weglaufen, alles an der Art, wie Ulf lachte, wie er redete, so fanatisch, machte ihr Angst. Er hatte plötzlich ein Flackern in den Augen und etwas in seinem Gesicht zitterte, als habe er Krämpfe, die er gewaltsam unterdrücken musste. Man konnte sein Gesicht nicht ansehen, ohne dass man dachte: Der ist krank!
»So, es kotzt dich also an. Dich sollten ganz andere Sachen ankotzen«, schrie er, »die ganze Welt geht vor die Hunde, alles Müll, alles Schrott, alles verrottet und du merkst es nicht mal.« Er schäumte. »Aber es gibt keine Rettung, keine!«
Oh Gott, dachte Alessa, wie komm ich hier weg?
Doch Ulf hatte gespürt, dass sie weglaufen wollte, ihm entkommen wollte, er packte sie am Ärmel, er hielt sie fest.
»Komm, nicht so zimperlich. Was ist denn los? Du willst wegrennen, oder? Sogar vor den Sachen, die sich direkt vor deinen Augen abspielen, oder? Du magst meine Schwulengeschichten nicht, sagst du? Solltest du dir aber anhören, solltest du wissen, was Ulf Krause weiß! Also, am Bahnhof, da gibt es eine Stricherszene mit kleinen Jungs. Schon gewusst? Da sind welche aus unserer Schule dabei! Ich könnte dir Namen nennen, von dem einen oder anderen Schwein, vielleicht sogar aus unserer Klasse aber tu ich nicht, ich behalte das für mich, weißt du. Im Augenblick sammele ich bloß Fakten. Bin ich bloß Zuschauer, verstehst du? Im Augenblick. Das kann sich natürlich von Sekunde zu Sekunde ändern. Dann werde ich handeln.«
»Ulf. Ich muss los. Lässt du mich jetzt bitte gehen!«

Aber Ulf hörte nicht auf. Es war, als kenne er keine Grenze mehr. Alessa spürte, dass es noch etwas gab, was ihn so wütend machte, dass er fast die Beherrschung verlor, plötzlich, hier, mitten auf der Straße. Und dann kam es. »Diese Familienväter«, sagte er, wieder leiser werdend, und schluckte und stierte vor sich hin, als wäre Alessa auf einmal nicht mehr da. »Manche gehen nicht zum Bahnhof, nachts, um es mit kleinen Jungs zu treiben. Manche Väter stehen auch auf andere Frauen...«

Alessa wollte jetzt nur noch weg. Aber Ulf ließ sie nicht gehen. Er hielt sie am Arm fest. Und er wechselte das Thema, kam wieder auf die allgemeinen Weltprobleme und das »System«, wie er es nannte – Alessa konnte es schon nicht mehr hören –, um dann unvermittelt bei sich selbst zu landen.

»Ich hab eine Klasse wiederholt, das heißt, ich wiederhole sie gerade«, sagte er und grinste, »da wird man leicht abgestempelt als Idiot. Als einer, der keinen Durchblick hat.«

»Kein Mensch stempelt dich ab, Ulf!«, beeilte Alessa sich zu sagen.

Ulf aber redete weiter, als habe er ihren Einwand gar nicht gehört: »Aber ich durchschaue, was vor sich geht, besser als ihr glaubt. Oder anders: Ich durchschaue alles.«

Als Alessa sich jetzt mit einem Ruck befreite, sprang er vor und stellte sich ihr breitbeinig in den Weg.

»Von allen, die ich kenne«, sagte Ulf, »hast du mir immer am besten gefallen. Bis ich gemerkt hab, dass es egal ist, ob du oder eine andere. Alles ist verrottet. Und schlecht. Und deshalb sag ich dir nur: Pass auf, damit es dich nicht erwischt, denn das würde mir Leid tun.«

Alessa war einen Schritt zurückgetreten. Jetzt hielt sie inne. Sie starrte Ulf an. Mit riesengroß geweiteten Augen. »Wovon redest du eigentlich? Ich verstehe kein Wort.«

Aber obgleich sie nichts verstand, wuchs in ihr plötzlich eine Beklemmung, die ihr die Luft abschnürte, ihr Herz schlug schneller.

Ulf lachte laut und es klang bitter. »Von dem Tag X. Wovon sonst? Von dem Tag, auf den ich mich vorbereite.«

Als Alessa einatmete, war es, als bohrten sich winzige Eispickel in ihren Gaumen, die Zunge. Das Sprechen fiel ihr schwer.

»Worauf bereitest du dich vor?«

»Das werdet ihr dann sehen«, sagte Ulf. »Und ich werde gründlich sein, das hab ich von meinen Eltern. Wenigstens das. Meine Schüsse sind aus zehn Meter Entfernung auf zehn Zentimeter genau. Das ist super.«

»Glückwunsch«, murmelte Alessa.

Ulf nickte. Es wirkte makaber. »Ja, danke. Das sagen meine Kumpel auch. Die sagen: Du hast das Zeug zum Terminator.« Er blickte ernst. »Aber nicht, dass du jetzt was in den falschen Hals kriegst: Ich will nicht Arnold Schwarzenegger werden. Ich hab mit den Amis nichts am Hut.«

»Musst du ja auch nicht«, sagte Alessa.

»Ich weiß nur nicht«, sagte Ulf, legte den Kopf schief und schaute in den Himmel, als würde er von dort eine Antwort erwarten, »ob ich es vorher ankündigen soll.«

Alessa spürte, wie diese Angst die Wirbelsäule entlangkroch, wie ein kleines Felltierchen mit winzigen Krallen. »Ankündigen?«, flüsterte sie.

»Ja, im Internet oder so.« Ulf suchte weiter den Himmel ab. »Viele machen das so. Das ist dann sozusagen ihr Testament, weißt du. Ihre Handschrift. Damit die Leute was haben, über das sie nachdenken können.« Er sah Alessa wieder an. »Ich glaube, das ist das größte Fanal, wenn man sozusagen ein großes schwarzes Geheimnis bleibt. Verstehst du?«

Alessa schüttelte den Kopf. Sie konnte nichts mehr sagen.
»Nee, verstehst du nicht, weil ihr alle euren Kopf mit Müll zugestopft habt. Manchmal denke ich, wenn ich in die Schule gehe, oh Mann, der einzige vernünftige Typ, der hier rumläuft, das bin ich, Ulf Krause. Eigentlich kein schlechtes Gefühl.«
»Ulf, du redest einen Haufen Scheiße«, sagte Alessa, als sie ihre Stimme wieder gefunden hatte.
Ulf lachte. Er drehte sich um die eigene Achse, und es machte ihm nichts aus, dass die Leute, die an ihnen vorbeigingen, stehen blieben und wütend den Kopf schüttelten, wenn er sie berührte mit seinen kreisenden Armen.
»Ja, das denkst du«, sagte er, während er sich unentwegt drehte, »und das denken vielleicht auch noch ein paar andere. Aber ihr werdet euch alle wundern. Eines Tages, wenn ihr überhaupt nicht damit rechnet, dann erscheint euer Ulf, und in der Hand hat er seinen Revolver, und der ist geladen und entsichert. Und dann . . .«
Er stoppte plötzlich, zeigte mit dem ausgestreckten Zeigefinger auf Alessa, dann auf einen Hund, der gegen einen Alleebaum pinkelte, dann auf einen Zeitungsständer mit der BILD-Zeitung, dann auf ein Pärchen, das eng umschlungen auf sie zukam, jeder mit einem Kaffeebecher in der Hand.
»Peng, peng, peng-peng«, machte er. »Ihr seid alle schon tot und wisst es nur nicht.«
Er runzelte die Stirn, schaute Alessa an.
»Was guckst du so?«, fragte er. »Hab ich was Schlimmes gesagt? Mann, du bist ja ganz blass! Du siehst ja aus wie eine Leiche!«

Als Alessa ihre Geschichte beendet hat, steht Gernot Uhde auf und öffnet das Fenster einen Spalt. Er schaut nach draußen.

Alessas Kopf glüht und sie trinkt hastig etwas Mineralwasser, das er während ihrer Erzählung für sie eingeschenkt hat.

»Und drei Wochen später«, sagt er, als er sich wieder umdreht, »hat Ulf seine Drohung wahr gemacht.«

Alessa ist so erschöpft vom Reden und gleichzeitig so erleichtert, dass sie es endlich gesagt hat, dass sie nur noch schwach mit dem Kopf nicken kann.

»Und du hast niemandem von diesem Treffen mit Ulf erzählt?« Alessa schüttelt den Kopf.

»Ich verstehe«, Gernot Uhde nickt. »Du bist mit der Angst nicht fertig geworden, es war so eine diffuse Angst, so eine irrationale Angst, nicht? Du wolltest nicht glauben, was du gehört hast.«

»Ja«, sagt Alessa. Und da waren doch auch noch diese anderen Probleme, diese Philipp-Probleme an dem Wochenende, als es die Begegnung mit Ulf gab . . . Doch das sagt sie nicht , sie denkt es nur.

Gernot Uhde setzt sich wieder, beugt sich vor, legt seine Hände auf Alessas zitternde Knie.

»Du glaubst, all das Schreckliche wäre nicht passiert, wenn du dich anders verhalten hättest? Ist es so?«

Alessa kann kaum nicken, so tief zieht sie den Kopf zwischen die Schultern.

»Ich weiß nicht«, sagt er, »ob wir das Unglück hätten verhindern können, wenn ein Lehrer das gewusst hätte, was du mir jetzt erzählt hast. Es ist möglich, aber ebenso gut wäre denkbar, dass er dann gedacht hätte: Der Ulf redet bloß so, um sich aufzuspielen, der ist ein bisschen verrückt, ein Maulheld . . . Möglicherweise wäre es auch so gelaufen.«

Alessa senkt den Kopf.

Sie schweigen beide. Alessa weiß nicht, wie lange sie so sitzen,

eine Minute oder zwei, ohne Worte. Das Schweigen breitet sich aus in dem Zimmer, Alessa versucht ganz in dieses Schweigen einzutauchen, doch es gelingt ihr nicht.
Gernot Uhde beobachtet sie.
»Und dann«, sagt er leise, »glaube ich, ist da noch etwas, was mit Ulf und der Tragödie, die er anrichtete, nichts zu tun hat.«
Alessa blickt auf.
»Du hast dich in den Freund deiner Freundin verliebt, und danach war nichts mehr wie früher«, sagt Gernot Uhde.
»Es tut mir so Leid«, flüstert Alessa, »ich denke Tag und Nacht darüber nach, wie ich es wieder gutmachen kann. Wie ich Vicky . . .« Sie kann nicht weitersprechen, sie kann das Schluchzen, das jetzt in ihr aufsteigt, nicht unterdrücken.
Gernot Uhde schweigt erneut. Er wartet. Er sitzt vor ihr, vornübergebeugt, und schweigt.
Er lässt sie weinen. Alessa weiß nicht, wie lange sie so sitzt, wie lange die Tränen einfach laufen. Sie hat kein Gefühl für die Zeit, für gar nichts.
Schließlich, als sie ruhiger wird, sagt er: »Vicky hat es doch gewusst.«
»Was?«, fragt Alessa.
»Dass Philipp sie nicht mehr liebte, dass Philipp nur noch aus Anstand zu ihr hielt, weil er sie nicht verletzten wollte. Er wollte alles richtig machen, weißt du, und du ja auch, deshalb habt ihr eure Liebe geheim gehalten. Und das ist ein Fehler.«
»Ja«, flüstert Alessa. »Und es tut mir eben so Leid.«
»Vor den Fehlern, die man in der Liebe macht, kann niemand beschützt werden, Alessa«, sagt Uhde eindringlich. »Auch deine Eltern, auch ich, auch deine Lehrer, haben aus Liebe Fehler gemacht. Die ganze Literatur besteht aus Geschichten über die Fehler, die aus Liebe gemacht werden. Oder die Verstrickungen, die sie anrichtet. Es ist so alt wie die Welt, und du

wirst so etwas oder auch Ähnliches vielleicht noch einmal erleben, wenn du älter wirst. Aber das andere, dieses Unglück, das passiert ist . . . daran hast du keine Schuld, Alessa.«
Alessa hebt den Kopf, sie sieht den Mann vor sich wie durch einen Schleier. Ganz unscharf, sie muss mit dem Handrücken die Augen reiben, die Tränen aus den Wimpern wegwischen, bevor sie sehen kann, dass er sie anlächelt. Beruhigend, tröstend.
»Ulf war krank. Und das hätten auch andere sehen können. Und sehen müssen. Die Schule zum Beispiel. Und seine Eltern hätten das erkennen können, vielleicht die Nachbarn, vielleicht diese Freunde im Schützenverein. Sie alle haben vielleicht gespürt, dass da etwas nicht richtig läuft, und haben geschwiegen. Die einen aus Trägheit, aus Gleichgültigkeit, die Eltern vielleicht aus Sorge, dass Ulf noch mehr zum Außenseiter wird, und machten, so wie du, Fehler. Und deshalb habe ich an dich jetzt eine große Bitte.«
Alessa schluckt. »Ja?«
»Ich möchte, dass wir in der Klasse über das sprechen, was du mir eben erzählt hast, über Ulfs Verhalten. Und darüber, wie wir in Zukunft so etwas schon im Ansatz abwehren und verhindern können. Denn das ist das Wichtigste: Dass wir für die Zukunft eine Strategie finden. Und diese Strategie darf nicht heißen: Augen zu und schweigen!«
»Ja, ich weiß.« Sie lächelt zaghaft. »Das hat unheimlich gut getan«, sagt sie. »Mit Ihnen zu sprechen«.
»Du fühlst dich also besser?«
»Nicht wie früher«, sagt Alessa, »aber . . .«
»Das muss ja auch nicht sein, dass du dich fühlst wie früher. Du hast Erfahrungen gemacht, aus denen du gelernt hast und weiter lernen wirst.« Uhde schraubt die Mineralwasserflasche auf und schenkt die Gläser wieder voll. »Und was wirst du als Nächstes tun?«

Alessa überlegt.
Sie denkt an Vicky. Die jetzt im Krankenhaus liegt und sich sorgt, dass sie ihre Hand vielleicht nie wieder benutzen kann, Vicky, die genauso viel verloren hat wie sie. Den Freund, die Freundin ...
»Ich glaube«, sagt Alessa, »ich werde heute Nachmittag nach Frankfurt fahren, ins Krankenhaus.«
Gernot Uhde mustert sie, während sie das Glas in einem Zug leert und entschlossen wieder auf den Tisch zurückstellt. »Ja, ich glaub, das mach ich«, sagt sie. »Vicky hatte Recht, ich muss den ersten Schritt tun. Ich möchte, dass wir irgendwann wieder Freundinnen sein können. Das wünsche ich mir.«
»Ich drück die Daumen.«
»Danke, das kann ich brauchen.« Alessa schaut sich in dem Raum um. Das Zimmer mit einem Tisch und zwei samtbezogenen Stühlen. Und ein Mann, den sie vor zwei Wochen noch nicht kannte und dem sie ihr Geheimnis anvertraut hat. »Darf ich jetzt gehen?«
Gernot Uhde erhebt sich sofort und öffnet für sie die Tür. »Und wann immer du das Gefühl hast, ein Gespräch mit mir würde dir gut tun: Meine Telefonnummer hast du ja.«
Alessa nickt. Ich sollte jetzt lächeln, denkt sie. Sie schaut auf. »Danke. Aber vielleicht schaffe ich es ja auch so.« Und dann lächelt sie tatsächlich.
Gernot Uhde legt seine Hand auf ihre Schulter. »Es klingt sehr banal aus dem Mund eines Psychologen, aber es gehört zu den großen Wahrheiten: Die Zeit hilft. Die Zeit wird dein bester Verbündeter sein. Dein Leben fängt erst an. Mach was draus. Schau nach vorn.«

Als Alessa nach draußen tritt, bläst ihr ein frischer Wind ins Gesicht. Sie bleibt stehen, blinzelt in das Licht, spürt die kühle

Luft an der Stirn, den Wangen, am Kinn. Sie denkt: ein gutes Gefühl.

Und auf einmal hat sie den Wunsch, ihre Eltern anzurufen, um nur das zu sagen: Es geht mir besser. Ihr könnt aufhören euch Sorgen zu machen.

Chiemgauer Tageblatt, 11. November 2005

Akte geschlossen

Drei Wochen nach dem Amoklauf eines Offenbacher Schülers in der Jugendherberge Weißenburg in Bayern, in der zwei Menschen starben und eine Schülerin schwer verletzt wurde, hat die Kriminalpolizei die Akte geschlossen. In der Offenbacher Schule fand vor zwei Tagen die Trauerfeier für das Opfer, den 16-jährigen Schüler Philipp Wertebach, statt, der durch einen Schuss in den Brustkorb getötet wurde. In einer ergreifenden Rede hat der Rektor seine Schüler zu mehr Aufmerksamkeit und Mitverantwortung in unserer Gesellschaft aufgerufen. Während der Feier blieb ein Stuhl leer, auf ihm lag die Klarinette des Opfers. Seine Eltern erzählen, dass am gleichen Tag ein Brief aus Köln gekommen sei, in dem mitgeteilt wurde, dass Philipp den Musikwettbewerb im Fach Klarinette gewonnen hat.

In der Jugendherberge Weißenburg wird der Betrieb vom kommenden Montag an wieder aufgenommen, der Herbergsleiter Christian Pfeiffer erwartet zum Auftakt eine Schulklasse aus Bremen und eine norwegische Wandergruppe, die die Schönheiten unserer Umgebung kennen lernen möchten.

Brigitte Blobel

Herz-
brennen

Liebe ist was Großes, Liebe ist unheimlich schön, Liebe kann auch schwer sein, Liebe ist wandelbar, Liebe hat unendlich viele Gesichter. Und wer sie erlebt, muss irgendwie mit all dem klarkommen ...

Zum Beispiel Lilli. Sie hat schon immer gewusst: Wenn die Liebe endlich da ist, dann sicher im falschen Moment. Und genauso ist es, als sie in Lucas Augen sieht – sie muss für Wochen weg, zu irgend einem blöden Sprachkurs! Für Lilli ist die Liebe wie ein Blitz: Keine Chance zu entkommen!

224 Seiten. Gebunden. Ab 12
ISBN 3-401-05772-3
Ab 1.1.2007: ISBN 978-3-401-05772-9
www.arena-verlag.de